El Matagallos
Rick Mc Callister

Rick Mc Callister se doctoró en español de la University of Texas. Recibió cursos posdoctorales a través del National Endowment for the Humanities en Poesía Hispanoamericana en Georgetown University y en Antropología Meso-Americana en la University of Pittsburgh. Becario Fulbright Scholar en la Universidad de El Salvador en 2007. Premiado por sus contribuciones culturales a Nicaragua de la Universidad Nacional Autónoma de Nicaragua. En 2011, recibió el premio NEH para facultad para realizar estudios culturales y literararios y transladar el canon literario náwat. En 2013, fue premiado por el Ministerio de Educación Salvadoreño por su trabajo sobre los estudios náwat.

El Matagallos

Rick Mc Callister

El matagallos®
Título en inglés: *The Cockslayer* ®
Copyright © Rick Mc Callister, 2015
ISBN-10:1942369077
ISBN-13:978-1-942369-07-3

First Edition printed in the United State of America.

Designed by Casasola Editores © 2015

***

Aviso: Esta obra es ficticia. Cualquier semejanza entre personas muertas o vivas es tu propia paranoia. No te procupés, la *soi-disant* República de El Salvador, es teóricamente libre y soberana. Por ahí se encuentran muchos sicólogos profesionales que te pueden ayudar.

ÍNDICE

Dedicado al pueblo de Cuscatancingo

Lupus est homo homini, non homo,
quom qualis sit non novit.

***

El hombre es un lobo entre los hombres, no
un hombre, cuando desconoce al prójimo.

Titus Marcius Plautus

ORQUE Cuscatancingo es la verdadera realidad de El Salvador, un municipio aproximadamente de setenta mil personas dentro de cinco kilómetros cuadrados, en donde la gente se levanta temprano todos los días para trabajar, ya sea en el mercado vendiendo vegetales, o en la acera preparando pollos, cocos y atol shuco, o quizás para tomar el transporte público que los llevará a otros barrios de San Salvador, en donde desempeñan diversas actividades. Y el día laboral comienza desde el amanecer, cuando abordan los primeros buses o microbuses –y cuando sienten en sus espaldas la mano franca del cobrador, quien los empuja para adentro como si fueran reses caminando hacia el rastro–. Tampoco podemos olvidar a aquellos con un poquito más, que se atrevieron a abrir una ventanilla en la pared de su sala para vender útiles escolares, sodas, confites, chips. Tampoco, a los que operan cíber-cafés para mantener a todos en contacto con el resto del mundo –y no hay ningún país del mundo donde no circulen guanacos–. No se pueden quedar atrás aquellos que venden pupusas y tamales, a veces cientos y cientos cada noche. Ni los que se sustentan haciendo circular sus taxis rotos, cual si fueran metálicos zombís sobre remendadas ruedas. No podemos dejar atrás a aquellos que a diario ofrecen sabores gourmet, exquisitos sabores para un pueblo progresista; y este tipo de lujos suelen encontrarse en sitios como la panadería El Rosario y La Heladería.

Cuscatancingo es un lugar donde los vecinos oyen, sin restricciones, cada palabra y cada tilde de toda conversación; cada grito de todo borracho y cada "ay" de cada coito. Allí, precisamente, allí es donde se rebalsan del gusto y se sienten a sus anchas, los más viles o desafortunados del universo, los mareros por ser mareros; los cristianos, cuando gritan mucho más allá de la hora del demonio; las brujas, cuando queman ofrendas hediondas a mierda; los microbuseros, cuando compiten los unos contra los otros en escalofriantes carreras suicidas, sin que esto afecte, en lo más mínimo, a un pueblo que exige las acostumbradas descargas de adrenalina; los cuilios por no tener otra cosa que hacer más que quejarse del calor y enamorar a cuanta mamayita pase por su lado; los locos que deambulan en libertad completa por las calles donde son muy apreciados; Edgardo el Loco, siempre vigilante contra los chuchos aguacateros de la localidad, limpiando el estiércol, es decir, los cerotes de los desgraciados chuchos que frecuentan el Pasaje Curação, hijueputeando toda la raza canina con gritos, insultos y hasta con fervorosas sentencias moralistas, cada vez que esos disolutos animales ejecutan orgías desenfrenadas por todo el pasaje;

las vendedoras de coco y refrescos con buen sentido del humor; la gente amable y desconocida que me daba direcciones, que me relataban en confianza sus vicisitudes y me permitían contemplarlos en sus faenas. Recuerdo con particular énfasis, el ritmo acelerado de la gente que se movía, de un lado a otro, para cumplir con sus trabajos en el último momento; las parejas de jóvenes que vivían sus romances a un ritmo tan acelerado y vivaz, como una notación musical de un 3/8; y era cotidiano verlos a todos ellos fogozamente entrelazados o besándose sin pausas, en una esquina o sobre una acera cualquiera, sin importarles que se encontraban bajo los inclementes rayos del sol abrasador o las miradas inquisidoras de los transeúntes que, sin duda, envidiaban las afrutadas delicias de aquellas bocas que parecían moverse al ritmo de un *Prestissimo*. Y desde mi experiencia, yo podría asegurar que iban más allá de las 200 pulsaciones por minuto.

Cuscatancingo, como el resto de El Salvador, está lleno de personas que suelen dormir sobre almohadones tejidos con los invisibles hilos de la esperanza. El Salvador está respaldado, como su nombre lo dice, por ese Santo Espíritu que no los dejará caer, a pesar de que las grandes mayorías todavía siguen percibiendo menos de cinco dólares al día. El Salvador es un lugar iluminado por los misteriosos e inclementes rayos del sol; aún así, la esperanza circula en cada avenida, en cada municipio, en cada predio baldío. Aún así, cientos jóvenes continuan luchando y tratando de divertirse en las aceras, sin nada más que una pelota de plástico y una sonrisa.

Rick Mc Callister
2007 Cuscatancingo-Washington 2009

INTROITUS

¡FELICITACIONES! Acabás de conseguir una copia de *El Matagallos*. No digo "comprar" sino "conseguir", porque si alguien te la compró como regalo o si la leíste gratis sentado en la Biblioteca La Ceiba en el Hypermall Las Cascadas, en el asiento que está frente a la vitrina, tanto mejor. Me daría mucha alegría saber que has economizado el dinero y ahora podrás gastarlo en tus hijos. De todos modos, ojalá que no te hayan cobrado mucho. La Ceiba, la Casita, Prolibros y las demás librerías no son atracadoras.

A lo mejor, tenés este libro a la mano porque se te picó la curiosidad: ¿Qué puede saber un gringo acerca de El Salvador? ¿Por qué escribiría un gringo en español cuando todo el mundo quiere aprender inglés? ¿Cómo se atreve hablar así de las instituciones salvadoreñas si los Estados Unidos está bien jodido hoy en día? Pues, tenés que leer el libro para saber todo eso. Pero te aseguro que no soy un Señorito Mamitas burgués de Miramonte, como uno de esos que anda asqueado por todo –y, hasta maldice la mismísima teta que lo amamantó–. ¡No hombre!, yo no estuve en la Escalón, sino que pasé mi tiempo en Cuscatancingo, donde un pastel de la panadería El Rosario es un manjar, donde La Heladería 2 x 1 es una gloria, donde esos mamitas burgueses que se llaman escritores se cagarían de miedo.

---

* *Cúbrennos, cielos, desde arriba, y nubes lluevan el Justo: Que se abra la tierra, y germine un Salvador. [Isaiah 45:8]*

Así, amigo, ahora que tenés este libro en mano, buscá el rincón más cómodo de la casa, a lo mejor en el patio o por algún lugar bajo la sombra. Por favor, tené unas dos o tres Pílseners al alcance porque no vas a querer levantarte después de arrancar. Pasale unos billetes a tu compa para que se lleve a los niños al Parque Infantil, para que no estorben. También decile que te traiga una pizzita de un dólar de la Panadería El Rosario, porque si tenés que levantarte a medio capítulo, vas a gritar las once mil putas.

Y tranquilizate, dejá las palabras fluir, absorbelas y podrás zambullirte en el argumento. Luego, pensá en cuántos Matagallos has conocido, cómo los has enfrentado, y cómo los jefes siempre los dejan escalar, sin haber sudado ni una gota de trabajo. No te enojés porque la risa que provoca este libro será tu venganza. Está escrito contra todo huevón que asciende sin trabajar y contra todo jefe que mantiene dividido a sus empleados para aprovecharse de ellos. Y como hay Matagallos en todos los países del mundo, la misma historia aquí y allá, entonces, puedo contarte esta historia sobre cierto jefe que trabaja en El Salvador.

Y no te preocupés, ya que este libro es completamente ficticio y no tiene nada que ver con vos, ni con tu compa, ni con tu trabajo ni con nadie que vos conozcas. Ni siquiera tiene que ver con tu jefe, aun si tu jefe es un hijo de las 30,000 putas. Esas son puras pavadas inventadas. La vida no tiene tiempo para la paranoia. Hay que gozarla leyendo una buena novela como esta. Como decían los romanos: *Accipe hoc*, es decir, ¡toma!

¿QUIÉN ES EL MATAGALLOS?

¿Quién sos vos, . . . quién, quién?
Realmente quiero saber, . . . ¿quién, quién?
The Who

¡Un hombre con una mente enferma y un alma tan
negra que oscurecería hasta las tinieblas del infierno!
Reed Smoot, US Senator, 1930

NETO Tecolote siempre soñaba con ser mucho más de lo que era. Nunca estaba contento con ser el mero cagatintas-en-jefe del departamento peor administrado, en la sección más desordenada, correspondiente al organismo más fraudulento y corrupto, que para infortunio de la sociedad, funcionaba como una implementadora asociada con el Ministerio más insignificante, del país más chico de Hispanoamérica; sin embargo, nunca dejaba de gritar a los cuatro vientos, su abnegado compromiso y su fervor patriótico enfocado en el servicio a la niñez de escasos recursos: "Esas criaturitas desamparadas necesitan salir adelante." Con lágrimas en los ojos, repetía esa cantaleta a sus subalternos, mientras se escondía bajo la manga, los verdaderos informes de ingresos y egresos provenientes de cierto país helado; que mes a mes, les soltaba generosas sumas, tan sólo para fortalecer los destinos de esas desamparadas criaturitas por las que Neto tanto lloriqueaba.

Solía hacerse el santo para encubrir su verdadera naturaleza mediocre, mezquina y rapaz; y de esta manera, tenía luz verde para extorsionar sin problemas: pisto, sexo y hasta los mismísimos pollos con los que agasajaba a sus subalternos. Pero Neto no era la única ave de rapiña. Él estaba bien respaldado por sus empleados de confianza, un equipo de especialistas conformado por pirañas, zánganos, aduladores, quienes lo apoyaban incondicionalmente.

Todos creían que se trataba de un auténtico equipo multidisciplinario a juzgar por la calidad de sus hojas de vida; pero por alguna razón inexplicable, este grupo selecto de rapaces nunca trabajaba a tiempo completo. Ellos tenían trato preferencial y un horario diferente. Normalmente, aparecían 5 horas más tarde que el resto del personal, vaganbundeaban con descarado consentimiento para rapiñar por doquier, cancelaban arbitrariamente sus compromisos con los centros escolares, maltrataban a los maestros más humildes de las escuelas, se aprovechaban de los recursos de la empresa para fines personales; pero a pesar de todo, siempre obtenían resultados superiores en las evaluaciones, en detrimento del resto de los empleados, a los que Neto describía como un "atajo de dundos". Nunca tuvo compación de ellos. Solía ponerlos en ridículo públicamente, sin importarle que prestaran un excelente servicio a los maestros de las zonas rurales, quienes tenían una opinión diferente. Ellos opinaban que los equipos de asesores pedagógicos, a los cuales Neto tanto despreciaba, estaban conformados por personas con auténtico espíritu de servicio.

Neto tenía ojo clínico. Su profesión como psicólogo le servía para seleccionar a las personas con el siguiente perfil: espíritu corrupto, agallas de farsante y esencia de marioneta; a estos los colocaba en el equipo corrupto, destinado a ensanchar sus triunfos. Concluido esto, no tenía necesidad de trabajar. El estaba consciente de su naturaleza fútil; es decir, sabía que no era más que un gilipollas, completamente ordinario, un hombre tan pero tan gris, que ante la opinión de todos no era más que una simple "pantalla transparente"; y, por ende, resultaba inofensivo para los players de esa gigantesca máquina de corrupción social succionadora y lavadora de dinero. Todo esto le generaba frustración. Su sensación de impotencia lo sacaba de quicio, hasta convertirlo en un demonio con cara de dundo.

A pesar de todo, Neto siempre estaba ansioso por superar su nombre. Le hubiera gustado mucho más ser un Lobo, un Águila, un León, o cualquier cosa más digna de respeto que un Tecolote. "¡Ay, por qué un ave tan fea!" se decía a sí mismo "¿Por qué un ave tan repugnante y lóbrega que vive en los huecos?; esa ave que sólo vuela en las tinieblas y que no llega a matar nada más que a temorosos ratones, o pequeños pollos. Los miserables polluelos que luego se convierten en gallinas y gallos. ¿Gallos? ¡Guácala! Nunca he conocido un animal más despreciable que un gallo" ¡Guácala! Y trataba de disimular la marcada mueca de asco en su rostro, mientras buscaba un mejor apodo, como el roquero Antonio "Víbora" Morán, o el científico Carlos "Cangu" Nájera; estas opciones le hubieran salvado la autoestima. Pero la vida le maldijo con un nombre de mal agüero:

Cuando el tecolote canta,
el indio muere,
no será cierto,
pero sucede.

El tecolote canta
y el indio muere,
cuando suben la canasta
esto sucede.

(Andrés Henostrosa)

De hecho, por donde iba Neto Tecolote, sembraba destrucción. Al principio más bien por su ineptitud como hombre y no tanto, por sus maquinaciones. Sólo cuando creció lo suficiente, dedicó su vida al placer de destruir al prójimo.

Tampoco le gustaba su nombre, Néstor, nombrado por "el maestro de la palabra cortés, el orador de clara voz," el mentor de los griegos en Troya. Este nombre quería decir: "regresador, es decir, el que volverá a sus orígenes." Pero si alguien usa el diminutivo Neto, es mucho mejor cuando este proviene de Néstor; pero nunca de Ernesto. ¿Por qué? Se debe tomar en cuenta que el nombre Ernesto fue popularizado por la obra dramática de Oscar Wilde, que en el inglés de la época, quiere decir "gay," así como lo había sido el autor, quien cantaba el himno de los Gay Nineties:

Though Frank may ring like silver bell,
And Cecil softer music claim,
They cannot work the miracle,
-Tis Ernest sets my heart a-flame.*
("Of Boy's Names" John Gambril Nicholson)

Pero mientras que casi todos los Ernestos del mundo, desde el argentino hasta los Ernestos del Ejército Revolucionario del Pueblo, pudieron superar su nombre, Neto se ahogaba en su propia impotencia. La puritica verdad es que era un envidioso infeliz, comenzando por su nombre. Sólo quería apoderarse de lo que tenían los demás y si no lo podía conseguir; entonces, lo resolvía destruyendo

* Paco suena como una campana
  Y Cecilio música más dulce reclama
  El milagro así no se gana
  -Ya que Ernesto me pone el corazón en llamas.

la felicidad de otros.

Más curioso que su nombre fue su apellido, Tecolote, originalmente Tekúlut en Náwat, el nombre de una ave de rapiña, del náwat tet "piedra" y de kúlut "alacran, pene" o sea "pene de piedra", según consta en el Wikcionario; Leonhard Schulze-Jena y la Gramática pipil del diccionario analítico. de Cáceres publicado en 1982.

Hasta aquí hemos explorado algunas plumas del Tecolote, ahora investiguemos cómo pasó a ser conocido como el Matagallos y cómo descendió hasta llegar a un estado tan vil y ruin.

LIBRO I:
"LA PRIMERA EDAD DE NETO"

Lárguense, payasos pueblerinos
Este chico campestre a la ciudad vino...
Bill Kirchen

Estimados lectores:

Ya tenés una idea de quien es el Tecolote, mejor dicho, el oscuro y rapiñoso Matagallos. Seguramente en tu pasado, te topaste con un "cachimbazal" de hombres semejantes a él –rompehuevos y mediohuevos, a la misma vez. Y seguramente se te están viniendo a la mente... ¿No? Pues, aquí en este libro verás cómo el tal Neto llegó a desarrollar su esencia predeterminada, en otras palabras, su tonal y nawal.

Para los indígenas mesoamericanos, el tonal, o día de nacimiento, era un elemento importante ya que proporcionaba información valiosa relacionada con los designios y portentos de la naturaleza, o más bien tendencias innatas, del individuo recién llegado al mundo. El nawal era el compañero espiritual de una persona y predeterminaba tanto el carácter como la senda que escogería y sus relaciones con el resto de la comunidad. Estos factores son fuertes, pero con el tiempo se demostró que no son determinantes para nada; cualquier persona valiente los puede vencer o sólo utilizarlos para el bien.

Pero, ¿Qué tiene que ver todo esto con Neto? ¿Qué tipo de nahual podría tener? ¿En qué tipo de jefe se convirtió? ¿Todo esto te trae recuerdos de tus anteriores jefes? ¿Podrías relacionar a tu jefe con un animal o con elemento vivo o descompuesto de la naturaleza? ¿Qué tipo de nahual podrían tener tus jefes o tus jefes anteriores? Para ayudarte un poco a responder estas preguntas veremos el caso de Neto. También descubriremos cómo sus prójimos hicieron todo lo posible por cortar la flor del mal antes de que diera frutos. Pero algunos seres deciden continuar cultivando la ortiga, como si fuera rosa, tan sólo para infectar este bello mundo en que vivimos con su ponzoña.

Estimados lectores, esta sección es un poco más larga que el "Introitus", así que vas a querer tener tus refrescos favoritos a la mano, para evitar interrupciones. Por favor, no comencés a tomar demasiado temprano ya que no hay nada peor que tener que levantarse en medio de unas cuantas carcajadas producidas por el Matagallos, tan sólo para echarse una meada.

NACIMIENTO DEL TECOLOTE

Eso explica en parte mi problema.
Roque Dalton

NETO Tecolote era un hombre tan mal parido como mal parado en todo sentido, un hombre fuera de las convenciones humanas a las que tan desesperadamente aspiraba alcanzar; pero que difícilmente, podría lograrlo debido a sus acciones y por su incapacidad de disfrutar una auténtica compañía con otros seres humanos. De forma extraña, nunca experimentó las emociones ni los sentimientos como la gran mayoría de la gente. Vino al mundo como una oscura pelota de carne. Su madre, quien atendió sola su mismo parto, casi se murió del susto, cuando vio salir de entre sus piernas semejante pelota redonda, espinosa y oscura, -y no me refiero al color-, era como una bola ensombrecida, por sus mismas sombras, tantas que ni siquiera la luz del sol podía disciparlas.

Su propia madre le tuvo asco y pánico, cuando sintió que se le espinaban las manos al tratar de tomarlo. Por un instante, pensó que había parido un puerco espín, o a uno de esos animales asquerosos que se enroscan en forma de bolita: el gusano de rosquilla o algo peor, uno de esos insectos del jardín que en inglés se llaman "roly poly", esos que se enroscan cuando están en peligro y que son capaces de tragar líquidos con su ano y comer su propia caca. De acuerdo con su visión de mundo esto era posible porque la comunidad indígena tenía historias de mujeres que habían parido animales en lugar de seres humanos. Ella misma había presenciado este tipo de eventos, primeramente, ella había asistido el alumbramiento de una prima paterna, quien parió un sapo; y el de otra prima lejana, quien dio a luz un pescado; es decir, se trataba de una criatura que en conjunto parecía más bien un tiburoncillo, o un pequeño bagre. Nunca supo a ciencia cierta que pasó con esos bebés. Nunca les siguió la pista; muchas veces, pensó que a lo mejor fueron echados al río o en una olla, porque nacieron en una época de gran escasez.

Pero afortunadamente, ella estaba preparada para atenderse a sí misma. Como mujer previsora había dispuesto todo, incluso hasta los conjuros y los chupetes de tabaco que servían para ahuyentar las sombras que malformaban a los recién nacidos; y por eso, cuando le llegó el momento, ella ya tenía listos unos cuantos cigarros hechos con tabaco fresco y brasas de ocote cerca de su cabecera. Entonces, echó mano a estos recursos. Y sacando fuerzas para sobreponerse del asco, pronunció repetidas veces algunas frases, mientras echaba abundante humo sobre la pelota de carne que acababa de parir. En pocos minutos, escuchó que tosía. Entonces, paró de fumar y descubrió que la bola de carne había cambiado de color, que su piel estaba como negra azulada, tirando a púrpura y que misteriosamente, estaba cubierta de un polvo blanco.

Entonces, ella imaginó que había parido una gran "cochinilla", es decir, el pequeño insecto que habita en los nopales. Ese que en el pasado era triturado para elaborar una tinta con la cual, se teñía la ropa; aunque muchos todavía utilizan esa tinta en la industria textil. Ella no pensó en triturarlo; pero se sintió agradecida con la naturaleza porque tendría la oportunidad de utilizar los fluídos que emanaban de su cuerpo para fines comerciales. Así que llena de emoción, tomó al bebé, todavía hecho bolita, le estiró las piernas y los brazos; y, finalmente, lo envolvió en una manta. Sin perder tiempo, colocó la placenta, el cordón umbilical y los coágulos de sangre en una bolsa. Horas más tarde, cuando se sintió con fuerzas, molió todos estos "deshechos" corporales y descubrió que en efecto, había obtenido una especie de tinta parecida a la que se obtiene de la cochinilla. Entonces, aplicó limón para obtener un color carmín y agregó otras sustancias para obtener diversas tonalidades de color púrpura. Con esto, logró teñir varios manteles, pañuelos y colchas; mismas que logró vender en el mercado local. De esta manera, los dos pudieron alimentarse bien por varios días y hasta le alcanzó el dinero para comprarse dos ollas, mantas para colar y los granos básicos necesarios para iniciar el único negocio de toda su vida: la venta de atol shuco.

Ella estaba satisfecha con eso, pero con el tiempo, fue observando que Neto no sonreía como el resto de los niños; al contrario, desde la lactancia, tuvo siempre un rostro rígido e inexpresivo como el de una tortilla gruesa, reseca y tiesa; cosa que lo caracterizó durante toda su vida. "Esto me pasa por haber comido tanto coco" se decía a sí misma; mientras molía el maíz sobre la piedra de moler; y cada vez que trataba de olvidar ese desagradable descubrimiento.

A pesar de su esfuerzo, las cosas se pusieron peor con el tiempo; tanto, que en algunas ocasiones, la pobre señora llegó incluso a experimentar miedo ante la presencia de su pequeño "pegoste" como solía llamarlo. Extrañamente, el cuerpo de Neto no despedía ningún olor. Los olores penetrantes del jabón de aceituna o el clásico jabón de tunco permanecían en su piel sólo unos instantes, pero se esfumaban para volver al olor de la nada. Y la "nada" también abarcaba su rostro, que tampoco expresaban nada, puesto que el "pegoste" no sonreía, ni siquiera cuando ella le hacía cosquillas.

La única emoción que manifestaba era la mueca profunda de la tristeza, pero sólo cuando necesitaba ser alimentado. Desde entonces, comprendió que la vida con Neto sería imposible. De acuerdo a la interpretación que provenía de su propio mundo, el alma de ese mal parido pegoste estaba sellada. Y, quiso deshacerse de él lo más pronto posible; pero tuvo el desafortunado tino de consultar al doctor Heraclio Barba, un médico forense jubilado y ávido lector de novelas enfocadas en el comportamiento de asesinos seriales. Cobraba barato. A cambio de 3 colones, el doctor asesoraba a la gente pobre en su propia casa; y, en muchas ocasiones, hasta les vendía el medicamento a mitad de precio. Después de auscultarlo, encendió unos cuantos cigarrillos, para relajarse y meditar profundamente; acto que se extendió dos horas consecutivas. La madre de Neto no movió ni un pelo durante la espera porque imaginó que quizás el doctor estaba cayendo en una especie de trance y que necesitaba hacer esto para comunicarse con los espíritus del más allá.

Lo que no sabía, es que es el doctor estaba fumando marihuana. El doctor aprovechaba algunos "momentitos" libres en su consultorio para fumar libremente sin la presencia de la esposa, quien lo había amenazado con el divorcio, si no abandonaba esa asquerosa manía. Al terminar el último cigarrillo, recordó que todavía estaba trabajando y que tenía a dos personas en su consultorio. Así que se limitó a decir:

–Señora, un recién nacido sin olor se convertirá sin duda en un sicópata asesino. Mis conocimientos en este campo son limitados. Pero usted puede consultar con los curanderos de su comunidad.

Desde esa época, Neto fue sometido a fuertes sesiones espiritistas y al consumo de brebajes que alteraron sus entrañas de lactante, puesto que la madre y el curandero local lo obligaron a tomar fuertes y apestosas infusiones elaboradas con ingredientes conocidos sólo por los espiritistas, –o mejor dicho, doctores–; Nadie sabía qué contenían las pócimas; y ni siquiera la madre se atrevía a preguntar qué le estaban dando de beber.

Mientras el niño tomaba la infusiones, el doctor solía consultar el libro *Brujerías típicas de Cuzcatlán*, la obra maestra de María de Baratta publicado por el Ministerio de Cultura en 1951:

Makisa ne nawal
Makikcha librar ni mal
Ken nik tajtánik
Tutéku Tekúnal*

Al cabo de innumerables sesiones, *ignotum per ignotius*, pudo producirse el olor que lo caracterizó toda su vida. Era un olor impuro, nauseabundo y fétido como el de un huevo choro. Un olor que le retornaba siempre, a pesar de sus esfuerzos. Una fetidez, que hasta cierto punto, lograba ocultar a base de hierbas aromáticas, esencias de cítricos y en cuanto tuvo dinero, con la famosa loción Old Spice, "el aroma del hombre". Pero la rigidez, es decir, su expresión de tortilla chara nunca cambió.

Sin embargo, el curandero hizo un buen trabajo; y, en poco tiempo, vieron los frutos de todas las sesiones: Cierto día, cuando Neto se encontraba acostado sobre un grueso petate, chupándose el dedo gordo del pie, el curandero vio aparecer al

---

* Que salga el nahual
  que libra del mal
  como se lo pido
  a Nuestro Señor de las Brasas

nahual del "pegoste". Se trataba de un tecolote gordo y grande trepado en un arbusto. Precisamente en ese lugar, el curandero acababa de prender un fuego; y fue allí, sobre el arbusto, donde esa ave de rapiña estaba devorando un pollito. Entonces, el curandero se asustó; él sabía que el tecolote, esa ave de mal agüero, era un servidor de Satanás, sólo acompañaba a los más viles. Desde los remotos tiempos del *Popol Vuh*, los tecolotes han sido fieles a los Señores de Xibalbá.

Debido a esto, el curandero terminó todo tipo de relación con su cliente y le dijo que podía llevarse al "pegoste" porque estaba totalmente curado. Mintió. Sabía perfectamente que no era lo correcto, pero tanto el curandero como el médico forense habían vaticinado la verdad sobre Neto. El Dr. Heraclio Barba, predijo, desde su experiencia en el campo criminal, quién sería Neto, pero no se atrevió a decirlo porque no tenía pruebas científicas. Sin embargo, ambos coincidían secretamente en la misma idea: Neto era un sicópata de nacimiento, y estaba destinado, tanto por su nahual como por su tonal, ya que nació un viernes, 13 de noviembre, cuando Plutón estaba en la casa de Scorpio. Por eso, su rostro de tortilla tiesa nunca reflejaría ningún tipo de emoción; como lo diría en un futuro, su gran amigo y colega, el literato y asistente pedagógico, Guatón Basovia: Neto era feo y malo como Satanás.

Estaba marcado por el destino: Tecolote nació. Como tecolote vivió; y, después de la muerte, se convertiría en un tecolotón con oscuras alas y plumas. *Aut Tecolote aut nihil!*

Y, él habría sido uno de esos tantos desalmados anónimos que destruyen las vidas de otros en el campo o en los barrios proletarios, de no haber sido porque cierto elemento ajeno a ese ambiente campestre intervino en su concepción. El tal Neto era hijo único de doña Xúchit Tekúlut y de su patrón, Lord Austin Tavernor Owlsleigh, *Attaché Militaire* del gobierno de su Británica Majestad, Jorge VI, futuro benefactor de la prestigiosa Academia Inglesa de Británica Cuscatleca.

Doña Xúchit era una jovencita inocente, cuando cayó en las garras de ese hombre pícaro, mujeriego, borracho y de alma rapaz, quien no provenía de la alta alcurnia, como solía presumir. Al contrario, él era hijo de la esposa de un notorio sodomita, el anterior Lord Owsleigh, quien no destinaba mucho tiempo a su mujer. De modo que la mujercita encontró un buen refugio en el regazo de un "su chofer", un tal Míster James Chatterley. Pero no quiero entrar en los detalles de semejante desliz. Esa es ya otra historia...

Empleada en la casa del patrón, Lord Austin Tavernor Owlsleigh, la pobrecita Xúchit se dedicaba a planchar alrededor de 20 cajas de ropa almidonada. ¡De dónde sacarían tanta ropa! se preguntaba, mientras ella se pasaba la mano por la cara para secarse el sudor; y, de paso, se levantaba el faldón para refrescarse un poco. Lo que no imaginaba es que el tal Lord Owlsleigh la vigilaba desde el sillón, donde también solía refrescarse con una botella de Tic Tac. Le gustaba contemplar el ritmo del planchado, el conteneo de las caderas, los subi-bajas del faldón de la Xúchit, los vaivenes de ese cuerpo desnutrido y juvenil, tratando de planchar los múltiples pliegues de sus camisas, hasta que de pronto, bien subido de copas, decidió devolverle el favor a la joven, dándole una buena planchada. Y, continuó planchándola con devoción, sin necesidad de quitarle el faldón durante varias semanas. Así que Lord Owlsleigh aprendió a planchar. Al principio, le dijo a la jovencita que le permitiera planchar sobre sus nalgas. De esa manera, ella descansó un poco.

Luego, fue más allá y le pidió a la joven que se inclinara sobre el planchador, mientras él empujaba contra ella, su prototipo de plancha voluminosa, una que no era de metal. Y la jovencita se dejaba planchar y ambos continuaron planchando juntos, casi todas las tardes, con el afán de deshacer en el faldón hasta la última arruga. Al parecer, era una tela áspera, difícil de estirarla con una sola planchada. Y, así transcurrieron varios meses, hasta que la esposa de su patrón notó que a la abnegada planchadora le iba creciendo una barriguita que no podría provenir del rimero de tortillas que se forraba en cada cena. No necesitó preguntar más. Sin mediar palabra y sin llevarse la mano a la consciencia, decidió echarla a la calle; pero no sin antes, recitarle cada capítulo y verso del distinguidísimo *Diccionario Salvadoreño de Groserías e Insultos Gratuitos de la Real Academia Cuzcatleca de la Lengua.*

Sin rumbo y sin hogar, la señora Tekúlut caminó bajo la lluvia, durante dos días hasta llegar a la Barranca del Cusuco, ubicada en las afueras de Apopa, el único lugar al que podía considerar como su hogar. Y, fue precisamente ahí donde muchos años atrás, Ixchel, la madre de Xúchit, había encontrado refugio después del levantamiento armado del '32.

Durante esos años la señora Ixchel huyó desde Izalco, después de ser violada por una compañía de soldados de mi General Maximiliano Hernández Martínez. Luego de su desfloración, Ixchel corrió desnuda hasta caer en una barranca; allí se quedó y allí dio a luz a su hija. Vivieron en una casa hecha con hojas de palmeras que fue destruida con el paso del tiempo. Al volver al sitio donde dejó el ombligo, doña Xúchit pudo construir una champa de mejor calidad, sobre una gran roca que estaba casi al borde de un arroyo. De acuerdo con las tradiciones, ella edificó la champa cerca de la tumba de su madre. Y fue desde ese entonces cuando comenzó a ganarse la vida vendiendo atol shuco, algo que le daría una intensa vergüenza a su hijo. Para él, trabajar como shuquera era muestra de la absoluta destitución. Sólo una mujer completamente acabada, desamparada, analfabeta, sin recursos, sin destrezas, sin familia pasaría el día entero llenando guacales con atol shuco, frente a la parada de buses. Pero no valoraba que ella era una mujer abnegada quien sólo vivía para su hijo y que no tenía ni lujos ni vicios. Sólo de esta manera, pudieron sobrevivir.

Sobrevivir, pero no vivir, ya que el atol shuco es para los pobres y representa el alimento auténticamente indígena del país. Ese atol es completamente despreciado entre la gente de "razón"; esa que gusta de comer en restaurantes, carnitas o parrilladas. Por todo eso, dentro de su corazón, Neto se consideraba a sí mismo, un caballero nacido en un lugar y tiempo equivocados.

Hasta los ingredientes del atol shuco son cien por ciento indígenas. Y esto era lo que pregonaba doña Xúchit cuando tuvo como clientela a un grupo de periodistas extranjeros, quienes estaban haciendo reportajes sobre la cultura en el país. Con ellos hizo unos centavos extras. Y hasta la querían sacar en una revista cultural, pero el desgraciado de Neto se opuso. Con todo y todo, la señora no cesaba de hablar con los periodistas sobre las propiedades del atol y de los ingredientes: 1 libra de maíz negrito, frijoles rojos, chile cola de gallo, y alguashte diluido en el mismo atol. Luego, agregaba, "Hay gentes que se jactan de tener sangre española. Pero son carambadas. La preparación parece más bien como algo del aquilarre: dejar fermentado el maíz por un día, colarlo, agregar sal, cocinarlo hasta quitar el olor agrio de semi-putrifacción, mezclarlo con frijoles sancochados, alhuashte y chile cola de gallo. Se sirve en guacal de morro. Para colmo, el mero nombre del brebaje, atol shuco (*atul xuku*) quiere decir "agüita sucia" en náwat.

Ni una sola gota de atol shuco entró en el estómago de Neto durante esos años. Por otra parte, las predicciones de los médicos que lo habían auscultado se manifestaban cada día más; ya que desde temprana edad, Neto comenzó con sus ataques tecolóticos, en sus constantes rabietas e incluso ululaba, es decir, emitía sonidos tecolóticos, como diciendo "hoo" "hoo", cada vez que jugaba o dormía. Doña Xúchit notaba que a niño le encantaba comer pollo, cosa que no podía ofrecerle todos los días, pero cuando ella lograba conseguirlo, Neto se emocionaba tanto que hasta se le trababan los ojos de alegría, abría los brazos como si estuviera a punto de volar y entonaba un canto parecido al ritmo del Rap. Y esto era un sonido espeluznante para una indígena acostumbrada sólo a los sonidos limpios de la naturaleza. A veces, pensaba que era mejor no darle pollo, pero no podía privarlo de la comida que con tanto esfuerzo había conseguido para su crío. Y, llena de susto se arrodillaba para rezar cada vez que Neto, con actitud retadora y prepotente bailaba y cantaba a su alrededor:

> Dame da-me da-me todo el pollo.
> Dame Dame Dame el poder. Dame el poder
> Lo quiero. Lo quiero
> Dame Dame Dame todo el pollo.

Por varios años, la producción del pollo escaseó tanto en las ciudades como en el campo, debido a la crisis económica y a algunos desastres de la naturaleza. Por si fuera poco, una peste aviar, se extendió en las zonas rurales y los campesinos no pudieron mantener pollos sanos. Sin embargo, el tecolote exigía el pollo que doña Xúchit a duras penas podía adquirir. Entonces, Neto comenzó a robar por los alrededores. Los vecinos se quejaron y en cuanto la madre se enteró, le dio una buena paliza para quitarle las malas mañas; y no sólo eso, también lo obligó a devolver hasta las mismas plumas que le robó a sus vecinos. Y como él vio una firme decisión en la señora no tuvo otro remedio que obedecer por largo rato, pero de todos es sabido que algunas tendencias o extrañas inclinaciones son persistentes en la naturaleza de los sicópatas.

Y fue también durante estos años, cuando Neto descubrió el inmenso placer que le provocaba sorber la sustancia, es decir, chupar la pura sangre de un pollo bien jugoso. Y no estoy hablando de pollos simplemente crudos. Me refiero a los que todavía andaban vivos y coleando en el corral. Neto se estremecía de alegría al escuchar el cocorocó desesperado de las gallinas y el aleteo de los gallos que inútilmente intentaban defenderse; mientras, el todavía joven Tecolote clavaba uñas y dientes en aquellas inocentes carnes; esos pobres animales que cacaraqueaban pidiendo misericordia por sus vidas. El no necesitaba cuchillos. Aprovechaba la oscuridad de la noche para atacar, como buen tecolote. Pero durante el día, cuando su hambre de pollo, lo atrapaba y para evitar que los trabajadores de los corrales aledaños descubrieran sus extrañas costumbres, se limitaba a abrirles un orificio en el buche con un picahielo; y, luego, les succionaba con facilidad toda la sangre. De esta manera, no dejaba escandalosos rastros. Y, si por casualidad en las granjas no había aves, atacaba con su picahielo a los chanchos o a otros animales, pero no los consumía. Era sólo para vengarse de aquellos que no habían cuidado adecuadamente a los pollos. Los mezquinos y desgraciados granjeros que lo estaban privando de disfrutar sus sórdidos placeres tecolóticos. Y puede ser que sea algo difícil de probar. Pero es posible que esas fueron las primeras manifestaciones del mitológico Chupacabras en El Salvador.

Con el tiempo, sus destrezas mejoraron. Y, Neto aprendió a devorar el ave completa sin sufrir problemas estomacales. Era cruel. Y yo creo que si sus víctimas, incontables gallos y gallinas y pollitos, hubiesen podido hablar, entonces esas pobres víctimas habrían exigido el derecho de morir bajo las técnicas tradicionales diseñadas desde la antigüedad, por los granjeros que se especializan en degollar aves de corral. Pero, ¿quién habría escuchado sus derechos? Por otra parte, el don de la palabra tampoco habría garantizado el éxito de su autodefensa, ya en este mundo pululan ciertos pollos que justifican y protegen al Coronel Sanders, fundador nada menos que de la famosa cadena Kentucky Fried Chicken. Pero esa es ya otra historia. . . .

Y de esta manera, centenares de víctimas sufrieron una muerte lenta y brutal en las mandíbulas de Neto Tecolote, quien se estremecía de placer en cada mordisco.

Años más tarde, durante su época otoñal y cuando ya disfrutaba de la posición otorgada por las fuerzas del mal, Neto Tecolote no sentía ni el menor remordimiento por la manera en que trató a su madre. Pero sólo hasta entonces, fue capaz de reconocer que ella era una mujer sólidos principios; y que de no haber sido por eso, él la hubiera enviado a prostituirse, para que el exquisito pollo nunca faltara en la mesa. Y entonces, se habría convertido en el chulo de su propia madre. Nunca supo por qué, pero cuando el stress del trabajo lo atormentaba se entregaba a la siguiente fantasía:

-Vieja, apúrese, pues. Váyase a la consiga.

-Hijo, ya no aguanto esta vida, dejame que venda shuco.

-No sos más que una puta. Cómo se te ocurre vender shuco, lo más despreciable. Andate con tus clientes. Apurate y moveles bien tu cuchumbo esta vez, no seás huevona. Si no me traés pollo esta noche, no te dejo entrar a la casa.

Casi a diario le daba rienda suelta a su mente perversa. Y en el instante sublime de sus asquerosas fantasías, esbozando una sonrisa, exclamaba:

-Neto Tecolote, el sicópata de aves.

-Neto, el desalmado chulo de su propia madre...

PRIMERAS VOLADAS DEL TECOLOTE

*¿Y
si llega
la
oportunidad?*

Roque Dalton

DEBIDO a un movimiento irónico en las barajas del destino, el infame tecolote había heredado el color y hasta la nariz de su padre inglés, detalles que trató de utilizar en su favor, para salir de la barranca. Por otra parte, la madre había decidido hispanizar el vetusto e irrisorio apellido que tanto delataba sus raíces indígenas. Su nombre en la partida de nacimiento era Néstor Homero Tecolote; mismo que le ocasionó una larga cadena de guasas e insufribles risotadas durante toda su juventud. La madre ahorró para pagar por el cambio; aunque tuvo que trabajar mucho para esto, y cada vez que sudaba la gota gorda, lamentaba haber perdido la oportunidad de evitar esa tragedia: como madre soltera habría podido declarar cualquier nombre. Pudo decir que el presunto padre era un tal Sr. Guzmán o un tal Sr. Gómez o un tal Sr. López. Ella se inclinaba, sobre todo, por este último, porque siempre estuvo enamorada platónicamente del vendedor de hortalizas de un pueblo aledaño, quien se llamaba Ernesto López; pero tuvo miedo de que la gente descubriera sus secretas fantasías eróticas, de modo que pronto cambió de parecer. Y de esta manera, Neto, se salvó de llamarse Ernesto López.

El cambio de nombre no fue fácil ya que tuvo que ahorrar durante varios años para costear el trámite. Pero ese no fue el único defecto a superar, o mejor dicho, el único inconveniente: blanquillo y escuálido, el Tecolote soportó que lo llamaran el Popotitos de la barranca, y hasta se atrevían a cantarle a su paso: "y es tan flacucho que me hace pensar que entre la lluvia no se va a mojar" Por otra parte, el tal Neto era medio dundo y medio ciego, tanto que a diario tenía que entrecerrar los ojos para ver. Pero un día, su madre ganó cien colones en la lotería nacional y con eso pudo comprarle sus lentes.

Y eso fue todo cuanto se pudo hacer por ese mocoso alto, desgarbado, mechudo y con gafas tan gruesas, que ante la opinión de todos, más bien parecía tecolote que humano; y, en especial, cuando se encontraba leyendo en la biblioteca de la escuela y adoptaba la postura de un jorobado. En ese momento, sus compañeros se reían sin compasión. El no decía nada. Tan sólo trataba de ignorarlos metiendo sus narices en cualquier libro. Las burlas continuaron un buen tiempo; hasta que un día se cansaron de agredirlo, al comprobar que las bromas no le afectaban para nada. ¿Sería esto posible? Era algo difícil de comprobar. Nadie podía estar tan seguro cuando se trataba de un hombre de naturaleza tan fría y de un rostro tan rígido e inexpresivo que nunca reflejó las emociones ni los sentimientos de la mayoría de la gente. Todo un sicópata de nacimiento. Su rostro de tortilla tiesa nunca proyectó ningún tipo de sentimiento, era "feo y malo como Satanás".

Sin embargo, hay en el mundo muchos incautos que interpretan el caracter sereno como la debilidad particular de toda víctima. Cuando esos incautos encuentran a alguien como Neto, creen tener luz verde para continuar con su larga cadena de burlas y hostigamientos. Pero se engañan. Ellos llegan a descubrir la aterradora esencia oculta bajo el velo de la serenidad, cuando es demasiado tarde... Y debido a esta aparente serenidad, aparecieron otros grupos de niños que continuaron agrediendo a Neto. Con frecuencia se reían a carcajadas de él, le tiraban piedras y a la salida de la escuela le gritaban:

Tecolote, zopilote
hijo de cerote.
Neto Homero, Teculero,
te van a romper el trasero.

Neto Homero, como lo llamaba su madre, continuó ignorando a todos esos chicos buscapleitos. Y, como sabía que su padre era un lord, caminaba siempre con la nariz erguida, sin dirigirle la palabra a nadie. El consideraba que su tiempo en Apopa, era tan sólo un período de prueba que lo llevaría a convertirse en el auténtico macho de "talla extra" y de "pelo en pecho" -obsesión figurativa que corría cada noche a la par de sus sueños húmedos-, pero sabía también que él obtendría todo eso, sólo si lograba salir de la Barranca.

Un día, Ricardo Guatón Basovia, -conocido como "Pelo Cagado" por un grueso mechón gris que le cubría la frente, y quien por cierto, fue su único amigo, o mejor dicho, lo más cercano a una amistad que comenzó cuando tenía 8 años-, le contó la historia del rey que quería volar.

-"Entonces, el rey ofreció mil reales y la mano de su única hija a cualquiera que le enseñara a volar. Al que fracasara, le cortaría la cabeza. Y todo el mundo llegó al palacio con sus ideas, pero ninguna funcionó. El país apestaba por la gran cantidad de cabezas cortadas, hasta que apareció un campesino, Bartolo Naco, con un plan genial. Un día, mientras el campesino cuidaba sus cabras, vio de pronto un tecolote muy joven posado en una rama. La rama se quebró, y el tecolote movió las alas hasta que se elevó a las nubes."

Neto, quien se quedaba con la boca abierta, decidió poner el plan en práctica. Le dijo a Ricardo que trajera el serrucho de su papá, quien era carpintero. Ricardo trató de disuadirlo.

-Pero, Neto... Neto. Todavía no te he...

-Ya, rápido, antes que anochezca, movete, ¡ya!

Ricardo insistía en terminar la historia, pero Neto lo obligó a cumplir con su decisión y hasta lo amenazó con divulgar, por doquier, que él se comía las uñas de los pies cada vez que estaba nervioso. Y así, sin mediar más palabra, Ricardo volvió con el serrucho. Mientras tanto, Neto consiguió cartón, pegamento y plumas, con los que se hizo unas alas.

-Neto, ¿estás seguro de que querés hacer eso?... No me dejaste terminar la historia...

-Vamos, necio, está por anochecer.

Neto se subió en un palo de mango, el árbol más alto de la barranca. Cautelosamente caminó hasta la extremidad de una de las ramas más altas y cuando dejó de temblar, le gritó a Ricardo:

-Cortá la rama, rápido. ¡Dédalo! ¡Dédalo, si vos lo pudiste, yo también!

Su vuelo, sin embargo, terminó más bien como Ícaro. Movía las alas lo más rápido posible, pero él cayó de un solo platanazo como un vulgar tetunte. Primero se dio contra el techo de don Estanislao Barcia; luego, rebotó contra un arbusto de moras al borde del arroyo y después, cayó al agua, que más que riachuelo era una cloaca abierta por donde pasaban todas las inmundicias de Apopa. Maltrecho, apestoso y con espinas en el trasero, se arrastró hasta el árbol de mango donde Ricardo lo esperaba.

-Pero, ¿qué pasó?... ¡Me dijiste que el rey voló!

-No me dejaste terminar la historia... El rey trató de volar pero se cayó y se murió cuando se estrelló la cabeza contra una roca. El campesino se casó con la princesa, tuvo un romance con la reina y todos vivieron muy felices. Y colorín, colorado...

—Y también sos el cabrón más malvado.

De esta manera, terminó la única verdadera amistad que Neto tendría durante toda su vida. Cuando los otros chicos de la escuela se enteraron sobre esa ridícula historia, comenzaron a joderlo con ganas: le tiraban plumas de gallina, le hacían ademanes con las manos; y, luego, se las metían bajo el sobaco, para imitar movimientos de alas. No conformes, le cerraban el paso danzando a su alrededor, mientras emitían cacaraqueos de gallina. Neto sentía mucho odio. Nunca les hizo nada porque él culpaba, sobre todo, a Guatón por haber divulgado el secreto por doquier; pero en su corazón, Neto siempre supo que el destino los volvería a juntar algún día. Y así fue. Su ojo tecolótico volvió a contemplar con satisfacción que ese desalmado, astuto, cochambroso, malévolo, lambeculos y mal intencionado de Guatón Basovia se convertiría en su subalterno; y, al mismo tiempo, en su mano derecha.

Los golpes provocados por la caída no fueron tan graves como la vergüenza que lo marcó para siempre, puesto que el accidente cobró vuelo más allá del terreno escolar; y, en poco tiempo, se convirtió en el hazmerreír de los chicos del cantón y también, de otros pueblos aledaños. Por dondequiera que iba, los chavales desocupados comenzaban a tirarle plumas de gallina, cáscaras de huevos, piedras y hasta bolas de estiércol para darle en la "maceta" a ese "gallo-gallina". La escuela se convirtió en una tortura. Nadie lo dejaba en paz e incluso durante los recreos algunos de sus compañeros de confianza se la pasaban bien con un nuevo e intelectual pasatiempo: todos solían dibujar una serie de personajes mitad gallo, mitad hombre, quienes ejecutaban actos impúdicos sobre el cuerpo trémulo de Neto Tecolote, al que representaban amarrado y torturado, en una especie de granja-burdel.

El hostigamiento iba en aumento y pronto, ni siquiera pudo encontrar un descanso a la salida de la escuela, puesto que allí, la mara de los gallos le cerraba el paso para acosarlo. Eran verdaderamente hostiles; incluso solían ejecutar una danza alrededor de él; era una danza cargada de movimientos obscenos, mismos que acompañaban con escandalosos cacaraqueos de gallina. Sin duda, fue una época traumática. Y desde entonces, odió con todas sus fuerzas las peleas de gallos; entretenimiento común en ese pueblo. Más tarde aparecieron otros síntomas: nunca más pudo estar ante la presencia de gallos sin que se le revolviera el estómago; y esto le afectó otras áreas de su vida íntima puesto que tampoco pudo mirarse desnudo ante el espejo, o hacer el coito con alguna muchacha, sin recordar a los asquerosos gallos impúdicos, que a cada instante, le asaltaban la memoria y le destrozaban su hombría, su fortaleza y su apetetito sexual. A partir de entonces, la palabra gallo quedó proscrita de su acervo. Desde entonces, el gallo se convirtió en su archienemigo. Y en su interior se desató una lucha secreta y atroz contra esa inmunda y repugnante ave de corral.

Por algún tiempo, antes del terrible enfrentamiento con la mara de los gallos, intentó buscar ayuda; y, en ocasiones lograba evadir sus pensamientos obsesivos hacia esa simbólica ave. Todo esto gracias a la directora de la escuela, quien le sugirió refugiarse en la lectura; sólo así, pudo disipar sus penas. Con mucha frecuencia, se encerraba en la biblioteca de la escuelita, donde leía libros de viajes; y, sobre todo, algunos manuales de lenguas extranjeras; esas que tendría que aprender después, para viajar por el mundo. Y verdaderamente lo habría logrado de no ser por la Mara Gallo que se le cruzó por enfrente. Antes de su encuentro violento con los Gallos, podría decirse que varias personas estaban colaborando para que Neto alcanzara sus objetivos; y este grupo de personas incluía la directora de la escuela, la bibliotecaria, el cura del pueblo y por su puesto, su propia madre. Todos ellos se reunían con frecuencia y se regocijaban porque Neto se estaba transformando de tecolote a ser humano. Ellos esperaban que el terrible augurio de los médicos no se cumpliera.

Por su parte, Neto soñaba con ser hidalgo, el hijo de algo, en lugar del bastardo que era. En sus fantasías, era un playboy, un Ramfis Trujillo, un Porfirio Rubirosa, un James Bond 007, a pesar de que no era ni un cero –cero- cerote. No paraba de soñar. A veces, en la cafetería se le aparecían extrañas visiones futuristas como la de caminar por el *Casino Royale*, con un par de bellezas; cada una bien cobijada por sus escuálidos brazos, mientras a lo lejos, una internacional orquesta tocaba:

El cumban-cumban-cumban-chero chero chero
cumbanchero, cumbanchero que se va
el bongo-bongo-bongo-bongo-sero sero sero
bongosero, bongonsero que se va
el Teco-teco-teco-teco-lote lote lote
Tecolote, Casanova que se va...

LOS GALLOS

El martes de carnaval
un gallo muerto de risa
salió en mangas de camisa
del Hospital General

Juan Martínez Villerga

ARA avis que era, en la escuela fue el objeto de burla de los Gallos, una terrible pandilla conformada por los chicos de su tanda, quienes siguiendo una especie de rito, solían peinarse con brillantina, se saludaban con un quiquirquí, que salía desde lo más profundo de sus gargantas y se jactaban de no haber dejado sin pisar a ninguna "gallina" del barrio. Ellos aborrecían a Neto. No habían logrado el objetivo de destruirlo porque él solía pasar el día encerrado en la biblioteca bajo la custodia de la bibliotecaria, de la directora y el personal docente. Por otra parte, la madre enviaba a alguien para que lo acompañara a la escuela. Pero un 28 de diciembre, el Día de los Inocentes, Neto Tecolote salió al centro para hacer las compras de fin de año. El vecino que siempre lo acompañaba no estaba disponible; y a pesar del peligro que corría, decidió aventurarse porque no se aguantaba las ganas de comprarse un mortero y otros polvorines; los chicos todavía inocentes solían divertirse con eso cada fin de año. Sin embargo, aquellos que habían tomado el sendero de la corrupción acostumbraban a celebrar de forma diferente. En este caso, la mara del gallos no se quedaba atrás. El Día de los Inocentes todos ellos se reunieron en la cantina La Minga, con ganas de probar su machismo.

Para divertir a los mayores y para obtener bebidas

alcohólicas gratuitas, decidieron bailar la "Danza de los gallos." Don Celso, el dueño de la cantina, un viejo marinero, había aprendido esa danza en Sudamérica y se la enseñó a todos los mocosos que querían beber gratis.

El había trabajado toda la vida para construir al regreso de sus aventuras marítimas, "La Minga," la única taberna con estilo exótico en el barrio. Y como indica el nombre, tenía una mesa de billar, adornos que recolectó en cada país, bebidas exquisitas y al mismo tiempo, extrañas para el paladar de un barrio de mala muerte, pero fuera de eso, no tenía nada más que ofrecer. Los relatos de don Celso sobre sus aventuras en los siete mares, sin embargo, deleitaban mucho más que cualquier aparato.

Al escuchar que los chicos de la mara Gallo bailarían, los clientes arrimaron las mesas contra las paredes y luego, formaron un espacio marcado con tiza. Los gallos se alistaron; cada uno se metió una cola de papel por detrás; y para que no se les cayesen, se las amarraron con el cincho. Después se colocaron en la cabeza unos guantes rojos que tenían los dedos erectos, -los guantes contenían trozos de cartón, en cada dedo-; de esta manera, simulaban una especie de cresta. Y, para cerrar con broche de oro, también se las ingeniaron para fabricarse unas espuelas de vaquero, con unos trozos de cuchillos que habían encontrado en el basurero de atrás. Entonces, todos agarraron una candela encendida con la mano derecha; formaron un círculo con todos mirando hacia afuera y esperaron la música. Con mucho esmero, el cantinero sacó de una gaveta un disco de Eva Ayllón, viejo y rayado, lo pulió con un trapito suave y lo puso en el tocadiscos.

Negrita ven, préndeme la vela,
Negrita ven, préndeme la vela,

pa' quemar a ese negro
pa' quemarle el alcatraz.

A mí no me quema nadie
nadie me puede quemar
y con esta sed que tengo
casi no puedo bailar

Negrito ven, préndeme la vela,
Negrito ven, préndeme la vela,
pa' quemar a ese negro
pa' quemarle el alcatraz.

A mí no me quema nadie,
nadie me puede quemar
Con el tapete que tengo
la vela la gua pagá

Al ritmo de la música, empezó el alboroto. Los
gallos corrieron los unos detrás de los otros tratando
de prenderle fuego al rabo, con un encendedor. El
reto consitía en esquivar a los otros con los codos,
sin usar los puños; pero también, todos ellos tenían
el permiso de herir con las espuelas que llevaban
amarradas en sus botas. Cayeron gotas de sangre
por todo el círculo. Mientras tanto, los borrachos
comenzaron a señalar a sus favoritos y sacaron pisto
para apostar. Mamerto fue el primero en caer. Todos
"eruptaron" en un nutrido aplauso y generosamente,
convidaron al infortunado "culo quemado" a unas
cuantas cervezas frías. Uno por uno, los gallos
se eliminaron entre sí ¬Jaime, Norberto, Jovel,
Rigoberto y Manolo¬ hasta que sólo quedaron dos.
Todos los "quemados" fueron convidados a cervezas
y aplausos. Mientras que los otros dos danzantes,
Filorete y Martín, estimulados ante el calor de los
aplausos, terminaron por tomar el juego demasiado

en serio; y, luego, de intercambiarse unos cuantos insultos, decidieron tirarse patadas mortales. Sin duda, habrían pagado con sus vidas, si no fuera porque Martín se agachó y otro de los gallos aprovechó para poner fuego a la cola de Filorete. De esta manera, Martín quedó como vencedor; mientras que los gritos de Filorete, se escuchaban hasta Honduras. Pero entre todos, lo metieron en un barril lleno de agua y allí le calmaron el dolor y la rabia con unas cuantas cervezas frías.

Don Maximiliano Alvarado, el principal apostador, quedó feliz con tanta ganancia y luego, de deslizar un par de verdes a Martín, decidió comprar una botella de Tic-Tac, para que todos esos insensatos pudieran beber como hombres. Al terminar la tarde, los gallos estaban bien pedo. Cuando salieron, apenas podían caminar. Algunos comenzaron a vomitar y dos de ellos simulaban ser aeroplanos, mientras el resto, se divertía entonando canciones de Cornelio Reyna. Más tarde, en la oscuridad de un callejón, se toparon con Neto. Lo sembraron de un solo golpe sobre un contenedor de basura, lo bombardearon con globos de agua y orines, hasta dejarlo hecho sopa de Tecolote. Después, le dieron patadas en el culo con las espuelas; y de postre, le metieron una botella de cerveza Gallo, que lo habría llevado hasta el otro mundo, si no fuera por unos recolectores de varillas de hierro, quienes presenciaron la escena y se decidieron a llevarlo al Hospital Bloom, en cuanto los miembros de la mara Gallo desaparecieron por otra calle y contemplaron como ellos celebraban sin remordimientos, que habían dejado a Neto con la rabadilla reventada:

Tecolote, zopilote
hijo de cerote.
Neto Homero, Teculero,
te rompieron el trasero.

LIBRO II:
LLEGADA AL PODER

¡Ay! Ríanse risones
¡Ay! Risótense, risones
Que ríen con risa, que risotean tan risueñamente
¡Ay! Ríanse risotonadamente
¡Ay! Risible risadumbre – la
risotada de risontes risaderos
Risamente, risamente.
Risotéanse risotudamente, risotingos, risotingos
Risotines, risotines.
¡Ay! Ríanse risones
¡Ay! Risótense, risones!

Velimir Khlebnikov

NO toda la historia de Neto será triste, te lo prometo. En las próximas escenas, la historia cobra un giro vertiginoso y nos lleva a través de absurdas sendas para conocer la necedad del tecolote. Ya puedo escuchar las primeras carcajadas. Y eso es lo que espero, que te rías a rienda suelta y con desenfreno, durante horas enteras; tantas que ni tu compa, ni tus vástagos, ni los vecinos puedan dormir a causa de las risas que se te salen. La risa es la mejor arma concebida contra los pendejos, así que hay que aprovecharla, sin límites. Cervantes escribió *Don Quijote de la Mancha*, para que te mearas de la risa, para que te juntaras con él cuando se burlaba de cualquier baboso con ideas retrógradas. El sacerdote que escribió *Lazarillo de Tormes* está sentado en una nube en los altos del cielo, esperando que te echés unas cuantas carcajadas al leer los infortunios de ese semejante pendejo. Por otra parte, el único consuelo que recibe el archi-conservador, traidor y protofascista Francisco de Quevedo desde el infierno, es cuando te ríes de *Pablos y los otros blancos*.

Ojalá te estés preparando bien para la próxima lectura y que no estés comiendo pura chatarra, mientras leés mis palabras. Preparate una rica ensalada, una sopa de frijoles con chile o limón, como querrás, unos vegetales en escabeche, un refresco de tamarindo porque reír bien, requiere el uso de todos los músculos sanos.

Y no tengás misericordia por ningún huevón, mucho menos, por alguien como Neto, quien tuvo la oportunidad de tomar otro camino, el que su propia madre y otros le señalaron. Pero finalmente, pudo más la sombra oscura del tecolote y fue así como se convirtió en el psicópata y perfecto canalla, al mando de cierta organización educativa. Un lugar que nunca debió caer en sus garras. En esta sección verás como Neto llegó a ser jefe y todos los chanchullos que hizo, y también todos los traseros que lambió –por no decir lamió.

¡Ahhhhh! Y todas las canciones que descubrirás esparcidas entre la prosa, las podrás encontrar en Google. O más bien casi todas, porque tuve que inventar algunas y traducir unas cuantas. Y si tenés suerte, a lo mejor podés encontrar capítulos de *El Matagallos* en YouTube. ¡Ah!, y no se me olvidan los poemas... Algunos los escribí en la madrugada, pero otros epígrafes y poemas pueden aparecer completos en Google.

LA TRANSFIGURACIÓN DEL TECOLOTE

Y si alguien dice que esta historia
es esquemática y sectaria

...

que vaya a comer mierda
porque la historia y el poema
no son más que la puritita verdá.

Roque Dalton

POR varios días, Neto se quedó atrapado en una pesadilla mortal, en la cual, se vio a sí mismo amordazado y encadenado por fuerzas invisibles que lo obligaban a contemplar el mismo desfile de terroríficas imágenes. Esas imágenes se proyectaban ante sus ojos una y otra vez, en secuencias repetitivas, hasta encadenar un horizonte infinito. En sus pesadillas, diminutos gallos emergían de todas sus arterias sangrantes, abiertas y purulentas. Mientras una voz burlona declaraba que eran sus hijos putrefactos. Y los recién emergidos gallos aumentaban de tamaño, camiban sobre su cuerpo, esperando turnos para picotearle los ojos y los demás orificios. Los gallos quiquiriqueaban con espasmos de felicidad, mientras las mujeres del barrio aparecían a su alrededor para señalarlo con el dedo.

En su pesadilla, numerosas mujeres de aspecto lascivo se levantaban la falda para mostrarle los despropocionados gallos que permanecían entre sus piernas. Eran gallos asombrosamente bien dotados en sus partes más íntimas. Estos también esperaban su turno para atacarlo, mientras las mujeres lanzaban risas de lujuria.

Por fortuna, esa terrible pesadilla se fue

esfumando, en cuanto salió de su estado de coma. Lamentablemente, la cosa no paró allí, puesto que durante varios años, Neto sufrió un sinnúmero de ataques de pánico, sobre todo, cuando percibía el olor de gallo en chicha o cada vez que escuchaba el anuncio de El Gallo Más Gallo en la radio. Hubo un momento en el cual, ya no podía ni siquiera tolerar el olor a sandwich de pollo o a sopa de gallina india que, para su desgracia, siempre servían en todas las fiestas de cumpleaños o en todas las actividades de la parroquia. Tampoco era capaz de contemplar de cerca ni una sola pluma de esta ave. Y, para colmo, ni siquiera podía escuchar las palabras: pollo, gallo o gallina, sin sentirse sacudido por un incontenible ataque de rabia.

Desesperado, buscó ayuda con el médico del pueblo, quien lejos de brindarle un tratamiento, se rió en su propia cara. Habló también con dos enfermeras de la Unidad de Salud, quienes reaccionaron de igual forma; y, para evitar que ellas difundieran su secreto, decidió retractarse aduciendo que se trataba de un broma; y, que después, de su larga estancia en el hospital, de pronto, le había dado por hacerse el gracioso con todos, ya que se sentía aburrido, desolado y confundido. Las enfermeras lo miraron con lástima, pero su secreto se mantuvo a salvo.

Pronto, se dio cuenta de que nadie podría ayudarle a superar ese espantoso tormento y que sólo habría una posibilidad para su completa rehabilitación: masacre total. Y él estaba bien resuelto. Después de sufrir un ataque de esa naturaleza, era comprensible que albergara sentimientos de venganza, pero lo extraño es que en ese entonces, nunca pensó en aplicar esa medida contra los integrantes de la mara Gallo, quienes lo abusaron físicamente, sino contra todos los miembros de esa insufrible raza aviar. Y de esta manera, una madrugada, antes de que el atrevido gallo del vecino se le adelantara con su canto matutino, el desgraciado Neto decidió comenzar su tarea. Primeramente, hizo ejercicios de respiración, para navegar hacia su interior y recoger la multitud de trozos desprendidos de sí mismo. Y, luego, parándose ante el espejo, el único que su madre le comprara durante las festividades patronales, en el kiosko más barato del mercado de pulgas local, se puso a gritar a todo pulmón:

-Tecolote he nacido. Para Tecolote nací... Devoraré y destruiré a todos como Tecolote. Y ser Tecolote será mi destino.

En ese momento, apareció a sus espaldas la figura de un hombre vestido totalmente de negro; sin embargo, el sombrero, el saco, el pantalón y los zapatos relumbraban como un caído cielo nocturno. No necesitaba verlo; de alguna manera, sintió sobre sus espaladas el peso de una extraña presencia impregnada con un fuerte olorazo a cacho quemado y azufre. El aparecido traía consigo un portafolio negro del que sacó un libro también negro. Lo abrió en la página seiscientos sesenta y seis y señaló con su lápiz, igualmente negro, la línea seis punto seis seis.

-Firmá aquí y todo lo que deseás será tuyo para toda la vida: serás la causa de la infelicidad aquí en esta *soi-disant* República de El Salvador, dedicada a mi eterno enemigo. Serás mi mejor ayudante aquí y en la eternidad.

Neto no tardó ni medio segundo para entregar el alma al Adversario. Por un momento creyó que se trataba de otra pesadilla porque el aparecido se esfumó dejando una espesa nube de azufre que tardó en disiparse. Neto avanzó en medio de la humareda, medio tambaleándose, medio tropezándose, hasta que logró divisar a lo lejos, muy a lo lejos, una encrucijada donde empalmaban varias calles. Se dio cuenta de que se encontraba en un pueblo muy antiguo, sin casas, sin aceras ni pavimento. Todo a su alrededor era puro polvo; roca y polvo caliente del camino. Sus pies descalzos ardían al adentrarse en el desierto hasta que finalmente, pudo vislumbrar la silueta de un hombre de piel oscura que vestía un antiguo y holgado traje de tonalidad azul marina y un sombrero del mismo color. El hombre, que sostenía una guitarra entre sus manos, permanecía de pie junto a una estaca que sostenía las únicas señales de la encrucijada: norte-sur, este-oeste. De pronto, una tormenta de polvo evaporó esa fugaz visión. La tormenta era fuerte. No supo cuánto tiempo permaneció con los ojos cerrados, posiblemente porque estaba embobado con las notas musicales que de súbito, brotaban entrecortadas desde su interior, hasta que finalmente, pudo identificar que se trataba de una vieja canción de blues:

I went down to the Crossroads
fell down on my knees
asked the Lord for mercy
"Save poor Neto if you please."

LISTO PARA DESPEGAR

"Houston, we have lift off"
Ron Howard

DESPUÉS del Año Nuevo, se despertó con buenas noticias. Lord Owlsleigh había pasado a otra vida, después de batallar contra la gota, una enfermedad causada por los excesos de una vida disoluta. En su testamento le dejó una beca para que finalizara sus estudios en la internacional Academia Inglesa de Cuzcatlán. Aceptó de inmediato. No tanto porque le apasionara la oportunidad de iniciar una carrera, sino por la envidia que la noticia despertó en los otros. En este momento, Neto llegó a una conclusión: si sus sufrimientos eran la alegría de los demás, de igual manera, los sufrimientos de los demás serían su deleite.

En la Academia inglesa Cuzcatleca, Neto siguió su vida solitaria. Un muchachote tan ajeno a las destrezas y a los modales de la alta sociedad, definitivamente, estaba condenado a no encontrar la amistad o el amor en una atmósfera tan contaminada por la jactancia y la ostentación. Muchas veces caía en situaciones ridículas. Cada vez que el desdichado se encandilaba por una chica bella o amistosa, la seguía a la distancia, de clase en clase, de pasillo en pasillo, pero nunca tuvo el valor de hablarle; y todos notaron, desde el principio, de qué pierna cojeaba. A pesar de todo, hizo esfuerzos por estar a la altura del grupo: con el dinero que le dejara Lord Owlsleigh contrató los servicios de un vecino, propietario de un jeep y una motocicleta, para que se hiciera pasar como su chofer; de esta manera, evitó la vergüenza de llegar en el transporte colectivo a la academia. Pero en el fondo, sabía que el jeep del vecino no se comparaba con los automóviles de lujo de los otros estudiantes.

Al principio se sintió mal, pero la voz del Adversario, se manifestó de nuevo en la boca del chófer. Y fue así como cada día tuvo lecciones sobre cómo mejorar sus destrezas sociales. Y, luego, la respuesta a sus problemas apareció como una estrella negra: Publicó artículos con la ayuda de la bibliocaria y con el apoyo de la red social de estudiantes periodistas, a quienes con asombrosa habilidad logró manipular; de esta manera, divulgó "la noción inglesa del fair play" y la idea errónea de que su comportamiento se debía a las excentricidades inglesas de su padre. Esto le creó un espacio en ese ambiente exclusivo; y, así, encontró la oportunidad de desarrollar su perversa naturaleza.

Tuvo que hacer todo eso y más para encajar en ese ambiente; él siempre supo que a pesar de la herencia, había tenido la suerte de formar parte del grupo estudiantil fundador de esa augusta institución. En ese entonces, el colegio recibía a toda clase de estudiantes con los brazos abiertos; digamos a cualquiera que pagara plena matrícula.

Pero la clave del éxito se le revelaba todos los días desde el más allá. Don Gumercindo, su vecino y chófer, no se daba cuenta de que luego de atravesar un entrecruce en forma de estrella, su voz le cambiaba y comenzaba a pronunciar, como un zombie, una serie de extraños y siniestros consejos sobre cómo manejar a los otros; eso mismo le ocurría cada mañana, antes de arrivar a la elegante academia. En poco tiempo se convirtió en un manipulador experto. Así, Neto logró camuflarse por largo rato; y todo habría seguido un curso común y corriente, como el de los otros estudiantes, de no haber sido por el peculiar tema de su Tesis de Bachiller: *Líderes de genio e hierro, un panegírico sobre las maravillas de mi General Fidel Sánchez Hernández, Presidente de la República, y del Partido de Conciliación Nacional.*

Sus esfuerzos no fueron en vano. Como, en ese entonces, casi toda la juventud se agitaba por el cambio y anhelaba un futuro con una patria democrática y justa para todos, Neto Tecolote se refugió en un pasado imaginario. Un pasado donde todo le pertenecía a todos, por derecho divino. Su tesis provocó conmoción; y, en consecuencia, recibió la invitación para participar en un encuentro político, en el cual, todos los jóvenes talentosos tendrían la oportunidad de conocer a los principales líderes del país. Su madre pidió dinero al prestamista, don Max Alvarado, para comprarle su primer traje de etiqueta, para que pudiera dejar una buena impresión.

Al entrar en el Teatro Nacional, Neto y sus compañeros de la Academia recibieron un gran aplauso, por parte de los miembros del Partido de Reconciliación Nacional. E inmediatamente, la orquesta comenzó a tañer una selección de canciones patrióticas hasta la llegada del Señor Presidente, momento el cual, todos entonaron el himno nacional.

Saludemos la patria orgullosos
De hijos suyos podernos llamar;
Y juremos la vida animosos,
Sin descanso a su bien consagrar.
. . . .
Le protege una férrea barrera
Contra el choque de ruin deslealtad,
Desde el día que en su alta bandera
Con su sangre escribió: ¡LIBERTAD!
. . . .
Dolorosa y sangrienta es su historia,
Pero excelsa y brillante a la vez;

Manantial de legítima gloria,
Gran lección de espartana altivez.

. . . .

Todos son abnegados, y fieles
Al prestigio del bélico ardor
Con que siempre segaron laureles
De la patria salvando el honor.

Inmediatamente después, el Señor Presidente comenzó su discurso:

Hace cuarenta años, los rojos se alzaron en el interior de nuestras fronteras patrias. Pero estábamos preparados. Hace cuarenta años, esos rojos comenzaron robando nuestras tierras consagradas, asesinando a nuestros valientes hacenderos; mancillando, desflorando y rebalsando del gusto al reviolar a nuestras dignas mujeres de sangre azul. Pero estábamos preparados. Hace cuarenta años, el demonio rojo puso pie en nuestra santa patria. Pero estábamos preparados. Tanto, que cuando la flota estadounidense nos ofreció socorro, en un gesto inolvidable de solidaridad, se lo negamos. Porque estábamos preparados. Preparados para aniquilar a las huestes de Satanás. Preparados para arrasar el bolchevismo de nuestra sagrada tierra. Preparados para rescatar a nuestros hacenderos inocentes y a sus familiares de la conflagración encendida por los diablillos rojos. Porque estábamos preparados. Luego, los rojos, ese atajo de sinvergüenzas, nos demandaron tierras. Pero estábamos preparados. Después, ellos continuaron demandando tierras y en un acto de civilización se las dimos –lo suficiente para cubrirles la cara hasta el día de su juicio mortal. Porque estábamos preparados. También demandaron comida y se la dimos. Porque estábamos preparados. Pero ellos son insaciables y continúan demandando comida y se las daremos en plomo, el único alimento que reconocen semejantes rojos, hijos de Luzbel. Y como ellos continuan abusando de nuestra paciencia, al pedirnos lo que no se han ganado, entonces, nosotros los condenaremos a remorder la M. de cada polvo porque desde siempre estamos preparados.

Hoy en día, las nefastas huestes de Satanás se están levantando de la tumba como zombís. Pero no se olviden que nosotros estamos preparados. Ellos quieren engañar a nuestros inocentes campesinos con promesas de frijoles y tortillas; pero sus frijoles son balas y sus tortillas son pancartas vacías. Pero desde siempre, estuvimos preparados; y ahora, más que nunca, estamos preparados. Tengan presente que ellos quieren confudir a nuestros ingenuos hermanitos braceros con promesas de tierra; aunque la única tierra que el rojo demonio puede ofrecer es la fosa. Pero nosotros estamos preparados. E incluso, ahora ellos quieren alistar a nuestros sacerdotes en su guerra sucia contra la impecable patria; aunque ningún hombre verdaderamente consagrado a Jesús pronunciaría tales blasfemias. Pero nosotros estamos preparados...

Y mañana una ola de azul se levantará de nuevo para ahogar esa roja pesadilla mortal. Porque, desde siempre y para siempre, compatriotas, nosotros estamos preparados.

Neto tragó con los oídos cada vocablo del Señor Presidente. Y de pronto, su cara se iluminó como si fuera anti..., -perdón-, como si él se encontrara ante Cristo, escuchando con avidez, sus sermones o más bien, como si él hubiera alcanzado el Nirvana y estuviera escuchando a Buda. Pero sólo estaba ante el Señor Presidente, y con eso, él ya se sentía como uno de los elegidos del universo.

Después de terminar su pronunciamiento contra los males de la igualdad, el poder popular, y otras ideas satánicas, el Señor Presidente saludó a sus oficiales militares y civiles. Mientras tanto, los estudiantes comieron parrillada en el salón principal; y, luego, los llevaron en bus militar hasta Casa Presidencial, donde el mismísimo General Sánchez Hernández los recibió personalmente, uno por uno, en su oficina.

-Entrá... sentate, bichito. Así que vos sos patriota y no uno de esos culeros rojillos que quieren ahogar la patria en flujo, en linfa, en plasma, en sangre y en otros colorados humores, así como lo hicieron en Rusia, China y Cuba. Allí donde te mandan al paredón por ser cristiano, allí donde te destetan a los pocos días de nacido, allí donde te arrancan del regazo de tu beata y consagrada madre tan sólo para lavarte los sesos y convertirte en un autómata desalmado. Pero ellos son insaciables. Y nosotros complacientes. Y si quieren sangre, ¡sangre les daremos! y ríos de sangre lavarán la putrefacción de este país ¿Me entendés, bichito?

-Sí, mi General... digo, ummm, señor Presidente.

-¿Así que estás listo para defender a la patria contra todos todos los guerrinches que nos quieren arrebatar lo que por derecho nos pertenece a nosotros?

-¡Sí, mi Presidente!

Entonces, Mi General Sánchez Hernández se quedó atónito, nunca en su carrera militar había visto una cara tan servil en ningún soldado raso, en ningún subalterno, ni siquiera en el sobalevas o lambetraseros más vil de su gabinete. Estaba sumamente impresionado. Nunca había presenciado en un mismo individuo, esa extraordinaria combinación de inocencia, codicia, miedo, valentía, servilidad y orgullo. Así que se frotó las manos; y se resolvió a descubrir de qué estaba hecho ese mocoso rapaz y escuálido.

-Decime, bichito, ¿de dónde sos?

-Sí, mi Presidente... Mi madre es del Departamento de Santa Ana y mi padre fue inglés.

-¿Tu padre, inglés?... ¿En serio?... Te pregunto, ¿en serio... inglés?

-Sí, mi General. Me dejó una herencia antes de morirse.

-Ah, que se murió. ¿Y qué clase de apellido es Tecolote?

-Es inglés, mi General.

-¿Y qué clase de apellido inglés es?, bichito.

-Ummm, dicen que originalmente era anglo-normando, ummm, "de Collette", ummm, y que aquí los nativos no lo pudieron pronunciar, ummm, entonces, en vez de "de colinita" lo convirtieron en nombre de ave.

-¡Bichito! ¿Me estás jodiendo?... Te llamé aquí para una cosa seria, ve.

-Sí, mi Presidente.

-¿Y...?

-¡Sí, mi Presidente, estoy aquí para servir a la patria!

Mi General se metió la mano en el bolsillo, mientras movía la cabeza de un lado otro, sin saber qué pensar o qué hacer con ese bicho tan abominablemente útil para su partido. Entonces, sacó unos doscientos colones.

-'Ma... tomá, se me hace que si vas a servir a la causa, tenés que establecerte, va.

Al ambicioso de Neto, por primera vez en su vida, se le abrieron los ojos por completo ante semejante rollo de billetes. Y apenas pudo responder la siguiente pregunta del Presidente.

-¿Algo pa' tomar?

Neto no podía contestar porque tenía la mandíbula abierta de par en par, como la de un tiburón que se prepara con avidez a recibir su presa. No lo podía creer. El mismísimo Presidente de la república; el mero, mero chingón de las ilustres vísceras de la patria, le había invitado a beber algo. Precisamente a él: un tecolote de la barranca. Pero ya con eso se sentía como un hombre.

-Como sos tan sólo un bichito, te convido a un guacal de shuco, a menos que querrás un trago de hombres.

Al escuchar la palabra shuco, Neto sintió unas grandes ganas de vomitar. Se puso amarillo y continuó encendiéndose como un semáforo, hasta cobrar un intenso color rojo como el distintivo de los personajes que el General tanto detestaba. Luego, presintió que los resortes tecolóticos se le aflojaban; y, por poco, sufrió un vahído tan solo al imaginar que le pondrían enfrente ese líquido grisáceo, con sabor y consistencia a flemas infernales. Ante esto, Mi General se sintió incómodo y llegó a la conclusión de que, a lo mejor, él había metido la pata.

-¿Sabés...? Como sos un hombre te voy a convidar como un hombre... ¿Una botella de Gallo... ?

Neto se puso rojo como una remolacha otra vez y se paseó por la habitación tratando de ocultar la intensidad de su cólera.

-¿Pero qué te pasa, bichito? Te estoy ofreciendo una bebida como un hombre a otro, ve.

Neto se puso a tartamudear y después se le soltó el taco:

-Es, es, es... ¡Es que esperaba una bebida nacional por parte de mi Presidente, una bebida patriótica, en vez de algo que viene del extranjero!

En ese momento, Mi General se puso de pie, terriblemente impactado, al escuchar semejante respuesta. No podía creer que tuviera agallas para retarlo así. No sabía qué hacer con él. Estaba decidiendo entre darle una bofetada él mismo o entregárselo al Mayor Roberto, quien siempre andaba buscando conejillos de indias y 'voluntarios' que participaran en sus largas sesiones de torturante interrogación. Pero de pronto, el General pensó para sus adentros: "Un hombre que sabe odiar por una ofensa tan leve, sin duda, puede convertirse en un hombre de inmensa utilidad..."

-Hablaste muy bien, bichito. Debía de haber botado esos meados chapines por el excusado, pero como mi chero, el General Lucas García, me las trajo de regalo, no quise ofenderlo. Pero aquí te tengo un trago netamente nacional, va, . . . como vos, Neto.

Con eso, le sirvió un vasito de Tic Tac. Neto, que nunca había tomado ni siquiera un sorbito de cerveza, se lo bebió de un sólo golpe. El impacto del trago se le convirtió en numerosas brasas que le bajaban hasta los cimientos de sus entrañas más profundas; y, esa sensación lo torturó hasta la mañana siguiente, cuando le brotaron llamas y hasta espesas humaredas por el chamuscado trasero. Sin embargo, no se quejó ante el Presidente. Hizo un gran esfuerzo para tragarse hasta los gritos; y, luego, se puso de pie de un solo salto, cuando le tocó despedirse con un saludo militar.

Sin perder tiempo, El General llamó a su secretaria, quien acudió como siempre, solícita, dispuesta e inclinada, para ejecutar las genuflexiones de cada mañana.

-¡Chabelita!, vení... Rápido, ponete las pilas.

En ese momento, esa mujer de aroma escandaloso, de caminata lasciva y de uniformada desnudez acudió para asistirlo. Y, digo "uniformada" porque se trataba de un diseño exclusivo, diseñado por el mismo Presidente, es decir, ella lucía un uniforme exótico que consistía en una falda tan corta y tan ajustada que más bien, parecía traje de baño; zapatos de color rojo escarlata, de una altura mortal, y una blusa desabotonada hasta el ombligo, creada especialmente para que nadie se enfocara en su cara de vaca. Apresuradamente, se arrodilló ante los pies del General, y con su sensual boca ya casi contraminada contra el "miembro" señorial, le preguntó:

-¿Mi General quiere algo especial para quitarse la tensión del trabajo?

El acento y el tono de la mujer eran igualmente sensuales. Y, como era un asunto de rutina, esa mujer fogosamente entrenada, había adquirido la habilidad de formular esa cotidiana pregunta, sin interrupciones ni pausas, mientras descorría la cremallera del pantalón con sus labios rojizos. Entonces, el señor presidente la agarró por los hombros y la enderezó en un dos por tres.

-¡A la gran puta... hay trabajo que hacer!, ve.

-Sí, mi General, en seguida.

-Enviales a todos los estudiantes que me visitaron, una invitación para servir en el Equipo Pro-Patria de Salvación Nacional. A todos los que acepten, arreglales una beca completa para estudiar en la universidad. A todos, menos este bicho que acaba de salir, va.

-Sí, mi General, en seguida.

-Ese bicho promete mucho, pero parece que aprende las mañas demasiado rápido, ve. Por tanto, quiero verlo jodido pero agradecido: ocupado por ganar la vida con el sudor de la frente. Buscale una chambita en un ministerio completamente inútil donde no pueda cagarse encima de nada importante, va.

-¿Qué tendrá en mente mi General?

-Algo que no tiene ningún valor para la patria, ve... mmmm... Educación, sí, eso, ahí no puede joder de ninguna manera, va.

-Sí, mi General, en seguida.

-Y una cosa más, mi Chabelita, ha sido un día bien jodido.

-Sí, mi General.

La secretaria, fogosamente entrenada, no necesitó más instrucciones. A pesar de su apariencia frívola, Chabelita, era una mujer bastante patriótica. Ella sabía que el más ínfimo descuido, el más insignificante error de cálculo, o la más exigua indiscreción podrían poner en riesgo los destinos de miles de conciudadanos. Por todo eso, su trabajo estaba lleno de gratificaciones. Y aunque sus hazañas quedaran en el absoluto anonimato, todas las mañanas, se puso de rodillas para ejecutar con ardor el loable servicio que prestaba a su amada patria.

VUELO SOLO

I can fly, way up high, in the sky
By and by, with a sigh,
I'll be back in the twinkling of an eye.*

Noel Wankerman.

DESPUÉS de su entrevista con el presidente de la República, Neto corrió para tomar el próximo bus con destino a Apopa. Don Gumercindo, atacado por la envidia se negó a recogerlo, pero tuvo el buen tino de inventarse una brillante excusa: le dejó saber que no tendría tiempo para servirle de chofer porque estaba organizando una tremenda fiesta en su honor; una fiesta a la que asistiría todo el pueblo: los motoristas más conservadores, también los motoristas afiliados con el sindicato, los maestros de todas las escuelas, las vendedoras de fruta del mercado, las hermosas cachiporristas de la alcaldía y hasta la gente de todas las iglesias de Apopa. Neto debió haber sido bien ingenuo para creer eso. Como buen envidioso, don Gumercindo estaba atacándolo por su lado flaco. Hacía eso, sin dejar rastros. Y, cada vez que Neto triunfaba, don Gumercindo solía pintarle panoramas fuera de la realidad; ya sea para hacerlo caer o ya sea para burlarse de él. Neto ni se enteraba de sus malas intenciones. Su inflado y tecolótico ego lo alzaba rápidamente más allá de las montañas; tarea fácil porque según, don Gumercindo, elevarlo con palabras era muchísimo más fácil que lanzar un papalote en los vendavales de octubre.

---

* Puedo volar, tan lejos lograr, al cielo allá
  En un instante, con un sollozar
  En el cerrar de un ojo voy a regresar.

Por la prisa, Neto ni siquiera se acordó de quitarse el saco. Era un día caluroso y el autobús iba repleto de personas que no cesaban de comentar los altos precios de todos los productos en las tiendas; todos alegaban que muchos infames estaban especulando con los granos básicos que el IRA (Instituto Regulador de Abastecimientos) destinaba a los pobres. También decían que muchos comerciantes que compraban en el IRA, al por mayor, estaban depositando los productos en una bodega para luego, revenderlos a precios más altos. La gente estaba muy enfrascada en esta conversación, hasta que una anciana gritó desde atrás: Cómo puede ese muchacho vestir semejante traje en medio de este calorón. Y, eso dio pie para que todos le dieran vuelta a la tortilla, y comenzaran a gastar bromas y chanzas dirigidas al tecolotón, quien por su parte, no se dio por aludido.

El trago de tic tac había acabado con su escasa cordura, tanto que durante todo el viaje no hizo otra cosa más que cantar al ritmo de la música favorita del chofer; y, cuando la radio del bus se descompuso, él continuó tarareando para imaginar que era un artista famoso a la altura de Cornelio Reyna, El Piporro o Vicente Fernández. Y, habría continuado soñando si no fuera porque a mitad del trayecto, una vendedora ambulante se subió en el bus. La vendedora le dio una guacalada de atol shuco al motorista. En ese instante, el concierto interno de Neto se acabó, al recordar a la mujer que más aborrecía en este mundo. Y hubiera dado lo que fuera, con tal de escapar de su propia madre; pero reconocía que todavía no había llegado la hora de abandonarla. Para Neto, ella era sólo un mal necesario; una terrible calamidad que debería sufrir, mientras no consiguiera a alguien más que le cocinara, le lavara y le planchara la ropa de forma gratuita. No le quedaba otro remedio.

Y pensar que tendría que verla esa tarde... En efecto, él estaba ansioso de ver a todos en la fiesta, pero a su mamá... ¿Cómo esquivarla? ¿Qué podría hacer con ella? Y después de pensárselo por largo rato, resolvió que seguramente encontraría la mejor forma de esquivarla, sobre todo, cuando las chicas de la fiesta, lo sacaran a bailar o seguramente, durante la parte más emocionante del show, cuando las hermosas cachiporristas de la alcaldía, convocadas por el generoso don Gumercindo, desfilaran en su honor. ¡Maravilloso!, ¡maravilloso! Se repetía para sus adentros, sin dejar de consultar el reloj de oro que su pobre madre le había comprado con amor y a costa de muchos sacrificios. Pese a la amargura de tener que soportarla, la verdad es que Neto tenía afán por llegar a su cantón y verle la cara a la gentuza de la barranca. Especialmente, a esos que siempre se habían burlado de él.

El viaje en el bus le pareció un lapso eterno, pero a la hora de su llegada, no encontró lo que tanto había soñado: multitudes esperándolo con sus bocas sonrientes; y, mucho menos, las numerosas cachiporritas que bailarían en su honor, mientras clamaban su nombre, al ritmo de tambores exóticos e instrumentos de cuerda.

En lugar de eso, encontró un puñado de gente frente a su champa; todos ellos susurraban, entre lágrimas, la misma letanía. Nadie salió a su encuentro. Cuando lo vieron aparecer, los hombres lo esquivaron y las mujeres escondieron sus caras en las largas mantillas bordadas con encajes baratos, para llorar con más fuerza. Entre los concurrentes, apareció el Padre Giovanni Melograno, quien acababa de llegar desde la comunidad de Montefiascone, una aldea cercana a Roma. No había tenido tiempo para prepararse puesto que fue enviado de un momento para otro, como parte de una medida disciplinaria impuesta por el arzobispo. Apenas se comunicaba con la gente de la parroquia de Apopa. El no hablaba el español con fluidez ya que ingresó al sacerdocio sólo con los propósitos de llenarse la barriga y de dormir en una cama cómoda. Durante años pasó por alto la expresa orden de aprender nuevos idiomas. Para su infortunio, él sólo sabía italilano y un poco de latín. Luego, el plazo impuesto desde arriba se venció; y para castigar su pereza, el arzobispo lo envió para servir en uno de los agujeros más miserables de América Latina.

-Mi dispiace, figlio, tua mamma è morta. Le bendizioni di Dio sia con te. In nome del Padre, il Figlio e...

Neto no sabía qué pensar, o mejor dicho, cómo actuar. Entendió perfectamente el mensaje, pero no sabía si era propio ponerse a llorar como aquel conjunto de mujeres desconocidas, quienes mostraban esas emociones sólo por tradición. Le dispensaba, sin embargo, el hecho de ser hombre. De modo que no necesitaba dar ningún espectáculo en el nombre de su madre. Sin embargo, hizo un esfuerzo para ocultar la satisfacción que experimentaba a raíz de esa muerte súbita. En el fondo de su alma, daba gracias porque en lo sucesivo no sentiría la vergüenza de tener una madre indígena, analfabeta y de remate, vendedora de atol shuco. A partir de ese momento, podría hacer todo lo que él quisiera sin necesidad de asociarse con esa vieja falduda que sólo hubiera sido un ancla para su carrera. Además, no tendría que compartir su sueldo con nadie. Y lo mejor de todo, es que podría comer todo lo que quería, él solo.

Por todo eso, fingió que no había entendido el mensaje del padre y se limitó a entrar en la casucha, sin mediar palabra. Adentro, encontró a Max Alvarado, el prestamista, quien rezaba encima del cuerpo de doña Xóchitl Tecolote, *née Xúchit Tekúlut*.

-Neto... siento mucho tu dolor.

Neto se quedó callado. Entendía perfectamente que el dolor de don Max no era ni emocional ni espiritual.

-Neto... Ella está ahora en un lugar mucho mejor... sin tener que preocuparse de los asuntos de este mundo.

Neto sólo podía adivinar qué clase de asuntos; puesto que se trataba de los asuntos aludidos por don Max, en su mente fría y calculadora.

-Neto... vas a tener que hacer algo con tu vida y para eso tenés que largarte de aquí... Aquí no hay futuro para vos y...

El hombre trataba de encontrar el tono y las palabras más adecuadas para ese momento, pero antes de que pudiera pronunciar otro vocablo más, Neto eyaculó:

-300 billetes por la champa, sin incluir los muebles.

Max se quedó boca abierta.

-La verdad... Neto... es que ella contrajo un préstamo de 100 pesos. Con intereses, a esta fecha, son 200 que ella me quedaba debiendo.

-300 con los muebles, pero me quedo con los libros.

-Trato hecho.

Max jamás se había topado con un ser tan lúcido e interesado, de sangre tan fría. Un ser tan indolente y desalmado. En ese momento, él se dio cuenta de que alguien así, en su campo de trabajo, podría convertirse en un competidor peligroso; y, por eso, Max dio gracias al Señor de que ese hombre no se decidiera a trabajar como prestamista.

Con todo ese dinero en el bolsillo, Neto tuvo algo para empezar a construir sus sueños. Tenía lo suficiente para escapar de Apopa, para vivir en un lugar más codiciado como Acovit, Ciudad Delgado, San Miguelito, El Manguito, Soyapango o Cuscatancingo. Pero prefirió invertir su dinero en Apopa, donde pudo comprar más casa por menos pisto. Con el dinero que obtuvo de de don Max pagó la prima de un terreno que lamentablemente, colindaba con la barranca donde se crió; pero allí construyó una casa y hasta plantó un jardín de rosas, su único lujo. Y así, marcó su propio destino: permanecer en Apopa durante el resto de sus días.

Leones por corderos

Nunca temo un ejéricito de leones
dirigido por un cordero.
Temo más un ejército de corderos
dirigido por un león.

Alejandro Magno

L A carta de nombramiento que recibió por parte del Señor Presidente de la República, le abrió automáticamente las puertas a cierta posición laboral por la que muchos habían estado luchando durante años y años. Con esa carta se presentó sin haber arreglado previamente una cita, en las oficinas del Ministro de Educación, Doctor Arquímedes San Goyo, uno de los pocos hombres respetados en el gobierno por su rectitud. Mientras los demás ministros andaban con Mercedes y Cadillacs, él manejaba un bocho viejo –un escarabajo tan destartalado que hasta se le había caído el emblema de VW.

Tan sólo cuando visitaba las escuelas ubicadas en las peligrosas zonas rurales, el Ministro Arquímides San Goyo se daba el lujo de subirse en un vehículo todo terreno y en compañía del chófer. Fuera de eso, no solía despilfarrar en nada. Algunos lo acusaban de ser tacaño porque la esposa le llevaba el almuerzo y los bocadillos todos los días a su oficina; pero esa era la única manera de mantener un ministerio que casi no percibía fondos en comparación con otros. Y aún si él no hubiera sido un hombre recto, la pura verdad es que, de todos modos, no había dinero para robar, a menos que se decidiera a extender sus tentáculos -como han hecho muchos-, hacia negocios fraudulentos que operan bajo la fachada educativa, pero terminan escondiendo la verdadera fuente del capital.

Cuando el Dr. Arquímides San Goyo miró por primera vez a Neto, estaba lleno de indignación. No sabía cómo disimular su enfado; y, en el esfuerzo de ocultar su torbellino de emociones negativas no se le ocurrió otra cosa que pasearse de un lado a otro de la oficina, como fingiendo meditar profundamente. Luego de un largo rato, logró entablar una conversación amena, pero sin dejar de mover con nerviosismo la cabeza como si tratara de sacudirse la corriente de ideas contradictorias que lo electrizaban por dentro. No había nada qué hacer. De cualquier manera, él comprendía que no podía oponerse a las mudanzas en el juego político, especialmente, cuando se trataba de cumplir los caprichos y desvaríos del Sr. Presidente de la República.

-Ojalá seás más inteligente de lo que parecés, bichito. Con esta cara de bruto, no vas a durar ni una semana aquí.

Neto se hizo el gringo, le sonrió, nada más. Y con la misma expresión acató la orden de no revelar a nadie que venía recomendado por el Sr. Presidente en persona. Difundir esta información, quizá le habría servido para esquivar a la multitud de envidiosos confrontativos que comenzaron a hostigarlo, puesto que habían estado aspirando al puesto que Neto recibió a pesar de su juventud e inexperiencia. Todos se confabularon para destruirlo. Desde el primer día, sus nuevos colegas, sin ningún tipo de vergüenza, comenzaron a llamarle idiota en su propia cara. Pero Neto se sonrió; y a pesar de la cotidiana lluvia de insultos, se limitó a sonreírles amablemente, con su mejor cara de idiota. Algunos colegas llegaron todavía más lejos, y se atrevieron a pegarle pedazos de papel en la espalda. Eran rótulos que contenían frases de burla: "ESTE BURRO TIENE BUEN TRASERO" "PATEALE LA COLA AL BURRO TECOLOTE."

Pero Neto, sin enfadarse, se quitaba los papeles en el baño; y, mostraba siempre su mejor expresión, aún bajo circunstancias indignantes. Era increíble de dónde sacaba tanta paciencia... Con el correr del tiempo, muchos comenzaron a tenerle lástima y otros abandonaron el hostigamiento al ver que el novato no se defendía. Algunos de ellos llegaron incluso a pedirle disculpas, porque habían visto en él una gran dosis de sencillez, paciencia y humildad. Lo consideraban inofensivo; tanto, que con frecuencia comentaban frente a las narices de Neto, información clasificada. Es decir, esos secretos que sólo se comparten fuera de la oficina, a la hora de las comidas, a la hora del café o en los mometos que todos coincidían en el baño.

-Cómo jode ese cabrón, San Goyo, te juro que algún día... Ahhhh, hola Neto. Sólo desquitándome, nada más. Demasiado trabajo por tan poco dinero. Un hombre tiene que pensar en su familia. Pero ese San Goyo nos explota. Nos explota...

Y, los secretitos se convirtieron en verdaderas confidencias cuando descubrieron que el tal Netito los escuchaba con paciencia y que cada vez que se lo pedían, ofrecía a todos, su tiempo libre para brindarles una serie de consejos muy acertados y oportunos; en poco tiempo, sus colegas llegaron a verlo como su santo padre confesor. Y así las mujeres llegaron a contarle sus anhelos laborales, sus secretos amorosos e incluso sus fantasias nocturnas; mientras que los hombres le confiaban sus frustraciones:

-Netito, contame, ¿qué es lo que verdaderamente desean los hombres?...

-Netito, amigo. ¿Los hombres verdaderamente dejarían a las esposas por una colega jovencita como yo?...

-Neto, decime. ¿Cómo puedo satifacer a un

hombre sexualmente, especialmente si ese hombre es mi coordinador?

-Neto, estoy harto de los gritos de ese chingón San Goyo. Hasta me puso a devolver la última "mordida" que me dio la directora de una escuela, es decir, el dinero que me soltó bajo el escritorio para aprobar la certificación del Centro escolar de Acovit. Y, luego, ese San Goyo me obligó a suprimir la tal certificación. Y delante de la gente me lanzó un tremendo sermón sobre la honestidad, la rectitud que debe mantener todo funcionario. Já. Si vieras la cara que ponían los maestros y hasta la misma directora de ese centro escolar. Esa hombruna y masculina directora... Esa bagre espantosa con fama de tortillera ¿Vos sabés quién es ella? ¿No? Esa tal Julieta Travi. Esa que hasta me tuvo que dar una chupa-chup por gusto... Y todavía recuerdo la cara de asco con la que me lo hizo... Ay, seguramente, esa fue la primera vez que en toda su vida que le había entrado algo de un hombre, ja, ja, ja... Pero yo tuve que devolverle la plata. Por la gran... ¡Ay, Neto!, Netito. Aconsejame qué hacer en todo esto. Yo tengo que pensar en mi familia. Y lo peor es que ese San Goyo nos paga un sueldo de miseria...

-Neto, cabrón, tenés que ayudarme... Fijate que estaba borracho hace unos meses y me cogí a la Morsa Bisontina, la mujer de Carlos... Yo estaba tan borracho. En mi sano juicio jamás me hubiera acostado con semejante repollo con cara de culo. Lo hice porque estaba bien pedo. Y ahora resulta que está embarazada y el marido que ya supo sobre lo nuestro, la sentenció: le dijo que si no lo aborta, la va a echar a la calle. No reconocerá su paternidad. Y es que el hombre no necesita de pruebas, porque el muy cabrón afirma que él ya se había hecho una vasectomía desde la juventud. Así que con esas noticias ella me ha venido a buscar a la oficina y me anda acosando. Y la verdad de las cosas es que yo no la obligué, ni la presioné. Yo sólo recuerdo que cuando la cabrona se me tiró encima yo estaba alucinando con las modelos de los posters, esos que siempre están pegados en las paredes del bar. Eso fue todo... Y vos sabés como es ella, una tonta medio analfabeta que no sabe hacer nada y que por eso me anduvo buscando, porque quiere que le saque un profesorado falsificado. Y, la babosa me sigue presionando. Pero eso no es lo peor de todo. Lo peor es que cuando me cogió, hasta le había pagado a alguien para que nos tomara fotos; y las primeras que nos tomaron fueron allí mismo, en la mera silla del bar, las otras cuando nos fuimos para el baño, y las últimas cuando fuimos a explorar las plantas al otro lado del bar. Y, ahora me anda amenazando con enseñarle todo a mi esposa. ¡Ah, Neto, Netito!, ¿Te das cuenta? Ayudame con eso, Neto...

Antes del fin del año, Neto sabía los secretos más sórdidos e inconfesables de todo el personal del MINED. Había registrado en una lista color amarilla a todas aquellas mujeres que traicionaban al esposo y también a todos aquellos que odiaban al jefe; también anotó en otra lista especial a todos los gays, a los que se vestían de forma diferente al salir de la oficina y a las que con frecuencia se dormían abrazadas en la isla de Lesbos; y, en otra lista, bastante larga, estaban todos aquellos que recibían dinero por chantajes; y, en otra, todavía un poco más larga, a todos los que tenían ideas revolucionarias, a esos últimos los registró bajo la inscripción de "rojillos"; pero él dedicó más tiempo al listado que anotó en un libro de cubierta negra. Con afán examinaba esa lista diariamente porque precisamente a esos debía serrucharles el piso para ascender. Misteriosamente, los nombres de ciertos colegas comenzaron a aparecer en algunas cartas anónimas.

Estimado señor Lacayo:

Me duele tener que informarle que su esposa se presentará este viernes en el Auto-Hotel El Castillo, como a eso de las 5:00 de la tarde, en un Toyota celeste y en la compañía de un tal señor: Otón de la Vara. Yo no sé qué hará usted. Pero yo sí sé lo que "mi esposo" le haría al hombre que se atreviera a interponerse entre nosotros.

Atentemente,

Consejos de una mujer decente.

Estimado General Casanova:

Bocas inmundas han calumniado a su hijo al declarar que es visitante frecuente del Pájaro Feliz, una institución dedicada a la depravación entre hombres. Yo no lo creo. Yo no creo ni por un minuto que el fruto de su estirpe se degrade de tal manera. Y, considero que es muy importante que usted oiga la clase de mentiras que circulan por esta cloaca que llamamos sociedad. Y por eso es mejor que usted observe la clase de amigos con los que departe después del trabajo. Quizás en ellos está el problema.

Atentamente,

Un patriota leal.

Excelente Señor Ministro:

Me pesa informarle que su sede está infestada de subversivos. Es imperativo que Ud. actúe antes de que esta información llegue a las manos de sus superiores o, peor, a las páginas de los diarios. Según mi vecino, el señor jefe de la Dirección Especial de Investigaciones, estos incluyen a...

Estimado Mayor Roberto:
Como miembro de la causa pro-patria, y en el afán de defender nuestros caros deberes patrióticos, me encuentro en la necesidad de denunciar las actividades terroristas de un tal Otón de la Vara, miembro de la sección cultural del Ministerio de Educación y conocido autor de opiniones subversivas, quien suele escribir versos subversivos en todos los murales dentro y afuerita de la universidad Nacional, también escribe consignas de protesta en las paredes de cualquier lugar, cuando él y otros estudiantes revolucionarios se lanzan en peligrosas manifestaciones a las calles, en las paredes de los baños, y...

El Diario de Hoy, Sección de Anuncios:
Aunque hay los que me han acusado de subversión, hago constar que siempre he sido patriota y cristiano y que nunca he sido ni comunista ni subversivo. Claro que he participado en algunas manifestaciones pro-sindicalistas y tengo familiares afiliados con ANDES 21 de junio. Durante mi juventud cometí algunas indiscreciones cuando memoricé el nombre de ciertos manifiestos y puse mis iniciales, sin saber lo que firmaba, pero la prueba de mi lealtad es que soy empleado del Ministerio de Educación...

Señor Ministro:
La situación en Santa Tecla se ha empeorado. Todos sabemos que el Licenciado Melitón Cáceres sufría siempre del mal hábito de llenarse los bolsillos misteriosamente en todos los sitios que visitaba. Estábamos sabedores de eso, pero ahora se ha convertido en violador. La señora rectora de la Escuela de Acovit, la Licenciada

Travi, me contó en privado, que la obligó a tener sexo con él y si el Ministerio no hace algo para remediar la situación, habrá consecuencias. Ya que la Señora Travi y su familia, tienen fuertes influencias con el Partido político de turno. Nos conviene pedirle la renuncia al Licenciado Cáceres por abuso de poder y sugiero que para compensar a la Licenciada Travi, le aprobemos nuevos presupuestos para su escuela, que aquí entre nosotros, anda mal económicamente. No se sabe cómo, pero de pronto, a la Sra. Travi se le desaparecen los dineros... ¿Qué extraño, verdad?

En un par de años, Neto se encontró como el único empleado que sobrevivió a la operación limpieza ejecutada por el Ministro de Educación, Dr. Arquímes San Goyo. Al principio, Nadie sospechó de Neto, mas con el tiempo, la gente logró resolver el caso hasta determinar quién había sido el autor intelectual de esa enorme cantidad de despidos. Entonces, todos se cuidaban de él. Las mujeres que trabajaban en las oficinas asociadas, lo trataban con amabilidad y respeto, pero en el fondo, le tenían asco. En medio de esa inestabilidad, algunas tomaron decisiones desesperadas, ya sea para protegerse o ya sea mantener sus puestos de trabajo. Estas llegaron a ofrecerle servicios especiales en la intimidad, después de las horas de oficina. Pero las más decentes huyeron o fueron despedidas por negarse a cumplir sus caprichos. En su descaro, Neto se fue poniendo más y más misógeno e incluso, llegó a acosar a las maestras de las escuelas públicas. La noticia se corrió por doquier; pero para entonces, a Neto ya no le importaba porque estaba bien sentado sobre una espesa nube de desfachatez y depravación. En cierta oportunidad le dijo a una pobre colega, quien era madre soltera y tenía un niño en el kínder: "La boca de una mujer sólo sirve para dos cosas: para decirme que sí, o para zamparse mi cherito y darme placer..."

La gente no guardaba secretos. De todos era sabido que existía una larga lista de víctimas que nunca pudieron quejarse apropiadamente en contra de Neto, debido a la corrupción en ese pequeño país; y, especialmente, en ese pequeño ministerio. En la larga lista, aparecían las quejas anónimas de maestras, de las directoras de los centros escolares e incluso, abundaban denuncias provenientes de colegas que no quisieron revelar sus nombres; ellas sólo informaban que trabajaban en el ministerio. En todas esas cartas, dirigidas sin remitente, las mujeres relataban minuciosamente sobre cómo habían caído en las garras del tecolote. Los detalles eran alarmantes. Al parecer, los acosamientos comenzaban cuando ellas se veían en la necesidad de entrevistarse con Neto en su oficina, con el propósito de resolver cualquier asunto académico. Pero antes de resolverlo, debieron someterse al fuego de su inquisición:

¿Estás casada?

. . .

¿Por qué no?

. . .

Una mujer con buen cuerpo como el tuyo tendrá muchas posibilidades en esta sección.

. . .

Tendrás que buscar quién cuide a tus hijas porque vas a trabajar hasta la madrugada conmigo.

. . .

No te preocupés, te daré un aventón en mi Yugo.

. . .

Conozco un buen hotel.

. . .

Todas las otras dijeron que sí, ¿por qué pensás que tenés el derecho de decirme que no?

. . .

¡O te rendís a mis demandas o nunca más tendrás trabajo en Centroamérica!

. . .

¡Tenemos una lista para mujerzuelas buscapleitos como vos que no quieren abrirse las piernas!

. . .

¡Cabrona, lamentarás hasta el día en que naciste por haberme hecho perder el tiempo!

. . .

Y, pronto, El señor Ministro se cansó de recibir tantas quejas anónimas. Al principio esperó que alguna de ellas tuviera el valor denunciarlo personalmente; pero debido a la cantidad de mensajes escritos y llamadas telefónicas, decidió tomar cartas en el asunto. Necesitaba conseguir pruebas. Primeramente, se dio a la tarea de hacer pesquizas por su propia cuenta y comenzó a notar, con asombro, que todas las mujeres trataban de disimular sus expresiones de odio y repugnancia ante la presencia del Tecolote. Pero esto no era suficiente. Necesitaba conseguir pruebas contundentes puesto que ese mequetrefe había sido recomendado por el mismo Presidente de la República; de modo que habría de eliminarlo siguiendo un plan cuidadosamente elaborado. No era gran cosa. En su larga trayectoria laboral había sobrevivido a unos cuantos Netos para mantenerse en el puesto que disfrutaba.

Entonces, echó a andar su plan. Primero que nada, creó una necesidad laboral y convenció a Neto de realizar un trabajo de campo en las zonas rurales de todo el país, porque "nadie como él estaba mejor calificado y porque estaba depositando en él su absoluta confianza" Sólo el Dr. Arquímides San Goyo solía decir las cosas con tanta firmeza, con tanta intensidad y convicción. La gente aseguraba que todo cuanto salía de su boca era verdad. El se entrenaba a diario. Al despertarse, solía pronunciar sus discursos laborales encerrado en el baño, frente a la multitud de espejos que su segunda esposa había mandado a instalar. Y, allí se tomaba un café bien cargado para dulcificar su garganta; inmediatamente después, hacía ejercicios de inflexiones hasta encontrar el tono más adecuado para cada situación.

Debido a su entrenamiento, no le fue difícil embaucarse a Neto, quien aceptó sin objeciones, la coordinación de los programas educativos que se implementarían exclusivamente en las regiones atestadas por guaridas guerrilleras. Era la época del conflicto armado, cuando cualquiera podía morir ya sea por decir la palabra incorrecta, ya sea por mirar con malos ojos a un soldado o ya sea por caminar en un sitio equivocado.

Erudito en el arte de la manipulación y en el manejo del discurso, San Goyo le lanzó la cruda verdad desde el principio. Le aclaró que era un trabajo sólo para valientes, que lamentablemente, no tendría protección especial y que sería enviado como agente encubierto, como un delegado de bajo rango para averiguar si las escuelas estaban invirtiendo el dinero adecuadamente. De inmediato, Neto sintió la adrenalina fluyendo por sus venas. El Dr. Arquímides San Goyo percibió que su plan estaba funcionando; de modo que avanzó un paso más; y, poniéndole la mano sobre el hombro, le expresó con una amplia sonrisa: "Cualquier empleado que sobreviva en esas zonas de combate, ascenderá en poco tiempo, a una mejor posición en el Ministerio de Educación." Con nerviosismo y tartamudez, Neto buscó excusas como los compromisos laborales ya adquiridos; pero San Goyo, ese viejo lobo de mar, adivinando la verdadera razón de esas excusas, le ofreció un jugoso aumento salarial, mismo que recibiría al iniciar sus nuevas funciones en el mes de febrero. Y, con esta estrategia, se cerró el trato.

Los días se hicieron largos para el Dr. San Goyo, quien no se aguantaba las ganas de ver a Neto corriendo sobre campos de exterminio, bajo fuego cruzado. Ese era su primer punto en la agenda. Su más caro sueño. De modo que a diario, solicitaba a sus subalternos que le actualizaran el listado de las zonas más peligrosas ocupadas por el Frente Farabundo Martí para la Liberación Nacional; todo con la esperanza de que los rebeldes lo emboscaran y le hicieran el inmenso favor de ejecutarlo.

Su presencia lo hacía sufrir. Todos los días marcaba un día menos en el calendario; y aún con todo, tuvo que sufrir su presencia durante las últimas reuniones; y, finalmente, en la modesta, pero deliciosa cena navideña, único momento en el cual, el Dr. Arquímides San Goyo se permitía derrochar el dinero para agasajar a los empleados, con buena comida, música en vivo y juegos de mesa.

Radha, la reina de las gopis

Radha es la fuente de toda inspiración espiritual

A.C. Bhaktivedanta Swami Prabhupada

TODO andaba retequetebién para el As de Apopa, desde que se corrió la noticia del ascenso. Entonces, muchas mujeres comenzaron a darle bola por su dinero. Durante este lapso, nuevos escándalos protagonizados por Neto, llegaron hasta los oídos del Ministro Arquímides San Goyo, quien no tuvo más remedio que hacerse el sordo, pero envió a un subalterno de confianza para documentar todos los pasos de Neto. De esta manera, se enteró de todos sus movimientos y de todas las veces que se escapaba de la oficina, en compañía de sus empleadas.

En su euforia, ni siquiera sospechó que San Goyo había convocado a un buen número de mujeres atractivas, pertenecientes a cierta "clase" social, para hacerlas pasar como aspirantes a secretarias. Por supuesto, que todas ellas tenían la orden de dejarse "examinar" por Neto. De esta manera, ellas le sacaban información. El no se dio cuenta del juego; y al parecer, tampoco le hubiera importado saberlo, considerando que los niveles de conmoción tecolótica, ya no tenían límites; y, cada vez que entraba en el Gran Auto-Hotel Soyapango, con alguna subalterna o aspirante a secretaria, pedía que le tocaran su canción:

El cumban-cumban-cumban-chero chero chero
cumbanchero, cumbanchero que se va
el bongo-bongo-bongo-bongo-sero sero sero
bongosero, bongonsero que se va
El casa-casa-casa-Casanova nova nova
Casanova, Tecolote que se va

Un día, Radomira Bojórquez, la más nueva y más bella de la oficina, quien formaba parte de las últimas adquisiciones del Ministro, comenzó a jugar telepatía con Neto. Era, sin duda, una de las mujeres más bellas que Neto jamás había visto en toda su vida. "Por la gran flauta", -se dijo para sus adentros-, "esta cabrona hasta parece artista de cine". Y por tanto, la contrató sin leer su expediente. Ella era una chalateca blanca, pelirroja y con rasgados ojos verdes.

Durante ese entonces, pocas personas se habían enterado de su verdadera historia; una historia que recientemente fue divulgada en *El Bar de Media Ronda*, programa radial matutino, dirigido por el murmurador y comunicativo poeta Sir Otón de la Vara. En una sección del mismo programa, Sir Otón reveló que él había trabajado para el MINED y que lamentablemente, se había convertido en la de la primera víctima de Neto Tecolote. ¿La razón? De todos era sabido que Neto no toleraba la rivalidad de otro hombre más capaz. Tanto que Neto, a diario solía repetir: "¿Vergas y Varas en esta oficina?... Un momento, Sr. mío, por favor. Vergona vara en esta oficina, sólo la mía..."

Por su parte, Neto ni siquiera se molestaba en disimular sus tecolóticas emociones. De todos era sabido que a duras penas soportaba la presencia del joven poeta, quien gozaba de un atractivo imán entre todas las mujeres. Y, a la vuelta de unos cuantos meses, el joven quedó fuera del juego, debido a los rapaces movimientos del asqueroso Tecolote.

Con el correr del tiempo y debido a misteriosas designios del destino, el poeta Otón de la Vara fue colocado nuevamente sobre los rieles tecolóticos; y, así fue como llegó a conocer detalladamente la vida de Radomira, la mujer de Neto. Pero en su programa radial, tuvo el cuidado de presentarla como una heroína, como un ejemplo a seguir ya que, a pesar de las vicisitudes del destino, ella había logrado resurgir, incluso de la misma muerte. De esta manera, reveló que el abuelo de la chica había sido un misterioso ruso llamado Radomir Govnoyeddy, quien anduvo en territorio centroamericano en calidad de agente soviético encubierto; y, que luego, fue fusilado junto a un grupo de insurrectos, entre ellos Miguel Mármol, un héroe revolucionario que milagrosamente, sobrevivió a ese fusilamiento, allá por los años treinta. Pero ese episodio en la historia de Radomir era algo difícil de probar. Lo único que se pudo probar es que se enamoró de una chalateca con la que tuvo hijos y que un día, el pobre hombre salió a vender zapatos, pero nunca regresó. Todos sus vecinos lo querían mucho. Tenía buena clientela en San Salvador. Sus clientes contaban que él tenía unos ojos tan celestes y abiertos como Siberia y que su bondad no tenía límites.

Neto no lo podía creer, pero cada vez que miraba a Radomira, ésta le tiraba una sonrisa pícara. No pudo resistir la tentación; el segundo día de trabajo, le pidió una cita y terminaron en el Gran Hotel Paramor, frente a la playa del Majahual. Radomira, o Radha, como la llamaban, se dejó tocar tan solo de la cintura para arriba; y, luego le mostró un libro con todas las posiciones del *Kama Sutra*. Neto, era un perfecto ignorante en cultura, y se quedó impresionado con todas las fotografías; entonces, ella le prometió practicar todas las posiciones del *Kama Sutra* con él, pero con una sola condición: tendría que casarse con ella y pronto. Ella le aseguraba que era virgen, por eso, antes de la boda, sólo le permitiría ver su bello cuerpo, pero nada más.

Neto estaba cautivado. Se sintió como un viajero muriéndose sin recursos, en la sofocante inmensidad de un desierto, como un soldado caído en combate, sin medicamentos y sin municiones para sobrevivir. Era difícil contenerse. Trató de hacerse el fuerte por tres días, pero luego; aceptando el amargo sabor de su derrota, se arrodilló ante ella para decirle que sí, que sí, mil veces que sí. Y se casaron antes de la fiesta de fin de año. Y, para ahorrar dinero, se la llevó de luna de miel a Acajutla, donde la encantadora Radha le mostró su cuerpo, en fiel cumplimiento de su palabra, al igual que las mil posiciones carnales de la internacional enciclopedia hindú de lujuria y amor.

Seis meses después, les nacieron unas trillizas, rubias y de ojos azules. No se parecían en nada a Neto. Al contrario, eran niñas muy bellas, demasiado bellas para ser de Neto y todos murmuraban, a sus espaldas, ese misterioso y vergonzoso detalle. Radha las nombró por ciertas cualidades completamente ausentes en Neto: Esperanza, Caridad y Mercedes. Y, luego de escoger los nombres, rezó por que fueran el opuesto de su padre putativo. Para celebrar el acontecimiento, algunos de sus colegas pusieron CDs de música hindú en el estéreo de la oficina. Le dieron una celebración, en la cual, sirvieron gringas al pastor y atol shuco.

Un año después, por la Calle Arce, Neto se paró para ver las películas pirateadas que los vendedores habían colocado en estantes e incluso, sobre la acera. No pensaba comprar nada, pero de pronto, percibió de soslayo un conjunto de letras rojas que le llamaron la atención. Se trataba de un estuche grabado con las palabras: *American Kama Sutra*, y bajo este título, aparecía Radha rodeada por un séquito de gringos altos y rubios. Ella tenía un pene enorme en cada uno de sus tres orificios y estaba empapada por un líquido lechoso parecido al atol shuco. Entonces, se dirigió a los estantes y encontró que Radha estaba en la portada de docenas de

CDs, en innumerables actos sexuales, en los que participaban otras mujeres e incluso animales: *Las mil y una noches de la Chera Azade, Alicia en el país de los mamelucos, Cheras insaciables, Labios lascivos en Lesbos, Bienvenida abordo, Rin Tintazo, Con tu tía Radha no es pecado.*

Por si fuera poco, el vendedor se atrevió a comentarle que la obra maestra era un film gringo, cuyo protagonista era un famoso caballo, *In the Bed with Mr. Ed.* Al verlo con cara de mal humor, el vendedor le ofreció algunos CDs, a bajo costo y hasta le proyectó algunas escenas en un pequeño televisor, todo esto para convencerlo de comprar algo. Debido a las escandalosas escenas, muchos transeúntes se congregaron alrededor; y esta vez, nadie pudo ver los gestos tecolóticos y hasta cómicos de Neto.

-¡Wilburrrrrrrrrrr! – relinchó el caballo-. Estoy harto de vivir como monje.

-¿Y qué puedo hacer yo en cuanto a eso, Ed?

-Pues, vos siempre andás cogiendo toda la cuca del barrio cada vez que Carol no está.

-¿Y qué? Ese vergón de un metro que tenés no va a caber en ninguna mujer.

-A lo mejor que no, pero tenés que decirle a Carol que me dé una chupa-chup como aquella que te dieron las gemelas quinceañeras de la casa vecina; mientras Carol iba de compras con la mamá de ellas.

-Pues, si la podés convencer, es tuya, Ed.

En ese momento, entró en escena Carol, personaje protagonizado por Radha.

-¡Caaaaaaaaaaaaarol!, relinchó Ed.

-¿Qué te pasa, Ed? ¿Estás bien?

-Estoy sufriendo de un caso severo de verga invicta.

-¿Verga invicta? Me suena como algo serio, ¿Cómo te puedo ayudar?

-Pues, podés empezar por abrazarme el miembro y luego, frotarlo entre los brazos, pero a la vez aplicando estimulación oral sobre la glans del miembro afectado.

Radha, mejor dicho Carol, siguió las instrucciones al pie de la letra, hasta que un baño de espuma, como un estallido de blancura, le empapó la cara, el pelo y todo el cuerpo.

Pero lo que más le enfureció a Neto, lo que más lo sacó de sus casillas fue descubrir que sus antiguos némesis de La Barranca, los famosos e inolvidables chicos de la mara Gallo, se habían convertido en los co-protagonistas de Radha, en una película titulada *La Granja*. Y en la portada del CD aparecía la fotografía de Radha, quien se aprovechaba de toda bestia del campo, incluyendo a los Gallos mismos.

El no sabía nada sobre los escándalos en la carrera de Radha. Con el tiempo, un detective de confianza, al que siempre le encargaba los trabajos sucios, le manifestó lo que las lenguas sueltas en la industria cinomatográfica salvadoreña divulgaban por ahí. Todos decían que por aquel entonces, el gran director serbio Dragoljub Pizdai, estuvo a punto de reclutarla para estrenarla en Europa, como la próxima Cicciolina, cuando se dio cuenta de que estaba embarazada.

A pesar que había sido una mujer de la vida alegre, la carrera de Radha estuvo arraigada en la tragedia, como la mayoría de las mujeres en esa industria. Cuando tenía quince años, ella y Tatiana, su hermanita de 10 años, hicieron una larga caminata sobre la carretera que conduce a Guarjila. De pronto, se toparon con un pelotón de soldados, quienes comenzaron a violarlas a mitad del camino. Al terminar, le amarraron los pulgares a Radha y se la llevaron al cuartel. Tatiana se quedó atrás, en un charco de sangre. La serie de violaciones le produjo una hemorragia tan severa que no pudo levantarse, entonces, el sargento la remató con un tiro en la sien.

Y la mayor corrió con otra suerte. En el cuartel, cierto sargento reclamó a Radha como su juguete personal y se divirtió con ella durante todo un fin de semana. Pero la cosa no paró allí. En cuando el sargento se cansó de la joven, simplemente, se la pasó a cierto teniente de la capital; quien a su vez, se la pasó a cierto capitán; quien a su vez, se la dio a cierto teniente coronel y éste la metió en una celda, donde la visitaba a diario y la mantuvo a dieta de puros plátanos; hasta que varios meses después, fue descubierta por cierto Mayor destacado en dicha zona. El Mayor se la llevó a su cuarto y ahí la mantuvo amarrada a la cama, hasta que varios meses más tarde, fue descubierta por cierto Coronel.

El Coronel le dio otro tratamiento, le ofreció un lugar en su mesa, una habitación para ella sola en su apartamento y un trabajo como criada. De inmediato, aceptó. Desde entonces, ella le lavaba la ropa durante el día y le sirvía de colchón por las noches. La mantuvo así por varios meses, hasta que volvió San Salvador con ella, para lucrarse con su cuerpo. Para lo cual, fue sometida a varias sesiones de fotos. Para su asombro logró venderlas en burdeles, moteles y hasta clubes de lujo a un buen precio. Entonces, decidió hacer uso de la cámara cinematográfica que tenía guardada en el garage. La cámara era un botín de guerra extraído del carro de unos periodistas holandeses, quienes fueron asesinados por el ejército, mientras filmaban las masacres perpetradas por los militares. Radha lucía espectacular en las escenas. Entonces, se le ocurrió convertirla en estrella de cine porno. Y para agrandar el negocio, poco a poco, buscó a otras mujeres hasta formar un establo de actrices, a quienes obligó a hacer toda clase de actos degradantes ante la cámara. El coronel y sus cheros hicieron los papeles masculinos, hasta que la demanda se acrescentó, al punto que no pudieron más.

En este momento, buscó reclutas entre sus tropas y hasta incorporó a prisioneros de guerra. A estos últimos los ocupaba, sobre todo, cuando quería hacer un *snuff film*. Aunque muchos lo nieguen, ese tipo de film fue un negocio sucio del que se beneficiaron ciertos grupos clandestinos durante la guerra de El Salvador. Eran producciones baratas con armas, torturas, desmembramientos, violaciones improvisadas y ejecuciones reales. Las películas se vendieron muy bien en el extranjero.

Radha no recibió una preparación previa ni pagos extras por participar en ese tipo de perversidad; y, cuando menos lo esperaba, ya estaba adentro del *snuff film*. Las consecuencias fueron terribles. Esas cicatrices emocionales las llevó por siempre, a pesar de que tuvo que participar en eso, sólo una vez. En su mente quedó grabada la escena más terrible de todas: El hombre que la cabalgaba comenzó a venirse y de repente, se cayó encima de ella empapándola con un chorro de sangre y materia cerebral. Esta escena se le ocurrió al coronel en sus ansias de ganar una apuesta consistente en que un hombre podría "venirse e irse..." en un sólo instante.

El Tecolote, Tecoyote

Soy espía, . . . en la casa del amor
Sé todito, . . . de lo que vos soñás

Jim Morrison.

EL Dr. Arquímedes San Goyo, mientras tanto, continuaba con el plan de espionaje, todo con tal de eliminar cuanto antes, el peligro que representaba ese hombre. ¿Hombre? Era extraño, pero cada vez que pensaba en Neto, no lograba relacionarlo con ningún hombre de este mundo. Al principio, no encontraba una razón para eso. Mas, de alguna manera, siempre le pareció insólito que cuando pensaba en él se le venían a la mente singulares imágenes como figuras de animales, o más bien, una serie de siluetas caricaturescas. Por mucho tiempo se sintió intrigado; hasta que un día encontró la respuesta en el libro de un niño de segundo grado, quien estaba participando en una lectura colectiva, evento que se llevaba a cabo en una escuela de la zona rural.

No era su trabajo visitar dicho centro escolar, pero el Dr. Arquímides San Goyo aprovechó una de las ausencias injustificadas de Neto, quien solía escaparse con frecuencia a los moteles con alguna de sus subalternas. Esta visita le serviría para investigar qué tipo de trabajo había estado desempeñado el tecolote, hasta momento.

La Rectora del centro escolar lo recibió con mucha amabilidad e invitó al Dr. Arquímides San Goyo, a presenciar la lectura colectiva en el salón de clases de segundo grado. Allí todos los niños se encontraban sentados en un semicírculo alrededor de una maestra principal, quien asumía el papel de la narradora. Mientras que las asistentes, otro equipo de maestras jóvenes, se habían disfrazado para caracterizar los personajes del cuento. Todas debían leer un parlamento. Los estudiantes tampoco se quedaban atrás: todos tenían en sus manos pequeños libros y debían leer o cantar al unísono, cada vez que la maestra principal lo indicara.

-Ahora lean niños.

-Tío Conejo, el más vil, el más travieso, el más alevoso, el más cabrón. Tío Conejo, entre todos los animales, es el más vergón.

El Ministro apenas pudo contener la risa producida por el parlamento que leyeron los niños. Uno de ellos le extendió un libro en cuya portada aparecía un conejón sonriente, de ojos vivarachos y con la clásica pose que caratteriza a todo personaje picaresco y oportunista. El libro era artesanal. Las maestras habían hecho los libros con el papel que lograron reciclar en las tiendas cercanas y ellas mismas habían hecho los dibujos. El Ministro, Dr. Arquímides San Goyo estaba muy satisfecho por el trabajo; pero lo que más le impresionó fue encontrar la respuesta a su constante pregunta: Neto era una réplica exacta de Tío Conejo, e intentando saber un poco más, decidió quedarse para observar todo el evento.

-Entonces, mis queridos estudiantes, pensemos en cómo Tío Conejo engañó a todos los demás animales, hasta que todos se cansaron. ¿Y qué creen que hicieron para castigar a Tío Conejo? Pues nada. Todos acudieron a Tío León, el Rey de la Selva. Y Tío León convocó a todos a una gran reunión; pero no invitaron a Tío Conejo. No lo querían allí porque querían encontrar la forma de darle una lección. Ellos querían mantener todo en secreto. Pero como Tío Conejo era inquieto, travieso, metiche y como casi nunca dormía, sólo caminaba todo el día y toda la noche, para buscarse líos, terminó por darse cuenta de la reunión.

-Aquí aparece en el dibujo, señorita. Le está quitando la comida del plato a Tía Garza.

-Sí. Él siempre solía hacer eso. Y ustedes deben saber que los animales también tienen protocolos como los humanos. Es decir, maneras de comportarse en eventos especiales. Ustedes saben que los más poderosos se sientan en las partes frontales y elevadas, como pueden ver en los dibujos de sus libros. Mientras que los más débiles se sientan al borde de la selva o en una rama de cualquier árbol por prevención. Y ahora miren, por favor, la página número 5. Allí pueden encontrar al Tío Oso, al Tío Tigre y al Tío Coyote sentados cerca de la entrada de un angosto sendero; ellos se han sentado allí por si se les antoja ir al baño. Así no interrupen la reunión.

- Señorita, señorita, aquí está también el Tío Conejo atrás del rey.

-Sí. Tenés razón, allí aparece Tío conejo. Pero observen también en el dibujo que Tío Conejo ha entrado caminando como Pedro por su casa y hasta se ha atrevido a robar la comida del plato al Tío León. Y este ni siquiera ha dado cuenta. ¿Qué opinan ustedes? El Tío Conejo le quitó toda la comida al Tío León, al mismo rey de la selva.

-Pero, señorita, ¿Por qué en las primeras fotos Tío Conejo no tiene orejas si es conejo?

-Bueno, en aquel entonces, los conejos caminaban erguidos como los hombres y tenían orejas chiquitas como las cotuzas. Pero ahora prestemos atención al diálogo. Las otras maestras que me acompañan leerán los diálogos y ustedes van a leer y a cantar cuando yo se los indique. Ahora descubramos lo que le dijo Tío León al Tío Conejo:

-¿No tenés miedo de Tío Oso?

-No

-¿Por qué no tenés miedo?

-¿Y quién dijo miedo? ¿Te das cuenta que gracias a mis trucos, tío Oso no tiene rabo? Yo mismo se lo quité. Yo tengo el rabo del oso en mi sala, encima del sofá. ¿Y sabés qué? En el verano yo lo uso para espantar a las moscas.

-Tío Conejo, el más vil, el más travieso, el más alevoso, el más cabrón. Tío Conejo, entre todos los animales, es el más vergón.

-Entonces, Tío León echó una mirada a Tío Oso, y este se sonrojó de vergüenza.

- ¿Y no tenés miedo de que Tío Coyote te coma?

-N'hombre, a ese lo dejé diente quebrado y culo quemado. ¿Qué no ves que hasta el poeta nica José Coronel Urtecho se lo contó ya a todo el mundo en muchos de sus famosos versos?

-Niños: Tío Conejo, el más vil, el más travieso, el que tiene más cojones. Y los otros animales no merecen ni lavarle los calzones.

-Narradora: Entonces, Tío León echó una mirada a Tío Coyote, y este se cagó de miedo.

-¿Y no tenés miedo de que Tío Tigre te convierta en mier. . . . Digo en merienda?

-Púchica, ¿Qué me ves temblando? ¡N'hombre! Si a mí me vale verga Tío Tigre. ¿Y por qué crees que anda últimamente vestido de preso? El anda así porque yo compré la voluntad del juez, mi mejor amigo. Y el muy baboso del Tigre sabe que está libre bajo palabra. Y el muy baboso del Tigre sabe que basta una simple llamadita de mi parte, para que lo manden a la cantera de nuevo.

-Maestra: Ahora canten niños, por favor.

-Niños: Tío Conejo, el más vil, el más travieso, el que tiene más cojones. Y los otros animales no merecen ni lavarle los calzones.

-Narradora: En ese momento, Tío León echó una mirada a Tío Tigre, y este comenzó a tiritar. Al darse cuenta de que Tío Tigre también tenía miedo, Tío

León comenzó a preocuparse. Y se dijo para sí:

-Si ese enclenque comemier... Digo, comemeriendas tiene tantos huevos, quién sabe qué más es capaz de hacer.

-Narradora: Tío León se sintió sumamente angustiado; y, luego, de pensarlo bien decidió aplicarle una lección frente a todos los animales. Así que le levantó el dedo. Bueno, la historia dice que el rey León levantó su grande y soberano dedo para indicarle a Tío Conejo que se acercara.

-Quiero compartir mi sabiduría con vos, Tío Conejo. Quiero darte unos cuantos consejos para que los recordés por el resto de la vida. Vení. Venite más cerca, más cerca... Ah, ahí está... perfecto.

-Narradora: Entonces, empezó a sobarle las orejas a Tío Conejo para que se sintiera completamente relajado, hasta adormecerlo. Mientras tanto, le hablaba con la voz más dulce que pudo encontrar.

-Mirá, amiguito, me quedé muy impresionado por todo lo que me has contado. Me has enseñado que a la batalla no siempre va el más fuerte; me has enseñado que a la carrera no siempre va el más rápido y que a la Risa, ese curioso personaje, no siempre van los más listos.

Narradora: En ese momento, Tío León aprovechó para agarrarlo fuerte por las orejas; y, sin darle tiempo para reaccionar, lo golpeó una y otra vez contra las rocas hasta que logró estirárselas unos 15 ó 20 centímetros. Sin perder tiempo, le retorció las orejas y se las hizo girar por encima de la cabeza como las hélices de un helicóptero; y finalmente, lo soltó para hacerlo volar por encima de una barranca. Tío Conejo dio vueltas como un dundo, y después de sobrevolar por unos instantes, se dio contra las rocas. El impacto fue terrible; y, a consecuencia de esto, se le quebraron las piernas. Desde entonces, tuvo que brincar, en vez de correr. Y así fue como perdió el rabo y sólo le quedó un algondoncito blanco. También desde entonces, las orejas le quedaron muy inflamadas; y, por eso, todos los conejos tienen ahora esas grandes orejotas.

-Ahora canten, niños, por favor.

-Niños: Tío Conejo, el más vil, el más travieso, el que tiene más cojones. Y los otros animales no merecen ni lavarle los calzones.

El Dr. San Goyo meditó sobre la historieta y se dio cuenta de que él debía hacerle lo mismo a "ese tal por cual del Tecolote" antes de que le arruinara todo el ministerio. Entonces, recordó que recientemente él había abierto negociaciones con ciertos organismos reales y otros de "fachada" para iniciar nuevos proyectos educativos destinados a fortalecer, con recursos pedagógicos, a los docentes rurales en sus propias áreas. Esa era la clave. Los organismos de fachada siempre daban la oportunidad de proceder con impunidad, sobre todo, si operaban en países conflictivos. Y, meditando profundamente sobre esto, se dirigió hacia el carro sin despedirse de nadie.

Las maestras quedaron consternadas ante su súbita partida; la asistente de la Rectora de la escuela, quien también estuvo presente en el aula, corrió nerviosísima tras él intentando detenerlo y pidiéndole disculpas porque quizás el cuento tenía un lenguaje muy ofensivo. Ella intentaba explicarle que las maestras de segundo grado eran todavía muy jóvenes, que estaban estudiando en la universidad y que ellas habían arreglado ese cuento de acuerdo con el lenguaje coloquial que se utilizaba en la comunidad para mantener vivo el interés de los estudiantes. También le aclaró que la misma Rectora les había ordenado quitar esas "malas palabras", pero que a ellas se les había olvidado depurar el lenguaje. Mientras tanto, el Dr.

San Goyo continuaba su camino hacia la zona verde en donde el chofer lo estaba esperando con el motor en marcha. El no se dio cuenta de que la maestra principal y sus asistentes estaban llorando desde el portal de la escuela. Temían perder sus empleos.

El Dr. Arquímides San Goyo, por su parte, estaba totalmente embuido en la oscuridad de una profunda meditación, de la cual, sólo despertó cuando la asistente de la Rectora, en un acto desesperado, se atrevió a poner su mano en la puerta del vehículo minesterial. San Goyo le guiñó un ojo; y, sin mediar palabra, se subió en el carro. Desde allí, el Ministro firmó un cheque con un monto considerable; una cantidad que superaba todas las donaciones que hasta entonces, el Ministerio había destinado para esa escuela. Entonces, le extendió el cheque con una amplia sonrisa y ordenó al chofer que manejara con rapidez.

*El Tecolote, Agente Cero Cero Ote *

DURANTE el viaje continuó maquinando una serie de artimañas para deshacerse de ese infeliz Tecolote. Hasta que finalmente, consolidó una estrategia de ataque denominada "ofensiva rompecabeza" que se desarrollaría en varias fases: obsequiarle la jefatura de una pequeña sección de... Zonas marcadas por la guerra... Levantar los estándares educativos... Departamentos subdesarrollados... Y de esa forma, el Dr. Arquímides San Goyo concluyó que su plan debía ejecutarse en las aldeas más primitivas de Morazán, La Unión, Cabañas y Chalatenango ¿Y, por qué no? en las islas del Golfo de Fonseca. Al finalizar el plan, el viejo reía. Más bien se carcajeaba a todo pulmón, cuando imaginaba que hasta allá lo enviaría, en un barco lleno de agujeros.

Y así fue. En poco tiempo, Neto tuvo que cumplir las demandas del nuevo trabajo diseñado por el Dr. Arquímides San Goyo, quien en un principio, le ofreció lujos como un equipo de guardaespaldas, vehículos todo terreno bien equipados con bocadillos y cervezas frías, entre otras comodidades; pero los choferes tenían órdenes de boicotearle los viajes. Ellos fingían que los vehículos tenían fallas mecánicas y lo dejaban a medio camino; en otras oportunidades le cumplían llevándolo hasta su destino, pero inventaban excusas para no recogerlo. De esta manera, Neto tuvo que dormir bajo la lluvia y entre nubes de zancudos; comer tortillas rancias, y si encontraba algo extra, se conformó con hartarse con las manos sucias. Lo peor de todo no fue eso. Lo peor fue reconocer la imposibilidad de defender su propio territorio ya que cada vez que iba a cagar, era preciso pelearse contra una mancha de moscardones y mosquitos que le dejaban inflamado el trasero. Por otra parte, tuvo que tomar agua llena de parásitos; a consecuencia de lo cual, en varias ocasiones interrumpía sus observaciones de clase o sus conversaciones con las autoridades de los centros educativos, para correr hasta el baño o mejor dicho, hasta los matorrales, cada vez que su estómago le anunciaba los urgentes síntomas de la desintería.

Todos los rectores se burlaban de él. Algunos decían que las plantas crecerían rápidamente con ese abundante abono orgánico; otros, con un sentido más estricto de la vida, ordenaban a los conserjes que esparcieran varios galones de criolina para matar a los parásitos que ese soplón, enviado por el Ministerio, pudiera haber regado. Las escuelas apestaban a criolina. En cada visita, las maestras utilizaban mascarillas y era común que los estudiantes vomitaran debido al mal olor. Pero Neto no sentía vergüenza; lo cierto es que en cada descarga fecal, que protagonizaba en los numerosos "cagaderos al aire libre" -como solía llamar a esos lugares que encontraba gratuitamente entre los árboles-, él experimentaba una profunda gratificación.

El pensaba que todo era cosa de tiempo y de acostumbrarse de nuevo a las andanzas del camino. No sospechaba para nada de San Goyo. En realidad, estaba tan entusiasmado con el dinero extra, que en lugar de quejarse se repetía a sí mismo: "Así fui criado en las barrancas de Apopa." "Hay que ser proactivos" -Se repetía con exceso- "Hay que ser proactivos. Y esa palabra siempre la dicen aquellos que trabajan para el MINED"

Y al final, no le quedó otra alternativa que llevar en su mochila, su propia botella de agua y en cuanto pudo, se consiguió una botella de Kitalombriz, un popular producto de los prestigiosos Laboratorios Dundarelli.

Por otra parte, él tenía la ventaja de no experimentar ningún tipo de miedo. Es más, su rostro de tortilla tiesa nunca reflejaba ningún tipo de sentimiento, "era feo y malo como Satanás". A pesar de todo, en su nuevo trabajo encontró ganancias y otros valores agregados. Primeramente, él calculó que podría vivir de los viáticos y ahorrar el sueldo para comprarse un carro nuevo; por otra parte, su cuerpo podría disfrutar múltiples, constantes y gratuitas satisfacciones: como inspector, podría demandar pagos en especie de toda maestra o rectora guapa. Pero con los hombres sería diferente. Ellos tendrían que pagarle en efectivo. Y todo esto se le dio sin ninguna dificultad. Todos pagaron el precio. Incluso aquellos maestros de escasos recursos, dotados con gran inteligencia, terminaron por complacerlo de otras maneras sutiles. Ellos notaron que a Neto le encantaban las gallinas asadas y los pollos a las brasas con limón. Estos eran sus platos favoritos. Así que se las ingeniaron para tenerlo bien forrado con estas carnes blancas durante sus famosas visitas a los centros escolares.

Al viajar por todo el país como asesor educativo, Neto fortaleció sus vínculos con el Equipo Pro-Patria de Salvación Nacional; y como miembro partícipe en la lucha antisubversiva, también recibió pagos extra. El recibía 100 colones multiplicados "por cabeza", es decir, por los cientos de cabezas que él entregó. El dinero extra provenía de la Fundación Manus Alba, organización que le pagaba por cada nombre delatado. Neto entregó muchos, en especial, los nombres de maestros, directores o gente de la comunidad, a quienes acusó de ser subversivos. Y, muchas veces ni siquiera era cierto. Pero Neto necesitaba llenar sus cuotas; y así fue como se las ingenió para obtener información confidencial de todos los alzados en armas, y con devota regularidad proporcionaba a los dirigentes de dichos cuerpos represivos, un informe sobre los movimientos de la guerrilla en Guazapa, Cabañas, Morazán y Chalatenango.

Durante esos días, aprovechó su nuevo poder para vengarse de la mara de los Gallos. Y, así fue como "ciertas bocas de labios anónimos, lenguas populares y nexos invisibles", soplaron a los cuatro vientos que los chicos de la mara Gallo entraron en el Cuartel de Apopa, con sus pulgares amarrados con alambre; otros testigos, también dotados con bocas igualmente invisibles, pregonaron que estos chicos tenían en sus rostros una mezcla de inocencia y miedo. Después de eso, nunca más fueron vistos de nuevo por nadie. Para completar su venganza, Neto hizo una pesquisa para encontrar los nombres de los "actores" que aparecieron en las películas porno protagonizadas por su esposa. Fue cosa fácil. En pocos meses, logró enviar a todos esos actores "sin oficio", a los centros de tortura que operaban, clandestinamente, en los cuarteles; a todos, excepto, a aquellos que eran oficiales del ejército.

Con su sempiterna expresión de dundo, nadie lo creía capaz de nada. Y así, casi siempre, pudo salir ileso en cada situación de peligro a la que se enfrentó. Pero su aventura más sorprendente ocurrió cuando fue capturado por la guerrilla. Se trataba de un pequeño grupo que operaba bajo el mando de su ex-colega, Otón de la Vara, en las montañas de Chalatenengo, para ser más precisos, en las cercanías de San Antonio de los Ranchos.

Al principio, no lograron sacarle ninguna información; mas bien ni siquiera sospechaban que podía tratarse de un hombre peligroso, a pesar de que le encontraron un libro con los nombres de todos los colaboradores de la guerrilla. El mismísimo Subcomandante de la Vara, afeccionadamente conocido como "Sir Otón", por su gran cultura y naturaleza gentil, mandó que lo interrogaran suave y tiernamente "como se lo merece un caballero de su clase". Con un sólo gesto, al parecer "sensual", de acuerdo con la opinión de todas las compas que lo acompañaban en sus correrías, Sir Otón, ordenó que lo desnudaran y que lo ataran a una silla especial. Se trataba de una silla ahuecada, bien ahuecada en el fondo, para que los muchachos le pudieran patear los cocos una y otra vez.

Todo esto se basaba en una filosofía de resistencia; no era para nada ningún tipo de perversión, según las interpretaciones de Sir Otón, quien había diseñado esa "medida" y explicaba a sus compas que se trataba de un método sofisticado implementado sólo con el afán de hacer soltar con facilidad las lenguas.

-Esbirro jueputa, ¿dónde conseguiste esa lista?

-Son alumnos.

-¡¿Cómo que son alumnos, cuilio de la mierda?!

-El rector de la Escuela San Benito me la entregó.

-¿Para qué propósito?

-Son los niños que asisten a clases.

-¿Y para qué recolectás los nombres de niños? ¿Sos un culero pedófilo o qué?

-Para calcular el presupuesto del ministerio.

-Mira vos, anda buscá a ese rector culero. Vamos a ver a quién ajusticiamos esta noche.

Neto se mantuvo completamente calmado cuando trajeron al rector. Y hasta lo saludó, a gritos, con palabras amables.

-Don Manuel, nos vemos de nuevo. ¿Por qué me dijiste que esos eran alumnos?

El rector estaba completamente perplejo, hasta ese momento; él desconocía las razones por las cuales lo habían capturado y arrastrado hasta los cuarteles clandestinos de la guerrilla. Y estuvo más perplejo cuando le mostraron la lista. Con su tartamudez y el nerviosismo que lo caracterizaba a penas pudo argumentar algo en su defensa; mientras tanto, Neto estaba colocándose su mejor máscara para el momento: la de víctima, para confundirlos a todos. Actividad en la que era muy diestro. De todos era sabido que los gestos del terror, incluso en las zonas dominadas por la incertidumbre, no se proyectaba en el rostro de Neto, un sicópata por naturaleza; y, eso le salvó la vida en varias oportunidades. Su rostro de tortilla tiesa nunca reflejaba ningún tipo de sentimiento, "era feo y malo como Satanás".

-¿Qué es eso?

-E-e-es una li-lis-ta.

-¿De qué? ¿Son tus alumnos?

-No. Claro q-que que n- n- no.

-Entonces, Manuel, dígame, ¿quiénes son?

-No, no, no sé. No he visto e-e-esos no-no-no nombres en mi vida.

-¿No sabés? ¿Y vivís alrededor de aquí? ¿Realmente no sabés?

-No, n-n-o sé, n-n-o sé, no sé . . . .

Y en eso, se oyó una descarga, y luego otra y otras más que vibraron placenteramente en el fuero interno de el Tecolote, como si se tratasen de un fondo musical. Hubiera querido prolongar ese momento; tanto que de pronto, se sintió invadido por un infinito éxtasis cuando sus oídos se colmaron con el contraste de agudos y dramáticos tonos: gritos, insultos, lamentos y repetidas descargas. Pero lo mejor de todo fue el llanto; los quejidos lastimeros de un hombre que en sus últimas palabras alegaba ser inocente y pedía misericordia.

-Soltá a ese otro pedazo de mierda y dejalo en libertad.

Entonces, el subcomandante Otón con una voz diferente, una voz bastante ruda, se dirigió a Neto.

-Largate ahora o te doy un plomazo por gusto.

- Y mi ropa... ¿puedo recoger mi ropa?

-Tenés 10 segundos. Un segundo más y llevarás una prenda de balas.

Neto corrió hacia la ropa, la dejó caer encima del documento y en medio segundo, se apoderó de todo: prendas, zapatos, calcetines, papeles; es decir, el hombre se llevó incluso más lo importante, en medio de la agitada confusión. Entonces, comenzó a correr; como si llevara pica pica entre las nalgas. Ni siquiera se le ocurrió hacer un alto para tomar aliento o para ponerse los calzoncillos. De esta manera, llegó a Chalatenango en puros cueros, con la ropa en la mano derecha; la lista, en la izquierda, y completamente rayado por las espinas y las picaduras de los insectos. Ni siquiera se dio cuenta de que su cuerpo peludo estaba cubierto por el barro y la caca de los potreros. Su aspecto era terrible; todos se apartaban de él porque creían que se trataba de un vago o de un indeseble borracho. A pesar de todo, Neto no vio a nadie a su alrededor. Tampoco se le ocurrió pedir ayuda a nadie, hasta que llegó al cuartel en donde un soldado le apuntó con su M-16. Estaba a punto de disparle, pero Neto tirándose al suelo, le rogó por su vida.

-No tirés, no tirés. Tengo importante información sobre los subversivos. Muy importante, muy importante.

El soldado estaba por presionar de nuevo el gatillo, cuando salió un oficial.

-¿Qué pasa aquí? ¿Qué es esa mierda?

-Mi capitán, mi capitán, yo me acabo de escapar de los terroristas. Traigo una lista de simpatizantes. Eschúcheme, mi capitán.

Después de escuchar su larga historia, le dieron

tiempo para vestirse y lo llevaron en seguida al Estado Mayor en la capital. Ahí lo esperaban con gran anticipación. Pero al ver su cara de estúpido, los oficiales del ejército se sintieron defraudados y más bien, tuvieron ganas de darle un tiro. Sólo después de confirmar quién era, lo dejaron libre; pero no sin antes, prestárselo al Mayor Roberto, quien lo utilizó por unas cuantas horas como su pelele personal, para practicar boxeo y taekwando, al ritmo de los temas musicales de las películas *El ojo del tigre* y *Rambo*, ambas protagonizadas por Silvester Stallone.

El Mayor le propinaba derechazos, llaves, torniquetes, patadas, catapultas y picaduras de ojos. Extrañamente, Neto no manifestaba miedo. Su rostro de tortilla tiesa nunca reflejaba ningún tipo de sentimiento, "era feo y malo como Satanás."

Todos los oficiales se sentaron alrededor para divertirse con la sangrienta escena, mientras se echaban unos cuantos tragos; pero de pronto, el Mayor notó que el rostro de Neto no mostraba emoción alguna. Esto le llamó la atención; y continuó aplicándole derechazos nacionalistas para enderezarlo un poco, hasta que las antenas especiales del Mayor Roberto se activaron, y se dijo para sí:

- "Mmmm... Se me hace que este es de mi equipo y en honor a eso le´gua dar chance pa´no chamuscarlo."

Con la fuerza descomunal de sus brazos, lo levantó en vilo y se lo topó cerca de los ojos.

-Mirá, pericuaco, ya te güelí bien. Y si vamos a hablar a calzón quitado. . . . A calzón quitado vamos a hablar.

A Neto se le iluminaron los ojos, "¡Un hombre!" -pensó-, "Eso no está todavía en mi pervertido y disoluto historial, pero éste no se trata de un hombre cualquiera. A través de él, yo podría conseguir mucho... ¿Y mi dignidad? Mi dignidad ¿Qué? Al diablo con eso. Al fin y al cabo, la ilustre historia del imperio romano está llena de grandes personajes que soportaron en su propio cuerpo pinchones, piquetazos, culatazos y otros sacrificios."

-Sé lo que estás pensando, pericuaco. Y, desde ya te digo que no te hagas ilusiones, que vos no sos mi tipo. Te lo remacho otra vez: Vos no sos mi tipo. Pero te tengo ley por esa cara de psicópata que te manejás; tan tiesa y terriblemente chara como una tortilla mal hecha. Pero no te preocupés que en honor a tu sangre de psicópata, te´gua aplicar nuestro código de honor. Te´gua dar a escoger entre dos cosas: Número uno, morir como antorcha humana, como el tecolote chamuscado que ya sos, o número dos, "borrón y cuenta nueva." Perdón y olvido de tu parte. Amnistía total, pues.

Elevado en vilo, de pronto, Neto se sintió transportado hasta un mundo fantástico. No tenía oportunidad para admitirlo, pero de alguna manera, él sentía una profunda admiración por ese hombre brutal, precisamente por su sangre fría, por su bestialidad, y sobre todo, por el cinismo de tratarlo como gran amigo, después de la gran paliza que le había propinado. En su interior, Neto deseaba con toda su alma, dar cualquier cosa que pudiera; cualquier cosa, con tal de ser como el Mayor Roberto; y, en un momento de fiebre cerebral, se transportó por los arrabales más pobres del país en donde se vio a sí mismo convertido en el Mayor Roberto. Y, acto seguido, en otro episodio de su descabellada imaginación, se vio a sí mismo convertido en el mismísimo Sylvester Stallone quien corría por las veredas más polvorientas de todo el territorio nacional y portaba a sus espaldas un rótulo que contenía el mensaje: *Licencia para matar II*. Nadie podrá detenerte. Y, mientras corría, Neto arrasaba con su ametrallora todo Suchitoto, Las Hojas, La Joya, Tenango, Guadalupe, El Mozote, El Sumpul, Copapayo, entre otros caseríos. Pero su sed no era de sangre humana. Misteriosamente, como en las películas, las municiones nunca se le acababan. Y esto le daba la posibilidad de disparar sin pausas, su M16, su lanza granadas, su lanza cohetes, y otros pertrechos de guerra contra todos los gallos, esos pintorescos animalitos que deambulaban sintiéndose hermanos de una fuerza natural; esos que entonaban como siempre sus cotidianas partituras musicales, sin tener la oportunidad de imaginar que pronto sucumbirían, como víctimas inocentes, en todos los gallineros del país, desde los más hediondos y rústicos, hasta las granjas más tecnologizadas como El Gallo Picudo, Corporación Huevos y Valor, La Cresta d'Oro y Aves S.A.

En su calenturienta alucinación, tuvo tiempo para contemplar cómo la inocente sangre de 75,000 aves corrió por los suelos hasta concentrarse en una sola grieta. ¡Oh, Misteriosa grieta! -se repetía a sí mismo-, ¡oh, Misteriosa grieta!, si por lo menos fueras una charcha o cuando menos un riachuelo... Y no había terminado de formular este deseo cuando una correntada de aguas turbias se soltó desde lo alto de un cerro. En su descabellada imaginación, logró subirse en un helicóptero y desde las alturas observó cómo la correntada se convirtía en un caudaloso río que arrastró a los 75, 000 gallos. Y el río viajó por todo el territorio nacional, embistiendo granjas, restaurantes, mercados, parques, talleres, puentes, carreteras, plazas comunales, y luego, dio un giro hacia rústicas veredas hasta desembocar en los ríos Lempa, El Sumpul, El Paz y El Goascorán; y, aún más allá, más allá, de las fronteras patrias. Por un breve instante, también imaginó al pueblo entero agobiado por el terror. E incluso, escuchó los gritos de los empleados del centro metereológico, quienes alarmados registraban extraños cambios en el clima; como extrañas tormentas, que en lugar de agua, traían centenares de picos, patas, crestas, intestinos putrefactos y abundantes plumas de gallos. Mientras tanto, el Mayor Roberto se impacientaba. Nunca había visto a ningún pobre diablo con semejante cara de estúpido.

-Semejante cerote. Estoy esperando tu respuesta.

En ese instante, Neto bajó de su lejana tormenta de gallos y gallinas; y, lamiéndole las botas militares exclamaba: "Lo que usté quiera, su realeza. Lo que usté quiera su mayoridá. Lo que usté quiera su excelencia".

Entonces, el Mayor le dio una tremenda patada que acabó con las últimas muelas naturales de Neto. En años posteriores, la dentadura postiza que se hizo pagar en el hospital Militar, acrecentó aún mucho más la rigidez de su grueso rostro de tortilla tiesa. Esa que trataba de cambiar, sobre todo, cuando pronunciaba su trillado discurso: "Y yo pienso en los pobres niños del campo", "Me refiero a esos pobres niños de las escuelas rurales que no tienen nada que comer..." Y cada vez que Neto declamaba esas frases, las cuales, pronunciaba siempre con una singular voz lastimera y con un manantial de lágrimas falsas, los empleados no tenían otra alternativa que seguirle el juego; y, muchas veces, se vieron obligados a desatar otro manantial de lágrimas igualmente falsas. Por lo menos, los otros estaban mejor dotados para la actuación o para mentirse a sí mismos. Pero Neto ni siquiera se creía su propia mentira. Era evidente que su rostro de tortilla tiesa no manifestaba ninguna emoción. "Era feo y malo como Satanás."

El Mayor Roberto, en un acto de compensación

psicopática, lo presentó esa misma tarde, -revestido con ridículos y burlescos honores-, ante los miembros del Alto Mando de la Fuerza Armada. Sin preparlo previamente y sin darle la oportunidad de que lo curaran en la clínica; se lo llevó casi a rastras para que todos, en especial los oficiales rivales del ejército, se dieran cuenta de lo que era capaz de hacer. Y con un gesto duro, pero lleno de camaradería les dijo a todos:

"Ah, no se creyan, no se creyan que yo le pegué a este por gusto. No se creyan que lo traté de ese modo porque se me ocurrió y nada más. Sí, a este bicho yo lo quiero, ve. Sí, claro que sí. Este bicho, señores, tiene fibra nacionalista. Tiene un modo de ser bien arrecho, puej..."

Exclamaba con entusiasmo; mientras lo sostenía de los brazos, tratando de mantenerlo en su propio pie. La sangre le fluía a borbotones. Los hilos de roja sangre le pendían como hebras espesas en su boca babosa. En un principio, esta imagen turbó a los presentes; pero cuando la sangre se volvió incontenible, desencadenó una alucinación colectiva en todos los militares de alto rango, quienes se remontaron a un tiempo dúctil, primigenio, donde percibieron el desfile de elementos naturales: el chisporroteo del yunque, los cielos de púrpura y oro, los majestuosos ríos entintados de roja y espesa sangre. Y como parte de la misma hipnosis o alucinación colectiva, todos contemplaron un caudaloso y turbulento río, que saliéndose de madre, los ungía a todos en una sacrosanta y renovadora esencia.

Ante esto, todos se pusieron de pie para repetir al unísono: "Sobre la fértil campiña que nos sustenta, sobre las doradas espigas, sobre los talleres con motores vibrantes y sobre los cimientos de esta nuestra arena, libre, ancestral y evidentemente criolla que demanda abundante sangre. Abundantes oleadas teñidas con el intenso rojo escarlata. Después de eso, ninguno de los presentes reprimió el llanto y llenos de infinita emoción, entonaron la marcha de la Alianza Republicana Nacionalista:

Alianza Republicana Nacionalista de El Salvador
Presente, presente por la patria
Libertad se escribe con sangre,
Trabajo con el sudor.
Unamos sudor y sangre,
Pero primero El Salvador.

Cuando en la amada patria extrañas voces se oyeron.
...
Los nacionalistas surgieron diciendo así

patria si, comunismo no,
patria si, comunismo no.

Libertad se escribe con sangre
Trabajo con sudor.
Unamos sudor y sangre
pero primero El Salvador.

¡Tiemblen, tiemblen, comunistas!
El Salvador será la tumba donde los rojos terminarán.
Salvándose así América, nuestra América inmortal.

Luego del incidente, el ministerio le dio unas cuantas semanas para recuperarse en el Hospital Militar. En medio de ese ambiente precursor de amnistía total, los oficiales de alto rango, archivaron la lista que contenía los nombres de los simpatizantes y colaboradores de la guerrilla; y ni siquiera se acordaron de eso, sino hasta años después, cuando las dos partes en conflicto habían firmado ya el

Tratado de Paz. Hasta entonces, los nuevos oficiales abrieron los archivos y se dieron cuenta de que con esa información tan detallada, hubieran eliminado de un sólo golpe, todo el liderazgo del Frente Farabundo Martí para la Liberación Nacional.

A la salida del hospital, su viejo benefactor, el General Sánchez Hernández utilizó su influencia para buscarle un nuevo trabajo en Estudiantes Salvadoreños y Trabajadores Aliados Federación Autónoma, S.A. (ESTAFASA), una organización creada para administrar la ayuda internacional que las instituciones gubernamentales recibían por parte del Coloso del Gélido Norte. Con esto, Neto se sintió realizado. Sabía que en ese lugar habría muchas oportunidades para enriquecerse, sobre todo, con los malabares cabalísticos diseñados para ajustar cifras y sus clásicos trucos aplicados para desaparecer recibos. Esa era la oportunidad. Ese era el negocio que tanto había esperado durante toda su vida.

Libro III:
Madurez, plena potencia y declive de Neto

La gente trata de depreciarnos
Sólo porque andamos metido en todo
Las cosas se ven bien frías
Ojalá me muera antes de envejecerme

The Who.

OJALÁ estés de vacaciones o de fin de semana o que hayás llamado al jefe con tu mejor voz de enfermo; una voz llena de agustia y nariz constipada, contándole los treinta mil achaques en tu barriga, no se te olvide mencionar que tenés planes de ir al ISSS (Importa a Satanás Su Salud). Podés decirle también que, aunque tenés todas las luces puestas y las cortinas abiertas a plena luz del día, que estás viendo todo negro. Éste último siempre me funciona en los *Yunai*. Una vez la jefa hasta me hizo una fiesta de despedida porque el médico le contó que me iba a morir, pero no, aquí estoy vivo y coleando. Seguramente, vas a necesitar tiempo porque sólo has terminado de preparar la ensalada y los antojitos, ahora te vendría bien un bistec bien vergón, de semejante tamaño gringo. Te sugiero tomar un receso cada hora. No se te olvide mover los tobillos, los codos y las rodillas en círculos, una vez por hora, para evitar coágulos. Si tenés una hielera, llenala de bebidas. También tené unos sándwiches de jamón con queso y mostaza al alcance. Tostá el pan sin quemarlo, ya que como a media lectura te caerá de lo más bien, casi como una buena cogida.

Ahora Neto ha llegado a otra edad, otra etapa del nuevo siglo y todas las acciones son más o menos coetáneas. Hay que recordar que Neto no está sólo en su nueva aventura. Hay que conocer a sus compinches para saber lo que son. Y si trabajás con semejante escoria, haceme el favor de añadir esos nombres a la mara de Maritornes, Celestinas, Huasones, Tecolotes y otros ejemplos de la suhumanidad que infestan tu oficina.

Stultifera navis

Sí, vení abordo
El barco te dejará muy lejos allá
Subí abordo
Barco de bobos, barco de bobos.

Jim Morrison.

EN ESTAFASA lo ascendieron a jefe de la sección: Supervisión de docentes. Le proporcionaron una nueva oficina con una vista panóptica para vigilar a todos sus subalternos e incluso, una silla giratoria para enfocar su mirada de Tecolote en todas las mujeres jóvenes. La nueva oficina contaba con otras ventajas, como las paredes que estaban forradas con material aislante de ruidos. Por otra parte, él podía abrir y cerrar las persianas a su antojo con un control remoto. De esta manera, solía ocultar sus "charlas" privadas con sus empleadas favoritas y también con aquellas que aspiraban a convertirse en sus nuevas asistentes. Las reuniones eran silenciosas; pero las secretarias notaban que algunas de las entrevistadas entraban a la oficina con los labios rojos y salían sin maquillaje, completamente blancas o verdes como una papaya.

Mientras tanto, el Adversario seguía trabajando para cumplir la parte del pacto que Neto firmó. La primera noticia relacionada con esto la recibió cuando se encontraba en la cafetería de ESTAFASA, esperando a una de las secretarias con la que planeaba pasar el resto de la tarde. Tenía un pedazo de pollo trabado entre los dientes, cuando alguien le llamó al celular para informarle que lo habían seleccionado como administrador de un novedoso programa nacional basado en los nuevos enfoques pedagógicos. El conocía perfectamente la naturaleza de esos programas que operaban como cortinas de humo, como camuflajes para ocultar cualquier campo minado; mientras que las verdaderas acciones se desarrollaban bajo la mesa y aquellas todavía más importantes, en las secretas cuentas bancarias.

Lo curioso de este caso es que la gente en América Latina, sigue creyendo en este tipo de fachadas; pero en los últimos tiempos, se han elevado algunas voces de protesta en la comunidad extranjera que no cesan de revelar al mundo la verdad: "El verdadero propósito de estos programas nunca ha sido la educación, sino el proselitismo político en ciertos sectores considerados como "elementos claves" para ganar de forma fraudulenta las elecciones de partidos políticos que apoyan al sistema mundial." Algunas cosas son reales. Muchos asesores educativos están bien entrenados y creen que de verdad, están haciendo algo por el cambio social. Pero también los amos ocultos envían a falsos asesores, es decir, a agentes disfrazados, quienes ingresan en las escuelas públicas o a cualquier zona rural, con el propósito de cumplir misiones políticas específicas.

Neto no lo pensó ni dos veces al saber que él tendría poder absoluto para administrar los fondos enviados por una nefasta agencia, ubicada en un importante país gélido. Por otra parte, los fondos prometían cifras millonarias; pero el monto de dichos programas nunca se supo con exactitud. En Latinoamérica, estas cosas no importan mucho desde que los Reyes Católicos difundieron y sembraron en las mentes colonizadas, una sabrosa idea colonizadora: "Tanto monta, monta tanto."

De esta manera, Neto declaró, sin escrúpulos, diferentes versiones: a los colegas inmediatos les dijo que eran 20 millones; a los docentes rurales les decía que eran 6 millones; y a los pobres subalternos, que eran apenas dos millones. La verdad nunca se supo. Lo cierto es que si se estimaba la calidad de su administración, el "afamado rendimiento" de su equipo (sin olvidar la cantidad de mordidas que desembolsó para cerrarle el hocico a los soplones) podríamos concluir que Neto, quizás no gastó ni siquiera un millón. No olvidemos que Neto era un experto en el arte de estas truculencias.

Por si fuera poco, en la segunda semana de su jefatura recibió dos noticias fabulosas, que consideró como los nuevos avances del tratado que firmara con el Adversario. Sin saber los verdaderos motivos, de pronto, se retiraron el Director General de ESTAFASA y el contador general administrativo. Entonces, Neto rebalsó del gusto. Mejor dicho, de un gusto muy gusanoso; primeramente, porque sin darse cuenta, estuvo comiendo fruta llena de gusanos cuando entrevistó a la nueva directora general de ESTAFASA, quien por cierto era una gusana, es decir, una mujer llamada Susana Gusana; una extranjera, quien le permitiría engusanar la oficina a su libre antojo.

El Tecolote se decidió a contratarla desde que la tal Gusanita abrió la boca. Y, para que ella no notase que le estaba contemplando las piernas, Neto se la pasó masticando varios pedazos de fruta engusanada, mientras la Susanita respondía a las preguntas. A medida que hablaba, Neto se sorprendía de que esa mujer, de alma engusanada, estuviera diseñada a la perfección para convertirla en la aliada perfecta para sus planes de enriquecimiento. Por un momento pensó que estaba soñando y hasta quiso darse un plazo para meditar un poco sobre esa candidata, pero terminó por convencerse de que sería la directora ideal, en cuanto escuchó que esos labios engusanados expresaban una visión peculiar de trabajo: "No transpasar, si no me la transpasan"; y, el Tecolote poniéndose de pie se dijo a sí mismo: "Que gran tajada la que me voy a servir..."

Pero, por supuesto, tuvo el cuidado de tratarla tan sólo como una colega, ya que la tal Gusanita colaboraba directamente con la institución del país gélido, la institución de donde provenía el dinero para el programa. Luego de esto, sólo tuvo que pensar en contratar a un contador adecuado que le dejara hacer y deshacer a sus anchas. De modo que se las arregló para encontrar errores en todos los profesionales altamente calificados y con amplia experiencia en el campo de las finanzas quienes, para su infortunio, solicitaron la plaza. Y digo, infortunio, porque el Tecolotón no estaba buscando conocimientos, sino más bien un interesante perfil, una mezcla de pelele y psicópata con sangre fría. Las entrevistas se hicieron largas; y, Neto pasó varios días sufriendo al recordar su amarga experiencia con un antiguo contador.

En cada gesto de los entrevistados recordaba la imagen de aquel contador del MINED, quien siempre se caracterizó por su efectividad y por su firmeza. Lamentablemete, el contador se opuso rotundamente a toda clase de plan fraudulento. Así que don Netito, tan ponzoñoso y obsesivo como un alacrán -y de hecho su signo era Scorpio-, tuvo que encender sus radares y agotó todos los recursos necesarios para descubrir los secretos de aquel viejo contador que siempre sirvió a todos con honestidad, con honradez e incluso con hombría. ¡Y cuánto odiaba estas tres haches juntas! Sobre todo porque la "H" no formaba parte de su campo semántico; y, en particular, se trataba de la palabra "humano."

Cansado de perseguir a su contador durante varios meses, sin resultado alguno, se dio a la tarea de fabricar pruebas falsas en su contra. Y así, sin ningún remordimiento en su corazón o mejor dicho en su hediondo cogote, reveló una terrible sentencia a los altos jefes del MINED. "O se va él o me voy yo"; y, agregó calumnias en contra del pobre hombre. Con esto, le aseguró el despido: en ese entonces, nadie se arriesgaba a tener como empleado a un guerrillero o un colaborador de la guerrilla urbana. En los tiempos de guerra una acusación de ese tipo no requería pruebas.

Para Neto eso significó un triunfo. Cada vez que recordaba este hecho esbozaba una amplia sonrisa de satisfacción. No tenía misericordia. Cada vez que hacía sufrir a un subalterno, su rostro de tortilla tiesa esbozaba cierta sonrisilla; aunque se trataba de una sonrisa caricaturesca, como si estuviera esbozada en un demonio de piedra. Pero en resumen, la manera más fácil para aproximarse a la imagen Neto, era repetir las palabras de Pelo Cagado, su único amigo, quien gustaba de leer la novela *El Señor Presidente*. Y fue precisamente él quien comenzó a describir a Neto con las siguientes parafraseadas palabras: "Era feo y malo como Satanás".

Después de entrevistar a 500 candidatos expertos en el arte de las Finanzas, se sintió agotado y buscó ayuda en Merchita, una de sus favoritas debido a su talento sexual, y aunque Neto no lo reconociera, por sus grandes dotes de inteligencia, a quien debía su éxito laboral. Para simplificar el proceso, le pidió que buscara a alguien con el siguiente perfil: "números calientes y el corazón frío. Alguien que no hiciera preguntas".

Entonces, Merchita colocó un nuevo anuncio en el periódico y ella misma diseñó una prueba psicológica para seleccionar a aquellos que podrían responder a estas demandas. Así fue como ella simplificó el proceso y quedaron tan sólo dos candidatos.

Entre estos, la balanza del destino se decidió por un hombre, a quien Neto describió en su informe con las siguientes palabras correspondientes a su lenguaje peculiar: Aguacatón, payulo, indiorante remilgoso, contumirioso, y con cara de malacate.

Y, basándose en antiguas ideas deterministas sobre el aspecto físico, Neto concluyó que ese tipo sería manejable.

Pero lo que verdaderamente influyó en la decisión, fue su experiencia laboral anterior: Gerente general de varias granjas, entre ellas, la Cresta d'Oro y Gallinas Turulecas SA. Neto necesitaba la experiencia de un hombre que había sobrevivido en un mundo poblado por pollos, gallinas y gallos. Ese hombre podría ayudarle con los objetivos que permanecían ocultos bajo sus tecolóticas plumas; puesto que desde su incidente con la Mara G., Neto había estado maquinando la mejor manera de desencadenar di'una ve, una furiosa guerra contra los emplumados que pululan el mundo de la gallomaquia. Seguramente le llevó muchos años planificar esto, ya que se trataba del producto intelectualoide de una mollera sin sal. Se mentía a sí mismo al afirmar que él era intelectual. Pero no era otra cosa más que un ser rapaz, un mediocre sin rumbo ni sitio, que se perdió aún mucho más, en su descabellada obsesión de desatar una guerra endemoniada, encarnizada y clandestina, contra todos los sujetos de esa maloliente raza aviar. Específicamente, contra los gallos. No sabía cómo hacerlo a gran escala, sin levantar sospechas ni dañar su imagen. Por eso, el nuevo contador podría ser de mucha utilidad.

Para llevar a cabo su venganza, era necesaria la acumulación de riquezas. De todos era sabido que Neto vivía humildemente en Apopa con Radha, las trillizas y el nieto. Para ellas gastaba lo justo y necesario, incluso para sí mismo. Nadie sabía, por supuesto, que todos los billetes los convertía en joyas, monedas y lingotes de oro que mantenía ocultos en un lugar secreto y subterráneo, excavado cerca de un antiguo baño de fosa en su propiedad. Sólo Juli Travi sospechaba de esto, porque le confesó parte de este secreto en una noche de copas. Sin embargo, él se retractó más tarde. Con estos recursos, él planeaba destruir a los gallos. Cosa difícil de concretar debido a su tacañería y su pasión desmedida por el dinero.

Por otra parte, comprendía que cada día se tornaba más viejo y cansado. Sabía que a lo mejor no podría llevar a cabo esos ambiciosos, revolucionarios y tecolóticos planes. A veces no tenía fuerzas ni para fingir que laboraba, considerando que, en su caso, el "fingimiento" conllevaba mayor desgaste que el trabajo mismo. Por eso, era necesario conformar un equipo selecto y corrupto, o más bien, el equipo de los "selectos corruptos"; esa sería su novedosa estrategia para triunfar.

Para evitar la fatiga, delegó a Merchita la responsabilidad de conformar y administrar este equipo. Y para evitar malos entendidos, le aclaró, con su lenguaje peculiar, las características que debían cumplir los nuevos integrantes de este equipo: aventados, roñosos, mafiosos, valeverguistas. En resumen, un equipo de "trinqueteros especialistas en levantar cortinas de humo"; esto último para desviar el foco de atención de todos los asistentes pedagógicos honrados. Mientras tanto él robara a sus anchas, se apodera de los lingotes de oro y todo cuanto cayera en sus garras rapaces; los trinqueteros tendrían luz verde, para emproblemar hasta el cogote, a los que sí trabajaban. Pero sobre todas las cosas, la misión de ellos sería destruir a los que tenían suficientes agallas para enterarse de la verdad, es decir, de percibir el tremendo tamal cocinado por Neto.

Y, nuevamente, Merchita se encargó de esto. Ella seleccionó solamente a aquellos con tendencias psicopáticas; y Neto los contrató sin mayores complicaciones. Una vez conformado el equipo de los selectos corruptos, los saturó con reuniones, tan sólo para lanzarles un mensaje cifrado en su lenguaje pecualiar:

-Jodan, jodan -les decía- ningunnéyelos... cúquenlos, atosiguénlos, entotoroten a sus compañeros y a los docentes del campo. Desespérenlos. Martirícenlos. Que no tengan tiempo ni para pensar. Y no se preocupen porque tienen luz verde. No pasará nada. No se me agüeven. Que si se meten en líos, yo aquí los ayudo a sacar la pata.

A pesar de estudiar en una prestigiosa institución educativa, Neto tenía dificultades en separar el lenguaje estándar de aquel que aprendió en la barranca. Lo peor era cuando se le enredaban sus tres corrientes comunicativas: español, un poco de inglés y las palabras que aprendió en los arrabales de Apopa. Pero no se preocupaba por eso, ya que tenía un personal que lo asesoraba en todo, especialmente Merchita, su más preciada secretaria, quien se encargó de concretar las bases intelectuales de su jefatura: la justificación teórica de todas sus acciones.

En cierta ocasión, Merchita le sugirió escribir un libro para que él se diera a conocer en el campo intelectual. Neto aceptó el reto y colocándole un cheque entre las piernas, le concedió un un par de días libres, con goce de sueldo. Ese mismo fin de semana, Merchita se puso manos a la obra. Ni siquiera salió a cumplir con las obligaciones de su trabajo como bailarina exótica y tampoco pudo departir ni un instante con sus 9 hijos; y mucho menos le alcanzó el tiempo para preparles comida o tomar una siesta. Los hijos se encargaron de servirle café y comida en el escritorio donde la pobre trabajó durante cuatro días. El lunes se presentó con enormes ojeras y con el siguiente ensayo entre sus manos:

"Las estrategias pedagógicas sin fundamento son como recetas de cocina" (Néstor Tecolote. *La, sicogénisis del lenguaje: Lenguaje privado, el lenguaje tecolote y el pensamiento sicópata*. San Salvador: Editorial Maximiliano Hernández Martínez. 1999).

Poco a poco, Neto fue desarrollando sus principios de liderazgo, con las ideas de Merchita, a quien le pagaba con pequeños cheques y otros incentivos, pero nunca fue capaz de aumentarle el sueldo. Si ella hubiera tenido un buen consejero se habría dado cuenta de que era una mujer con talentos. Neto ni siquiera se dio cuenta de que los principios diseñados por Merchita estaban basados en la eficiencia alemana del famoso Führerprinzip. Con estos principios, Neto pudo adoctrinar, sobre todo, a su equipo de confianza, a su grupo de corruptos asistentes pedagógicos o más bien, farsantes pedagógicos, quienes estaban dispuestos a cometer cualquier canallada, con tal de conservar su puesto en ESTAFASA.

Para nadie era un secreto que ellos habían sacado sus títulos de una universidad de garage. Para nadie era un secreto que la mafia de Neto recibía un mejor salario que los mismos asesores del MINED. Y para nadie era un secreto que hasta los mismos docentes de las zonas rurales tenían mejor preparación académica que muchos de los payasos como la Juli Travi, la Brenda, la Morsa Amorfa, o la Pirulis, quienes fueron contratadas por ESTAFASA. Ellos gozaban impunidad. Muchos docentes de las zonas rurales tiraron la toalla ante semejantes farsantes; otros, optaron por guardar silencio por un rato, hasta que encontraron una excusa para retirarse del proyecto. Algunos se quejaban. Pero eran pocos los que, de vez en cuando, dejaban saber de los abusos cometidos por la gente de ESTAFASA, ya que en la zona rural, cualquiera te puede asesinar por el mínimo costo de $5.

Anónimamente los maestros enviaban cartas llenas de quejas a la directora de ESTAFASA, la tal Gusanita, quien cínicamente respondía: "Mientras los docentes de los centros escolares no se pronuncien formalmente contra Juli o las otras, yo no puedo hacer nada".

Neto y su compinche, El Adversario, esbozaban una sonrisa de triunfo cada vez que la Gusanita formulaba expresiones tan irresponsables y frívolas. Todas las tardes, a la hora de la merienda, Neto solía imitar la voz de la jefa que él mismo había elegido. No cesaba de repetirse a sí mismo:

-¡Qué hielo de mujer!, ¡Y qué fácil es cerrarle el hocico a ella con unos regalitos en un pinche SPA! Pero ni el mismo Poncio Pilato... Ni el mismísimo Judás... Bueno. Debemos reconocer que por lo menos Judás se vendió a un precio más caro que la tal Susanita. Sin duda, ella es la esencia triplemente concentrada de todos los gusanillos que pululan en ciertas regiones del mapa, puesto que ella no duda en sacrificar a los docentes rurales de El Salvador, y no le preocupa recibir denuncias por los constantes maltratos que reciben los pobres docentes, quienes ingenuamente, me siguen pidiendo ayuda a mí ¡A mí, el gran bailador de mambo! Y en otras ocasiones, inútilmente acuden a ella, la gran bailadora de salsa, que no deja de cantar en las reuniones, las mismas frases como en falsete, con esa vocesita de muñeca falsa: "Mientras los docentes de las zonas rurales no se pronuncien formalmente, yo no puedo hacer nada. Yo no me voy a quitar el sueño, pero ni tantito con eso. Además, ustedes deben comprender que ese no es mi trabajo, sino el de Neto. Pero si no les gusta esta medida, entonces, que él haga mi trabajo y yo haré el de él". ¡Ha Ha Ha, pero qué desfachatez de mujer! ¡Qué asco de gusana!

Con esas palabras, celebraba cada día el haberla contratado a ella en lugar de seleccionar a las otras norteamericanas que solicitaron la plaza. Todas las otras estaban bien calificadas, pero como tenían miradas de fiscales, no tardarían en descubrirle los negocios truculentos. Ellas no le convenían. En cambio, la tal Gusanita era una mujer convenencieramente sumisa, tanto que hasta repetía las mismas estupideces de Neto y hasta tuvo que leerse todos los libros que él publicó (bajo el patrocinio de Merchita, el verdadero cerebro de la organización, quien trabajaba como bailarina exótica para hacerse unos billetes extras), durante su administración en ESTAFASA.

En cuanto los nuevos libros salieron de la imprenta, Neto no dudó en imponer a todos sus empleados que se los compraran e incluso, suspendió las actividades en las escuelas rurales para que todos participaran en un taller de formación pedagógica. Allí los mantuvo leyendo por varias horas el libro que consideraba más relevante: *Principios de liderazgo para hombres de genio y acero* (San Salvador: Editorial Maximiliano Hernández Martínez, 1999).

Principio número uno: Saber poner la bota. Neto manifestaba que solía dejar a la gente en paz, pero sólo en apariencia; ya que como buen escorpión, todo se lo iba "guardando y guardando" en su fuero interno, para luego explotar -como un terrible pedo- todo el veneno gaseoso que llevaba por dentro. En ese punto, él presumía de haber provocado varios despidos de personas a las que les hizo creer que eran sus más caros amigos; y luego, los aplastó lentamente con sus botas. Y para no dejar dudas sobre esto, él recalcababa:

-Mis estimados amigos, este es un verdadero arte. Hay que saber poner la bota en el momento preciso. Y, eso, amigos míos, es un arte exquisito y delicado. Para visualizarles mejor: El troglodito pone sus patas de un sólo sopetón, pero el perito dotado de genio artístico como su servidor, lo tiene infinitamente más sutil. Y recuerden que como antaño explicara el gran mártir contra el bolchevismo, el disinguido doctor Dan Mitrione, "El dolor preciso, en el momento preciso, en la cantidad precisa, para el efecto deseado". Y aquí la bibliografía para su consulta: (Dan Mitrione cit. Manuel Hevia Cosculluela. *Pasaporte 11333: Ocho Años con la CIA.* La Habana, 1978: 286). Entonces, no se olviden: Antes que nada hay que ser eficientes. Hay que causar sólo el daño estrictamente necesario, ni un milímetro más. En todo caso, debemos controlar nuestro temperamento. Y no olviden esta frase de lujo: "Se debe actuar con la eficiencia de un cirujano y con la perfección de un artista". (Dan Mitrione cit. Alejandra Patar. "Dan Mitrione, un maestro de la tortura." Clarín 02.09.2001. Versión en-línea Clarín. com). Segundo principio: La vigilancia panóptica. Yo sé que a mis espaldas algunos me llaman el Tecolote. No se hagan... No se hagan... No se miren los unos a los otros que desde mi ventanita panóptica, yo siempre los vigilo. Ahora bien, trayendo esto al caso, les diré que el mundo panóptico se relaciona con el arte de ser un buen tecolote. Entonces, actuemos como tal. El tecolote es un ave que ve todo desde su percha, desde la copa de un árbol o desde la cima del poste eléctrico. Nosotros, al tratar de imitarlo, debemos hacernos constantemente un mapa visual del terreno para saber si todo está en su sitio, para luego atacar y destruir, en el momento preciso, todos los movimientos chuecos del enemigo. Yo los tengo a todos ustedes bien cuadrículados. Quizás no se hayan dado cuenta, pero yo los ojeyo y orejeyo a cada rato. Por si no lo saben, desde mi ventanita veo quiénes vienen tarde, quiénes andan mal vestidos, quiénes vienen de goma y para eso no necesito ni sentirles el patín. Yo desde mi ventanita panóptica lo miro todo. Y, a veces no les digo nada; pero es sólo para hacerlos reflexionar. Para hacerles consciencia de que mis ojos omniscientes y tecolóticos reposan sobre sus maravillosos y esculturales cuerpos. Por otro lado, no olviden que aquí las paredes tienen oídos. Tenemos micrófonos en todas las oficinas, en todos los corredores y hasta en los baños. Como dijo un gran filósofo británico, "Un estado de consciencia y vigilancia permanente aseguran el funcionamiento automático del poder". Nunca olviden: ¡de omnibus dubitandum! Tercer principio: Difundir su obra. Déjenme decirles que antes de convertirme en jefe, todos se reían de mí. Pero mi mejor recurso para triunfar ha sido sacar provecho de las debilidades. Antes, permítanme contarles lo que pasó allá en la barranca donde me crié. Allí donde yo andaba descalzo -y déjenme decirles que mi madre ni siquiera tenía dinero para comprarme caites, ni mucho menos sandalias, ni siquiera un par de esas sandalias ahuladas que ustedes conocen, las famosas yinas Balco. Así que yo me defino a mí mismo como: el hombre descalzo. Ricardo, ya dejá de reírte, por favor. Bueno, como les decía, yo fui precisamente eso. Yo fui un descalzo. Y más tarde, en el auténtico hombre, sin yinas Balco; y, como hombre auténtico y descalzo, aprendí a defenderme. Aprendí a defenderme de los insultos de todos aquellos que en mi propia cara me llamaban el "aguacate", aunque los más bravos me llamaban "aguacatón" y los simples, a-g-u-c-a-t-e; tan sólo "aguacate" a secas; lo cual, científicamente se define, según Jim Casalbé en su libro *Puro guanaco,* de la siguiente manera: "Sujeto tonto, inútil, pesado, sin provecho, dundazo en todo y con talento de baboso". Pero aquellos que me llamaban así, se olvidaron de que el aguacate también puede tener otro lado. Y para no quedar de aguacatón, comencé a publicar mi propia cosecha. La primera obra que publiqué fue *La vista al mundo desde el aguacate* (San Salvador: Prensa Pacotilla, 1978). Luego, como la competencia es dura y como no se me ocurría nada, saqué otra versión llamada: *Al otro lado del aguacate* (San Salvador: Editorial El Rascuache, 1979). En ambos libros yo propongo algo importante: los pasos para lograr un Estado de ley y orden, a través de la educación –un Estado tecolótico de pura vigilancia-. Todo esto, gracias a las generosas y constantes becas de la Fundación "Manus Alba"; y ustedes ya saben lo que esto significa. Bueno pues, ellos me patrocinaron las obras. Y sólo así, estos libros pudieron ver la luz del día. Luego de eso, tampoco se me ocurría nada; y, por tanto, tuve que asociarme con otros autores como Edward Wilson, Bill Sullivan, Sam Murach, Phillip Allen, Lee Pace y Ray Brocco de la Good Shepherd/Puzzle Palace Press de Langley, Virginia. Y, pronto, también tuve la oportunidad de ser co-autor con otras personalidades de la Prensa DINA de Chile, bajo la tutela de Augusto Pinochet. Y déjenme decirles, en puritica confianza, que Pinochet no era malo; hasta me trató como a uno de sus sobrinitos más preciados, "venite para acá, mi querido tecolotillo", me decía, cuando él estuvo de visita en Cuzcatlán. Yo en lo personal, lo admiraba por su filosofía, por su carisma y la infinita ternura con la que siempre trató a toda la gente de Chile, sobre todo, a los periodistas que decían la verdad, a los intelectuales de izquierda, a los artistas y a los músicos revolucionarios. Ese hombre era un caramelo. Y de él aprendí la sonrisa, la dulzura y el trato delicado; el trataba a la gente de la misma manera que yo demuestro mi amor a mis subalternos. Y aquí les suelto lo que aprendí de él, uno de mis favoritos lemas, el apto apotegma, *"faber est suae quisque fortunae."* Cuarto principio, La ley anti-hipocrática. Utilicen sus talentos para adelantarse, pero no para hacer el bien de los demás. La sicología es una fuerte herramienta para estudiar las debilidades de los otros y provocar que ellos caigan en el error. Como sicólogo profesional, yo hago buen uso del manejo del error y recopilo información no sólo para comunicar, sino para someter las mentes en un Estado tecolótico. No bromeo. Para ascender en el trabajo, hay que tener a los demás luchando, destruyéndose entre ellos, como si estuvieran metidos en un balde de cangrejos. Como asesores pedagógicos de ESTAFASA y del MINED, ustedes deben enseñar estas estrategias en las escuelas; porque es allí donde los niños deben desarrollar sus competencias para ser comunicadores efectivos de la futura sociedad tecolótica. Es cierto que nosotros partimos del texto para fomentar la lecto-escritura en los centros escolares. Es una orden imperiosa del nuevo milenio que los niños lean, pero tengan cuidado. La literatura puede incitar a las masas a odiar a los que pretenden construir un Estado basado en la igualdad. No todos somos iguales y el mundo tiene que saber eso –toda la gloria para las 14 Familias. (Bueno, quizás, ahora son sólo 8. A veces, el incesto acorta las distancias y fortalece estrategias económicas). Pero por todo eso, ustedes deben cumplir su papel, como asesores pedagógicos de ESTAFASA y como asesores pedagógicos del

MINED. Sólo así, ustedes podran lograr que los docentes implementen las técnicas y herramientas precisas para crear lectores y escritores compententes; pero nunca escritores de pacotilla con ideas ingenuas de subversión. Quinto Principio: Nada sale de ESTAFASA. Aquí todos somos familia y el que riega las joyas familiares será castigado; no tendrá ningún futuro y se arrepentirá del día en que nos traicionó. Mujeres: "*Loose lips sink ships* –Los labios sueltos hunden barcos–". Tus labios sólo sirven para darle placer al hombre, no para dejarlo naufragando. No abran la boca para nadie fuera de ESTAFASA. Hombres: tu único chero confiable es el que está entre tus piernas. No confiés en ningún otro. Y recuerden que esta orden no es discutible. Nada sale de ESTAFASA. Sexto Principio: Talonear la pista de los traidores. Nosotros despedimos a los traidores. Y aquí me va a perdonar, nuestra distinguidísima y bien estimada directora, doña Susanita Gusana. Porque aunque ella prometa y vuelva a hacer promesas de que dará buenas referencias, a todos aquellos que por infortunio fueron despedidos de esta empresa, permítanmente decirles que yo nunca las cumplo. No las he cumplido y nunca las cumpliré. Que les quede claro. Tengan bien claro que si alguno de ustedes es despedido, yo me convertiré en un ave de mal agüero, en la sombra del gran hermano tecolote que oscurecerá para siempre sus carreras adonde quiera que vayan. Sí. Yo los persiguiré con mi pico. Y los voy a joder a todos, con malísimas referencias. Ya lo saben. Cualquier infracción grave se castigará con mucho más. De modo que ustedes me ayudarán con eso. Apúntenme, por favor, la dirección de cualquier colega sospechoso. Apúntenme la dirección de sus familiares. Apúntenme los nombres y direcciones de sus cuates. Todos conocerán la venganza del

Tecolote. Séptimo principio: Nunca olviden que en toda Latinoamérica y en especial en este país, la educación es sólo una fachada. Y, nosotros estamos aquí por el noble ideal de prestar servicio a la Patria. Y de esta forma, le daremos un mejor destino a los probres niños de los centros escolares, hundidos en la miseria. Todo se relaciona. Pero por si no me entienden, voy a evocar las gloriosas palabras del Mayor Roberto. Recuerden lo que él dijo en varias ocasiones: "Si vamos a hablar a calzón quitado, a calzón quitado vamos a hablar" (Mayor Roberto. *Estrategias sobre cómo quitarse el calzón a plena luz del día, para que todos te miren la Verguísima Verdad.* San Salvador: Editorial Maximiliano Hernández Martínez, 1985). Y, para dejárselos bien claro: Nuestra verdadera misión es erradicar a los rojillos, séanse estos quienes séyan, pues estos rojillos pueden ser tus propios padres o los padres de familia de otros o los parientes de los docentes y directores de los centros escolares, allí donde ustedes sudan la gota gorda; o mejor dicho, donde ustedes los hacen sudar la gota gorda. Tengan cuidado porque los rojillos pueden ser hasta los mismos conserjes que desempeñan con humildad su trabajo. Y esto no se los voy a repetir dos veces. Estamos dando un servicio de calidad. Nosotros estamos difundiendo un programa de calidad, para fortalecer el lenguaje que servirá para que los niños y niñas en un futuro, se comuniquen de forma eficaz en nuestro nuevo Estado Nacionalista. No se olviden que nosotros estamos escribiendo una nueva página en la historia nacional. Estamos haciendo historia para un El Salvador diferente, con sentido humano. Ustedes no son simples asesores pedagógicos. Ustedes, mis estimados colegas, están haciendo realidad las palabras más gloriosas de nuestro líder inmortal, "Patria sí, comunismo no!" Y para entender mejor como funcionan mis principios, conviene consultar a la máxima autoridad en este asunto en Molgar.net. Joseph Goebbels, un genio de la propaganda. Les dejo como tarea leer detenidamente algunos de los famosos principios que impulsaron su trabajo. Déjenme decirles que todavía son usados, hoy en día, como herramienta propagandística. Aquí están para que aprendan: 1. La simplificación y el enfoque al enemigo único. Adopten una única idea, un único símbolo, un solo enemigo. 2. El método de contagio. Pinten a todos tus enemigos con la misma brocha. 3. La transposición. Acusen al adversario con sus propios errores o defectos, respondiendo al ataque con el ataque. Si no podés negar las malas noticias, inventá otras que las distorsionen... Y en esto, la Juli Travi es una experta. Levanta cortinas de humo. 4. La exageración y la desfiguración. Conviertan cualquier anécdota, por pequeña que sea, en amenaza grave. 5. La vulgarización. Toda propaganda debe ser popular. Entonces, adapten el nivel propagandístico para que llegue incluso al más dundo de los individuos. Cuanto más grande sea la masa a convencer, más pequeño ha de ser el esfuerzo mental a realizar. La capacidad receptiva de las masas es limitada y su comprensión escasa; además, tienen gran facilidad para olvidar. 6. La orquestación. La propaganda debe limitarse a un número pequeño de ideas y repetirlas incansablemente, presentadas una y otra vez, desde diferentes perspectivas, pero siempre convergiendo sobre el mismo concepto. Sin fisuras ni dudas. Si una mentira se repite suficientemente, acaba por convertirse en verdad. 7. La renovación. Hay que emitir constantemente informaciones y argumentos nuevos a un ritmo tal que cuando el adversario responda, el público esté ya interesado en otra cosa. Las respuestas del adversario nunca han de poder contrarrestar el nivel creciente de acusaciones. 8. La verosimilitud. Construyan argumentos a partir de fuentes diversas, a través de los llamados "globos sondas" o informaciones fragmentarias. 9. La silenciación. Acallen sobre las cuestiones en las que ustedes no tienen argumentos y disimulen las noticias que favorezcan al adversario. Les recomiendo también hacer una contrapropaganda utilizando los medios de comunicación afines. 10. La transfusión. Por regla general, la propaganda opera siempre a partir de un sustrato preexistente, ya sea una mitología nacional o un complejo de odios y prejuicios tradicionales; se trata de difundir argumentos que se puedan arraigar en actitudes primitivas. 11. La unanimidad. Convenzan al vulgo que se piensa "como todo el mundo", creando una falsa impresión de unanimidad. (Joseph Goebbels. *Propaganda und der FührerPrinzip*. München: ArschleckerVerlag, 1936). Y en muchos de estos principios, Julita Travi es una experta, una verdadera *hostis humani generis*. A ver, Juli, te gustaría compartir con los presentes tus experiencias educativas en el campo, en los centros escolares.

Muchos de los presentes no querían escuchar el mismo argumento de la tal Juli. Algunos se taparon las orejas como si se estuvieran dando un masaje; otros, se refugiaron en las páginas de aquellos extraños textos o buscaron entre sus pertenencias un antiácido, o por lo menos, un dulce que les ayudara a evitar la náusea; otros, se levantaron para ir al baño, pero Neto los detuvo con un gesto de desaprobación. De modo que todos tuvieron que soportar el discurso de la Travi.

-Bueno, yo solo quiero decir que en uno de missss últimosss viajessss me tocó caminar bassstante. El vehículo de ESTAFASA ya no pudo entrar porque todo estaba inundado de lodo. Y yo le dije al motorista: "Ay, no don Chicho, yo me voy a meter en el centro escolar como sea." Y entoncesss, caminé sola, y me paré en uno de esossss hoyosss de barro por andar viendo a unoossss pajaritossss que essstaban en lo alto de unosss conacastesss. Y como yo andaba toda entaconada y emperifollada, me hundí másss rápido de lo que calculé. Y enttoncess, yo hice misss esfuerzossss para sacar lass patasss, con tan mala suerte que hasta me caí sobre una piedra y allí, ¡Ay, me quebré mi uña... Mírenla, aquí esssstá, me quedé sin uña. Pero lo que másss me duele es que esssssa mañana, le había pedido a una maesssstra que me lasss arreglara. Era una maesssstra de Cabañassss, una maesssstra de Ssssan Isidro, Cabañasss. Era una maesssstra a la que saqué del último taller de formación docente en Cabañassss. Déjenme decirlesss que yo siempre saco a lasss maestrasss de las formacionesss para que me arreglen lassss uñassss; y, luego, yo me voy a dormir a una hamaca, al mediodía. Aquí entre nossss, les cuento que el mismo conserje me tiene una hamaca detrásss de la escuela. Y esssso lo hago despuésss de mi visita a la cassssa de doña Ssssonia, en Ssssan Isidro, ella siempre me tiene preparada una ssssopa de gallina. Y no esss que yo haga algo para conseguir comida. Lassss comidasss siempre vienen a mí. Entoncessss, lo que másss me dolió essssse día fueron missss uñassss. Y yo lamento que hasta tuve que ssssacar a la maesssstra de la formación pedagógica ssssolo para que me arreglara lassss uñasss y ella se estuvo conmigo toda la mañana pintándome lassss uñasss. Ella esss una artista. Y, por si ustedessss quieren aprender el truco de cómo conseguir una manicurista gratissss en loss centrosss escolaresss asociados con el MINED, aquí tienen mi libro (Juli Travi. *Interesantes tips sobre cómo sacar a una docente manicurista de la formación académica* www.Uñasperfectas.com).

Los intelectuales que estaban en la reunión no podían creer que todo eso fuera verdad: la mayor parte de la concurrencia parecía aplaudir semejantes aportes. Sin embargo, otros de los asistentes como Frasquito y Ricardo se atrevían a censurarla -y hacían algunos comentarios sólo en sus propios equipos-, afirmaban que la tal Juli Travi siempre decía los mismos argumentos, sólo que a veces, daba ciertos giros a su trillado discurso, pero nadie se daba cuenta de que ella siempre repetía lo mismo.

El tecolote, por su parte, la miraba extasiado, con una sonrisa de oreja a oreja. Imposible... Todos los presentes afirmaban que ese era uno de los pocos momentos, en los cuales, Neto de verdad sonreía. El no podía disimular cuán deslumbrado estaba ante los aportes de la tal Juli Travi. Estaba fascinado. Y haciendo un tecolotudo esfuerzo por contener su emoción, tan sólo se limitaba a decir:

-¡Ay, cuánto te admiro. Qué grandes competencias las que tenés, mujer, qué maravillosas competencias las que tenés!

Así, de esta manera, *asinus asinum fricat*.

Susana Gusana

¡Ay Gusana, arro' con bacalao!
¡Habichuelitas tiernas, aguacate con helao!
¡Arro' con picadillo, yucaaaaaa!
¡Sal de la cueva! ¡Cua cua!

Son 13 & Mongo Santamaría.

Y la capitana de aquel barco de bobos era Susana Gusana de la Giraldilla, una gringa de alcurnia alevosa, hija de los traidores de su isla natal. Solía camuflarse sin embargo, por aparentar ser una mujer de cara seria y ademanes tranquilos. Dicen que fue concebida en un callejón detrás de la Giraldilla; y, años más tarde, vio luz en Miami después de que sus padres huyeron en búsqueda de su cuenta bancaria.

Entonces, se fueron a los Yunai para joder, o más bien, para seguir jodiendo más de lo que jodieron allá. Para huir, buscaron tubos de llanta por toda la Habana, hasta que tuvieron bastantes para hacer una balsa. Salieron como a las cuatro de la mañana del Malecón, frente al Hotel Riviera, donde su padre era socio del famoso gángster Meyer Lansky. Y tuvieron el cuidado de llevar bastante agua para una semana, ya que la Florida está menos de ciento cincuenta kilómetros. Pero no tomaron en cuenta las corrientes, que los llevaron hacia las Bahamas. En el octavo día, para conservar lo que poco que les quedaba de agua, se decidieron arrojar a su abuelita en el alta mar. Ella ni siquiera se dio cuenta. Primero arrullaron a la pobre anciana con una canción de cuna; y, luego, esperaron a que se durmiera para lanzarla, sin ningún remordimiento, por la borda. Pero gracias a este acto tan práctico, todos ellos lograron sobrevivir hasta que fueron rescatados por la marina estadounidense. Y tan felices por lo que habían hecho, comenzaron a cantar:

Si tomo guarapo por la madrugá
lo bueno se queda, lo malo se va.
Con esa melcocha tan bien amasá
Lo bueno se queda, lo malo se va.

Justamente por encima del horizonte, Don Santiago, popularmente conocido como el viejo del mar, se encontraba pescando su anhelado pez-espada, cuando esa familia de balseros se decidió a arrojar a la abuelita por la borda. Don Santiago había estado durante los últimos meses, más salado que un moco marino; y, esta vez, estaba decidido a terminar de una vez y para siempre con su mala racha. Haciendo un sacrificio permaneció alrededor de diez horas bajo el sol candente, y casi estuvo a punto de abandonar su búsqueda, cuando de pronto, algo se prendió en el gancho de la pesca. Estaba seguro de que era un pez enorme dispuesto a luchar hasta la muerte. Sí era enorme, pero no era ningún pez, sino doña Bárbara Guarapo de Ochá.

Santiago pensó que esa era su gran oportunidad y estaba dispuesto a luchar más allá de la muerte, a pesar de que la barca tomó la dirección equivocada; y comenzó a navegar, al capricho del cadáver mar adentro. Las fuerzas del viejo disminuían cada vez. Mientras tanto, el "pez" seguía alejándose sin cesar y sobrenadaba lentamente, en el agua tranquila.

–Si pieddo el rejplandó de La Habana, será que ejtamos yendo máj hacia el ejte –pensó–. Ej maravilloso y ejtraño, y quién sabe que edá tendrá. Jamáj he cogío un pej tan fuette, ni que se pottara de un mo'o tan ejtraño. Pero carajo, ¡qué pej máj grande! Y, coño, no joda, qué bien lo pagarán en el mecca'o si su canne ej buena.

En este momento, el "pez" dio un brinco súbito contra el bote; el viejo se dio contra la proa y hubiera caído al mar si no se hubiera aferrado y soltado un poco de sedal. El viejo miraba al pez constantemente para convencerse de que era cierto. Pasó una hora antes de que apareciera el primer tiburón. El viejo sudaba y bofeaba. En cada vuelta que daba el "pez" pacífica y tranquilamente por las aguas, el viejo ganaba sedal y estaba cierto de que en dos vueltas más tendría ocasión de clavarle el arpón.

–Pero ahora tengo que arrimal-lo, arrimal-lo, arrimal-lo –pensó–. No debo apuntá a la cabeza. Tengo que acettar el goppe direttamente en el corazón. Camma y fuezza, carajo.

En la vuelta siguiente, una ola le tiró el lomo del "pez" por encima del agua, pero andaba demasiado lejos del bote, todavía demasiado lejos; pero con las crecientes olas continuaba sobresaliendo en el agua y el viejo estaba seguro de que cobrando un poco más de sedal, lo iba a arrimar al bote.

Tenía preparado su arpón y estaba listo para titarlo. Ahora el "pez" se acercaba, guapo pero no guapachoso, sino tranquilo, sin mover más que su gran cola. En ese instante, el viejo jaló con todas las ganas para acercarlo más. Momentáneamente, el "pez" se dobló un poco hacia el bote. Luego se enderezó y comenzó otra vuelta.

–Lo moví –dijo el viejo–. Ejta vej lo moví.

Con este pequeño triunfo, se sintió fosforón, como si estuviera listo para cogerse a una quinceañera; entonces, volvió a aplicar toda la fuerza que pudo con su cuerpo viejo y enjuto, para vencer al gran "pez".

–Lo he movío –pensó–. A lo mejó ejta vej pueda doblal-lo. Tiren, manoj –pensó–. Aguanten fimmej, piennaj. No me fallej, cabeza. No me fallej. Ma' nunca te haj deja'o llevá. Ejta vej voy a doblal-lo.

Pero metió todo su esfuerzo antes de que el "pez" se le alejara del bote. Y tirando, una vez más, con todas sus fuerzas, el "pez" se dobló en parte; y, luego, se enderezó y siguió nadando, alejándose del bote. Santiago estaba haciendo predicciones. Parecía que el "pez" lo quería matar, pero Santiago estaba firme, completamente determinado a sacarlo del agua, y no importaba si tenía que pagar con su vida en este intento.

—Pej —dijo el viejo—. Carajo, pej, vaj a tené que morí de to'oj mo'oj. ¿Tienej que matamme también a mí? No me dejej aquí solo como un comemieddaj. Coño, de ese mo'o no consigo na', —pensó. Su boca estaba demasiado seca para hablar, pero ahora no podía alcanzar el agua.

—Ejta vej tengo que arrimal-lo —pensó—. No ejtoy pa' muchaj vueltaj má'. Sí, cómo no. Ejtáj pa' eso y mucho má'.

En la siguiente ronda, estuvo a punto de ganarlo. Pero otra vez el "pez" se enderezó y salió nadando lentamente.

—Coño que me ejtáj matando, pej —pensó el viejo—. Pero tienej razón. Hemmano, má' nunca en mi puta vida he vijto cosa máj grande, ni máj hemmosa, ni máj tranquila, ni máj noble que tú. Vamoj, carajo... ven a matamme. No me impotta un coño quién mate a quién. Ahora se me confunde la mente —pensó—. Tienej que mantené la cabeza aclará. Mantén la cabeza aclará y aprende a sufrí como un hombre. O como un pej. Aclárate, cabeza —dijo en una voz apenas audible—. Aclárate. Doj vecej má' ocurrió lo mijmo en laj vueltaj. No sé —pensó el viejo—. Coño que no sé na'. Pero probaré otra vej mi suette.

Probó una vez más y se sintió desfallecer cuando dobló el "pez". El "pez" se enderezó y salió nadando como Pedro por su casa, meneando ufanamente en el aire su gran cola, como Juan Gabriel en concierto bailando "El Noa Noa".

Y por un instante, el viejo creyó escuchar lejanas voces:

Cuando quieras tú, divertirte más.

Y bailar sin fin.

Yo sé de un lugar.

Que te llevaré (vamos al noa) y disfrutarás.

(vamos al noa) De una noche que nunca olvidarás.

¿Quieres bailar esta noche?

Vamos al Noa Noa Noa,

Noa, Noa, Noa, Noa, Noa

Noa, Noa, Noa vamos a bailar.

–¡Coño, no joda, pue'! Y quien va creer que sea marica este pez... Pero de to' mo' probaré de nuevo, –declaró el viejo, aunque sus manos estaban ahora hechas carne, pero pura carne molida; y, su vista estaba completamente borrosa.

Probó de nuevo e igualito.

–Coño –pensó, y se sintió caer, antes de empezar–. Voy a probá otra vej.

Entonces, amarró todo su dolor en una bola y con lo que quedaba de su fuerza y de su orgullo se enfrentó a la agonía del "pez". Y este se dobló sobre su costado y nadó suavemente de costado; y, por poco, tocó con el pico la tablazón del bote: largo, grueso, ancho, plateado y con rayas moradas. Era algo interminable para morir.

Tras una larga y dura batalla hasta las dos de la mañana, el "pez" por fin se rindió. El viejo dejó caer el sedal al suelo y puso su pie sobre él y levantó el arpón lo más alto que pudo y lo lanzó hacia abajo, con toda su fuerza; e, implorando aún más fuerza de su tocayo Santiago Matamoros el Apóstol y de todo el listado de arcángeles, logró acertar en el costado del "pez," detrás de la gran aleta pectoral, digo mano derecha; y, a consecuencia del golpe, se cortó y elevó por los aires, el dedo corazón del cadáver; acto que lo invitó, por última vez, a cometer un acto impúdico. Pudo escuchar el acero penetrando en el "pez"; y, se inclinó sobre él; y, lo forzó más adentro, hasta echarle encima todo su peso.

Pero antes de que pudiera cantar gloria, el "pez" cobró vida, con la muerte en las entrañas, y se levantó del agua, mostrando toda su gran longitud, anchura, todo su poder y su hermosura. Flotó en el aire sobre el viejo que estaba en el bote. Luego cayó en el agua con un estampido que arrojó un chorro de agua sobre el viejo y sobre todo el bote. El viejo sentía que se agotaba su fuerza vital. Pero soltó el arpón y dejó correr el sedal lentamente, entre sus manos sangrientas; y cuando pudo ver, se dio cuenta de que el "pez" estaba de espaldas, vientre arriba. El mango del arpón se proyectaba en ángulo como un estandarte y el mar odisíaco se teñía de vino con la sangre roja de su corazón. Primero era oscuro como un bajío en el agua azul, como unos dos kilómetros de profundidad. Luego, se estiró como una nube. El "pez" era plateado encima de las suaves olas.

El viejo, colmado de alegría, ya no creía que el pez era tan enorme como anteriormente se le proyectó.

–Era tan grande, que era como amarrá un bote mucho má' grande al costa'o del suyo–.

Más tarde, diría esto en el Bar La Terraza, en el puerto de Cojímar. Todas sus fuerzas habrían sido en vano, si no hubiera podido llevar el "pez" a tierra firme. Para su gran desilusión, sin embargo, apareció un tiburón. Tan pronto como se acercó al babor de la barca donde tenía el "pez" amarrado. El viejo le tiró un arponzazo letal con un sólo golpe. Escapó la furia del tiburón, pero la sangre del leviatán contaminó el mar con un rastro que llamó a sus hermanos a vengarse contra el pescador. El viejo lidió con ellos, pero ya habían devorado la mitad de su presa. Por la madrugada, llegaron huestes de tiburones en olas, seguramente entrenados por el Tío Sam para derrocar la economía socialista del primer territorio libre de las Américas. Al aparecer el sol, sólo habían quedado la cabeza, la espina y la "cola," suficientes para atestiguar la grandeza de su hazaña. Finalmente, llegó al puerto. Eran las diez de la mañana y los demás pescadores ya habían zarpado. Así que no había quien le ayudara para sacar los restos del lado del barco. Cuando terminó se fue a tomar una siesta. Por la tarde, Manolito, su asistente, ansioso de las noticias de su mentor, llegó a ver cómo estaba y le dio su palabra de que saldría con él. Los demás pescadores reconocieron la senilidad de Santiago, al ver los restos del "pez," que no era un pez espada para nada.

–Pero carajo, ese viejo tá charao po' completo. ¡Esa ej el cueppo de una mujé!

Y si Santiago hubiera encontrado a la mujer antes de que expirarse, seguramente se habría casado con ella. Había visto muchas veces a doña Bárbara Guarapo de Ochá cuando era marinero para el Havana Yacht Club. Él hizo algunos viajes en los cuales iba ella y algunas estrellas de Hollywood como Errol Flynn y escritores bolos como Ernest Hemingway. Siempre creía que era su destino juntarse con ella y vivir de su fortuna. De cierta manera, sus deseos se realizaron.

-Don Santiago. Ejpera, ejte no ej ningún pej-ejpada.

-Tú tienej razón, chico. Lo que queda ni se pue'e regalá en el mercao. Pero lo voy a convettí en cebo pa' pejcá. Vaj a vé. Ejta canne va a sevví mejó que cien kilos de sardinaj.

Así se cumplieron los sueños de Santiago, porque con el cebo y la ayuda de Manolito, en su próxima salida pescó un pez-espada récord que le llamó la atención al mismo Fidel Castro –a quien Eleguá proteja y a quien resguarde Yemayá–. El Comandante los galardonó con la Orden del Trabajo Socialista. Con eso, Santiago tuvo para qué hablar el resto de sus días.

Entre más grande la mentira, más bobos la creen. ¿Quién podría creer que una norteamericana, graduada con una Maestría en Administración de negocios de Harvard, aceptaría trabajar en el país más peligroso del mundo? Sólo un tarado por completo. ¿Quién podría creer que ella aceptaría trabajar en El Salvador, para ganar el diez por ciento, de lo que ganaría en los Estados Unidos? Sólo un loco rematado. Pero aún el diez por ciento de un sueldo norteamericano era una estafa porque esa tipa no tenía ni puta idea de lo que estaba haciendo. Carecía de título en la especialidad de la sección que "dirigía."

Cuando Neto la seleccionó como la nueva directora del proyecto de Fortalecimiento de Educación en el área de Lenguaje y Matemática, estaba seguro de haber hecho la mejor decisión de su vida. Evidentemente, estaba ante una muñeca arribista. No sería nunca su jefa, sino una marioneta dispuesta a cumplir sus caprichos. Eso fue lo primero que Neto dejó en claro para su contratación.

-No te preocupes. Yo nunca voy a ser la directora del proyecto. Seremos una sociedad secreta, como la Cosa Nostra. ¡Ay, pero no tanto! Ja ja ja ja. Bueno seremos una asociación de jefes en la que tomaremos decisiones. Yo no voy a decir nada si me dejan mi tiempo libre... Mi lema es el siguiente: Primero yo, segundo yo misma y tercero para mí misma –me, myself and I.

-Es sabia tu posición. Alguien como vos necesitábamos. Vinieron a pedir trabajo otras gringas. Con algunas no hallaba qué hacer porque me las mandó la misma Agencia que financia nuestro programa. Pero eran demasiado estrictas, demasiado fisgonas, de primas a primeras quisieron meterse con las cifras, función que es exclusiva de Norberto, el contador.

-¡Ah, no! Eso sí que no. Cada cosa en su lugar y yo me encargaré de que todos lo entiendan. Mi abuelita doña Bárbara Guarapo de Ochá decía: no se puede estar como el matapiojo.

-Bueno, pero hablando de otra cosa. Todos dirán algo sobre tu experiencia con el magisterio y... Tu título...

-No te preocupes. Mi abuelita doña Bárbara Guarapo de Ochá, también me contaba una bonita historia sobre las partes del cuerpo que querían ser jefes. Para mi sorpresa no ganó el cerebro, sino que el culo. Con el tiempo he comprobado que tenía razón, para llegar a jefe no es necesario ser un cerebro, ni inteligente, ni tener títulos, ni tener experiencia de nada, ni ser más o menos imprescindible, solamente hay que tener culo, buen culo. Y yo como cubana siempre he sido ancha de esta parte mira... Entonces, solo me basta con tener culo y saber el momento oportuno para cagarme en los demás.

-Ja ja ja. No cabe duda... Así como le digo a la Juli: "¡Qué competencias las que tenés, mamayita, qué competencias las que tenés!"

-Cuidado, Neto. Cuidado. No se te pase la mano. A mí me respetás así como yo respeto tus funciones y tus cifras... Eh... Bu- bueno las cifras que maneja la contabilidad. Pero dejemos esto tan aburrido tengo mucho que hacer. Debo ir a migración y al gimnasio. A propósito, ¿te gusta mi traje?

-No te preocupés, Susanita, tomate el día libre. Como mi nueva jefa que sos te doy permiso. Pero antes debes dejarme que te presente a los empleados.

-Nooo. Cómo se te ocurre. Con esta ropa, con este peinado. Si me hubieras avisado habría hecho tiempo para ir donde el manicurista, al Spa.

-Solo va a ser un instante. Tomate el día libre. Tomate dos si querés. Podés decirles a los asesores y al resto de empleados que vas a Migración. Nadie te va a criticar por eso porque, al fin y al cabo, ya sos nuestra nueva directora.

-Ay, qué rico. Ay, qué rico. Pero por suerte me traje mi amuleto de la buena suerte: un llavero del Ratón Miguelito.

Neto estaba seguro de su triunfo, cada palabra que salía de la boca de esa bobalicona le confirmaba que podría seguir robando, enriqueciendo sus bolsillos, sin que nadie se lo impidiera. Esa boba le garantizaba tener el poder detrás de la silla. El discurso engusanado de la Susana ante sus futuros subalternos, fue revelador:

-Hola. Estoy aquí aunque no estoy del todo todavía. Yo creo que no estoy, pero voy a estar del todo, dentro de unos días, cuando haya arreglado mi traslado. Hasta entonces, yo voy a estar; aunque ya estoy, pero todavía no estoy del todo. Hi. Digo hola, ¿cómo están? Yo soy cubana-americana. Tengo dos nacionalidades una es fuerte, la otra marrana ¿Entendido? Pero yo quiero contarles que no es la primera vez que estoy en El Salvador, estuve hace tiempo haciendo mi tesis. Yo estudié una cosa parecida a la Licenciatura en historia enfocada en los países en guerra. Y como El Salvador estaba en guerra, aproveché esto, para pasearme por El Salvador. Luego, estudié en la universidad de Harvard una cosa parecida a la administración de proyectos. Pero quizás ustedes crean que yo no tengo experiencia como decente, perdón como docente; pero sí la tengo, porque durante esos años trabajé en una escuela pública para financiar mi proyecto.

Y ahora estoy aquí aunque no estoy del todo. Ay, pero eso me recuerda algo: ya se me olvidó la otra parte de mi discurso. Esperen que voy a buscar una copia de lo que escribí.

-Señora Susana Gusana, ¿puedo hacerle una pregunta?

-Ay, claro que sí, por supuesto.

-Si usted es una mujer tan preparada y graduada de la universidad de Harvard ¿Qué hace aquí? ¿No estaría mejor en su propio país? Tengo entendido que quienes se gradúan de la universidad de Harvard tienen un trabajo asegurado. Es parte de las garantías y ventajas de los estudiantes.

-Sí tienes razón. Pero yo estoy aquí por amor. Hace mucho tiempo me pasó una cosa muy extraña. En mi afán por descubrir si alguno de mis antepasados estuvo relacionado con el pasado de ustedes, me fui de *tour* por los principales cementerios de este país. No calculé el tiempo, me dejó el bus y decidí dormir en el cementerio. Esa noche yo no llevaba pantalones y como siempre duermo sin ropa interior, entonces me la quité. De repente, como a eso de las 8 de la noche, sentí algo bien raro en mi cuerpo, algo que me devoraba por dentro, que me hacía estallar de placer. Era una sensación deliciosa que nunca antes había experimentado. Entonces, me levanté la falda y vi con sorpresa que un gran gusano había penetrado en mi interior. En cuanto terminó, se fue hacia otras tumbas como queriendo hacer lo mismo con los muertos. El gusano era goloso. Pero no ingería culquier cosa, le encantaba, sobre todo, devorar los pubis y los clítoris de mujeres vírgenes. No podía permitir que se me fuera. Lo busqué desesperadamente entre la tierra, y decidí quedarme varios años en El Salvador, hasta encontrar al gusano que me quitó la virginidad. Ese delicioso gusano que se manifestó como una fuente exquisita de placer.

-¿Entonces, qué debemos entender? ¿Su esposo es un gusano, señora?

-No lo creo, aquí la única gusana soy yo. A mi novio lo conocí tiempo después. El me ayudó con la tesis, y sobre todo, a tratar de encontrar al gusano que me desfloró, ese que me quitó la virginidad. Mi abuelita doña Bárbara Guarapo de Ochá se hubiera sentido orgullosa de eso, quiero decir, que yo perdí la virginidad por accidente y no por ser jinetera o una cosa parecida. Mi novio también valoró eso. El deseaba ser el primero, digo, después del gusano, él fue el primero en penetrarme. Pero como él es un hombre noble me ayudó en mi búsqueda. No tuvimos suerte, pero una noche de tantas me dijo: Susana esta búsqueda es infructuosa, yo tengo algo mejor para vos. Y yo le dije que estaba bien. Y le di varias órdenes: tocá tu órgano, tocá tu armónica y concentrate en el susurro del viento. Y así compuse yo un poema para mi íntimo:

Ya ha soltado el crepúsculo sus sombras
Ya comienza el tecolote sus rondas
Desatá tus sogas
¡Entregate!
Y elevá hacia mí, de una vez, Tu Gusano.

Y así empezamos, estuvimos juntos el 88, el 89, el 90, el 91. El 92 nos distanciamos. Pero volvimos a estar juntos después. Y nos volvimos a alejar porque él no era un hombre libre. Mi novio era seminarista y para vernos teníamos que vencer muchos obstáculos. Luego, yo me casé y me divorcié y él se salió del seminario. Pero finalmente, el destino nos juntó. Ahora tengo a mi gusano, este... quiero decir a mi prometido. El y yo vamos a casarnos. Por eso es que estoy aquí, aunque como dije, todavía no estoy del todo.

Todos los presentes se sintieron conmovidos

por esa historia tan romántica. Juli Travi lloró a moco tendido, mientras recordaba su larga lista de hombres y mujeres que habían dejado huellas en su vida, su larga lista de amores no correspondidos. Los otros asistentes también lloraban por el peso de llevar una vida solitaria. Se quejaban de vivir en un país machista en donde nunca se orienta a los hombres para mostrar empatía, respeto y solidaridad hacia sus compañeras de vida. Lejos de eso impera la ley del garrote, del hielo y el desdén. El feminicidio no es accidental, crece a niveles sorprendentes cada día. Esas mujeres estaban heridas del alma, tanto que lloraron por el discursito de una extranjera, quien presumía de haber encontrado su gusano. Ella provocaba celos al hablar sobre su futura boda con un ex seminarista, es decir, un cuasi santulón que seguramente no estaba afectado por los vicios como los otros hombres. La única mujer feliz era la Morsa. ¿Por qué? Susanita, la nueva jefa, se convertiría en su cuñada, al casarse con su primo, es decir, con el hermanito que creció en su misma casa. Esto le daría luz verde para todas sus fechorías. ¿Quién podría entrometerse en el camino de la cuñadita de Susana?

Neto se alegró tanto de que la reunión terminara de esa manera. Así enfrentó los futuros cuestionamientos, que con el tiempo siempre se convierten en murmullos: ¿Qué título tenía la tal Gusanita, en docencia? ¡Ninguno! ¿Y es que acaso entendía la esencia del proyecto? Para nada. Le importaba un pito que ante sus narices se estuviesen maltratando a los docentes, le importaba un rábano enviarles asistentes ofensivas y analfabestias como Juli y su cuñada. "¿Qué? ¿Cómo me dice...? ¿Qué se están quejando los docentes, los verdaderos clientes del proyecto?" Eso no era novedad. Sus quejas eran un sólo grito a los cuatro vientos. Ella constantemente se preguntaba: ¿Y quiénes son ellos? A lo cual respondía con una palabra de 5 letras: Nadie. Ella estaba segura de que los docentes nunca se atreverían a denunciarlos formalmente, por temor a perder la vida, de todos es sabido que en El Salvador, esas molestias se resuelven tan sólo con 5 dólares. Esa es la tarifa oficial de los sicarios en el campo. De modo que a la tal Susanita le fue fácil lavarse las manos cada vez que llegaban a sus oídos algunos errores cometidos por las asistentes pedagógicas.

-Ay, mira esa es tarea de Neto, no mía. Mi trabajo es administrar cosas más grandes. Y si no les parece, entonces que Neto haga mi trabajo y yo el de él. Pero si es que sólo se trata de rumores. Mientras los docentes no se pronuncien de manera formal, yo no puedo hacer nada...

Al parecer, lo único que sí le importaba a Susanita era la administración del dinero. Su especialidad fue liberar la pata de Neto y las patas de los otros jefes. De esta manera, los libró de ir la cárcel para ellos. Ese fue su principal aporte al proyecto. Pero, como jefa, era legalmente responsable por todos los crímenes de la mara de estafadores que estaban en su sección. La pobre tontilla no pudo entender que ella sería la primera en dar cuentas a la justicia. Los Estados Unidos de América no vería con buenos ojos que una de sus ciudadanas malversara sus fondos. La mandarían al calabozo por el resto de sus días. Y los locos del asilo, Neto, Juli Travi, Draculita y Morsa Amorfa le daban gracias a Satanás por eso. Entre todas ellas, la más feliz fue Morsa, quien finalmente, tuvo luz verde para todo tipo de asquerosidad bajo la protección de la cuñada.

Lo que nadie supo fue que a partir de ese impactante discurso, la Morsa visitaba de madrugada todos los cementerios capitalinos para desenterrar y besar miles de gusanos. Ella estaba segura de que tarde o temprano, encontraría a su propio gusano.

¡Adiós Gusana, bagre bacalao!
¡más sonsa que las tiernas, siempre has mamao!

¿Quién tiene miedo del lobo feroz, lobo feroz, lobo feroz?

Who's afraid of the Big Bad Wolf
Big Bad Wolf, Big Bad Wolf
Who's afraid of the Big Bad Wolf
Tra la la, not me!

Frank Churchill & Ann Ronell.

NETO continuó viajando para supervisar escuelas en todo el país, en parte para no aburrirse, en parte porque eso era lo que había ordenado el Ministro de Educación Dr. Arquímides San Goyo. Iba siempre bien custodiado; pero eso no significaba que él estuviera libre de peligros. Cierto día, mientras supervisaba la formación docente en la Escuela Maximiliano Hernández Martínez en Izalco, escuchó ese peculiar sonido que siempre le crispaba los nervios hasta el punto de perder el juicio.

-¡Quiquiriquíiiiiiiiiiiiiiiii!

-¡¿Qué pasa aquí?! ¡¿Es una escuela o una granja?!

Fuera de control, se fue a explorar los alrededores de la escuela con una piedra entre los dientes y un zapato en cada mano, para atacar al animal en cuanto éste se dejara ver. No apareció nada. Por largo rato estuvo arrastrándose sigilosamente entre las rocas y los matorrales de las veredas cercanas, hasta que rendido por el cansancio, decidió sentarse bajo la sombra de un gran árbol donde aprovechó para abanicarse con una hoja de huerta que se había encontrado durante su recorrido. Estaba harto. No veía la hora de retornar a la ciudad; y, sin duda, se le ocurriría una excusa para acabar la jornada antes de lo previsto, en cuanto lograra calmarse un poco.

El supor del mediodía le hizo cerrar los ojos y estaba llegando a la primera fase de un profundo sueño cuando, repentinamente, un gallo le brincó sobre la cara y le picoteó con fuerza varias partes del cuerpo. Al principio, creyó que era un pesadilla, pero ante el dolor de las heridas se dio cuenta de que estaba despierto.

En ese momento, se sintió impotente y no tuvo otro remedio que correr con toda la velocidad que le permitieron sus flacuchas piernas, pero con tan mala suerte, que cayó sobre un promontorio de piedras; y, allí, el gallo rebalsó del gusto. El salvaje continuó hundiéndole las espuelas desde la espalda para abajo, hasta el punto de romperle el pantalón viejo y gastado que llevaba. ¡No podía creerlo! En cuestión de segundos, aquel gallo bravo y robusto lo había dejado adolorido y empapado de sangre. ¿De dónde rayos habrá salido este cabrón?, exclamaba. Y haciendo un esfuerzo se dio vuelta para incorporarse y se llenó de cólera al ver correr su propia sangre. Sin pensarlo dos veces, arremetió contra el gallo hasta dejarlo hecho puras plumas. Y, esto lo hizo sentir como un héroe.

Aquella sangrienta victoria contra su enemigo natural, le hizo olvidar que estaba trabajando y caminó por los alrededores lleno de orgullo, ufanándose de lo que él mismo calificaba como la derrota del ave de Estinfalo, en alusión a uno de los 12 trabajos de Hércules y cuando entró de nuevo en la escuela, todos lo miraron con horror.

-Don Neto, ¿qué le pasó? ¿Está bien, don Neto? ¿Lo llevamos al médico?

Hasta ese momento, se percató de la gravedad de su estado y casi se desmayó al descubrir que estaba completamente sucio y que tenía cortaduras múltiples de las que no había cesado de brotar sangre.

-F-F-Fue un perro. Digo una perra salvaje. No no, digo más bien, era una cosa más grande todavía. Más grande que un cadejo. Sí eso... Una perra. Una grande y robusta perra me brincó encima y me atacó.

Lleno de pánico, por sus estudiantes, el rector mandó a las maestras para que buscaran a la perra, pero no encontraron nada, sólo un gallito muerto y sangre por todos lados.

-No lo encontramos pero miren, alguien o algún animal mató a nuestra mascota escolar. Este era el último descendiente del gallo de pelea del General Hernández Martínez. Seguramente, fue un lobo el que atacó a nuestro gallo.

Las maestras se ofrecieron a lavarlo con alcohol y a ponerle un vendaje provisional. Pero él se rehusó por completo y exigió que lo dejaran a solas en una habitación privada porque quería curarse él mismo. A pesar de que quiso hacerse el valiente, sus alaridos se extendieron por toda la escuela. Los estudiantes estaban aterrorizados y el rector envió nuevamente a las maestras para que abrieran la puerta. Sin embargo, ellas sentían asco de imaginar lo que estaba pasando y prefirieron aguardar afuera, hasta que Neto se decidió abrir. Al ver la escena, las maestras creyeron que la herida era grande ya que había abundante sangre regada por todo el piso; y lo más extraño de todo fue que el ambiente se infectó de súbito, es decir, el cuarto apestaba a animal en estado de putrefacción. Ellas imaginaron lo peor, sin saber que el alcohol mezclado con la sangre suele producir un olor insoportable, como el de una cosa descompuesta. Las maestras estaban asqueadas; no se atrevieron a pasar del umbral de la puerta y desde allí, le recomendaron que se fuera a una clínica privada porque tenía una fuerte infección.

Neto no quiso ir ni siquiera al hospital, a pesar de las recomendaciones; y, ordenó al chofer que tomara la ruta de siempre. Durante el retorno a ESTAFASA, su subalterna, la Pirulis, intentó romper el hielo como siempre, con la misma historia.

-¿Don Netoooo, y usté sabe por qué quiero tanto a mi maridooo?

Al escuchar esa misma pregunta que le hacía diariamente a él y a todos sus compañeros de trabajo, Neto sintió que perdía el control. De pronto, le hirvió la sangre y en un estado de frenesí le gritó:

-¡No tengo ni puta idea por qué. Deberías agarrar el gallo muerto del General Hernández Martínez para que te haga el favor!

-Ay, don Netoooo. Yo solo quería romper el hielo. Es que mi marido me tiene tan sola. El es un pobre que no quiere estudiar. Figúrese que quiere vivir de la venta de atol shuco.

-Es marica, culero como ninguno. Mejor buscate otro cabrón cuanto antes.

Al decir esto, convulsionó de la misma cólera y comenzó a vomitar espumarajos por la boca. El motorista paró en un predio baldío, y la Pirulis lo frotó con ruda; luego, le pegó con pencas de sábila y con un manojo de chiribiscos hasta que recobró el conocimiento. Ellos le recomendaban que se fuera al hospital, pero se negó por completo.

-Yo pago impuestos, yo soy nacionalista y yo soy un meritísimo, auténtico y seguro servidor de nuestra sacrosanta patria. Soy un patriota nacionalista. Y por eso debo ir donde se encuentran los pobres.

Hartos de tanta necedad, lo aventaron en una Unidad de Salud de la capital. Una vez allí, tuvo que esperar durante el resto del día para ser atendido. Al principio, trató de valerse de sus influencias, como el hecho de considerarse amigo del ex presidente Fidel Sánchez Hernández, y del actual Ministro de Educación Doctor Arquímedes San Goyo. Pero todo esto no valía nada para la enfermera falduda y mal encarada que lo empujó hasta el final de una fila, conformada por señoras que esperaban las vacunas para sus hijos.

Las madres, dotadas de una sabiduría popular y del instinto de conservación que más bien se traducen en consejos para la vida, intuyeron que esa ave de mal agüero que se había colado en la unidad de salud -opción destinada solo para gente de escasos recursos– pondría en peligro a sus bebés, no sólo por su halitosis, si no también por su aura completamente oscura; pero sobre todo, por sus ojos de tecolote malo con los que miraba ferozmente a los niños. Entonces, ellas sacaron los amuletos contra el mal de ojo; otras, sintiéndose indefensas, decidieron tapar más a sus niños, a pesar de que muchos tenían alta temperatura; y, esto último, llamó la atención de una enfermera que pasaba por allí.

- Los bebés están con alta temperatura, señoras, ¿qué les está pasando?

Fue cuando las madres exigieron que el viejo tecolote se fuera:

-¿Qué no ve usted el carrazo en el que lo vinieron a aventar? Ese viejo tiene pisto para ir a otra parte.

-Pues, él tiene derecho como todo salvadoreño de ser atendido en una Unidad de Salud. Sólo que tendrá que esperarse hasta el final.

Al ver que no podían hacer nada por sacarlo del lugar decidieron ahuyentarlo de su presencia y todas comenzaron a pronunciar varios conjuros que todavía las mujeres en el campo suelen utilzar en momentos de peligro:

-Tecolote mal formado, que cantas toda la vida,

cántame el alabado, de la inmácula concebida.

Aturdido entre tanta palabrería, decidió alejarse a la habitación contigua desde donde podía controlar el movimiento de la fila. Y la cólera le disminuyó un poco, cuando se dio cuenta de que en esa habitación había una mujer sola; pero no tan sola. Se trataba de una madre, de larga cabellera rubia, quien sostenía en sus brazos a su bebé. Neto no dudó en tecoloteársela.

-Si esta gallinita se mira tan bien de espaldas, no dudo que de frente se verá mejor. Me la voy a apantallar con mi sutil tecoloteo.

E intentando hacerse el gracioso, acarició aquella hermosa cabellera rubia y sin pedirle permiso, tomó unos cuantos mechones y se los acercó a la nariz rapiñosa, para aspirarles el olor. Y lo hizo hasta emitiendo gemidos de placer, como si de pronto hubiera caído en un estado de profundo éxtasis. Seguramente él no se enteró de lo que sucedía a su alrededor, porque para lucir pasional hasta había cerrado los ojos, mientras dejaba escapar incesantes gemidos de su desemplumado cogote; pero de pronto, sintió que una mano recia, como la de un gorila lo agarró por el cuello; y sólo hasta entonces, se dio cuenta de que la dueña de la cabellera no era una señora, sino más bien, un macho de apariencia repulsiva, endemoniada y camorrista. Era un hombre con un ligero aire de Hulk Hogan. Neto lo reconoció e intentó disculparse. No era un Hulk Hogan, pero ese hombre había sido un campeón de lucha libre a nivel internacional, quien debido a ciertos problemas personales, había terminado exhibiéndose en la Arena Santanita.

Sin pensarlo dos veces, el hombre lo noqueó con un terrible golpe en la panza.

Al parecer, nadie se dio cuenta del encontronazo porque varias horas después, Neto se despertó con el estómago inflamado en su propia casa y con la noticia de que le habían puesto las primeras vacunas contra la rabia. La enfermera, o alguien de la Unidad de Salud, buscó contactos en el celular de Neto; y, así, lograron llamar a un amigo para que lo recogiera. Como ignoraba todos los detalles, el amigo le relató a Radha que se había pasado de copas en un bar, pero nada más.

Los siguientes días, fueron un suplicio para Neto; solía enviar a los conserjes y a las secretarias por cubos de hielo porque no soportaba la inflamación en el estómago. Hubiera sido más fácil contarle a todos la verdad. Pero él nunca tuvo el coraje de admitir que un gallo le había producido semejantes heridas. Y pensar que ese gallito de pelea fue una de las pocas víctimas que lograron defenderse de aquel "tecolotudo psicópata".

Así que continuó adelante con ese suplicio, no porque le interesara convertirse en héroe, sino porque le gustaba llamar la atención de las mujeres. En efecto, había descubierto que cada vez que lograba transformar en acto heroico, todas las payasadas que le acontecían en el campo, de inmediato, las mujeres de la oficina acudían a suspirar a su alrederor. Y exactamente eso fue lo que ocurrió cuando divulgó la noticia de que debía recibir 40 vacunas alrededor de su ombligo.

Con facilidad pudo engañar a todos, menos a un consultor pedagógico internacional quien se encontraba de viaje por América Latina; y, durante esos días, decidió visitar las oficinas de ESTAFASA. El tecolote, por su parte, no sabía que el hombre había trabajado como enfermero certificado en el hospital de Houston, durante varios años, antes de decidirse a cambiar su área de trabajo. Casualmente, el día de la visita, Neto se encontraba mal porque había estado en el gimnasio y se le abrió la herida.

Desafortunadamente, no se dio cuenta de nada sino hasta más tarde, cuando estaba conversando con el consultor en su oficina. La sangre le empapó el pantalón. Y cuando notó el color de su humedad, estuvo a punto de solicitar a las secretarias que llamaran a emergencias, pero el consultor le dijo que tenía conocimientos de enfermería y que quizá podía resolver el problema. Fue necesario, sin embargo, enviarlas a comprar hilo de cirujano, agujas, calzoncillos y nuevos pantalones.

Antes de iniciar el proceso, Neto le suplicó que no divulgara a nadie las cosas que estaba a punto de ver. Hasta entonces, el visitante le reveló que había sido profesional en el ramo y que su código de honor le impedía revelar algo relacionado con la salud; acto seguido, procedió a remendar de nuevo la herida abierta; y, le dijo que esa herida como las otras no parecían ser las mordidas de ningún perro, sino más bien, cortaduras provocadas por algún arma cortopunzante o más bien, por una hoja de afeitar. Al oír esto, las secretarias que estaban escuchando atrás de la puerta, se miraron entre sí. Entonces, Neto supo que alguien había estado entrenando al gallo y que alguien le había colocado entre las patas trozos de hojas de afeitar, cosa que suelen hacer algunos galleros en el campo porque resulta más barato.

Durante los días sucesivos actuó de forma extraña. Una secretaria observó que se la pasaba todo el día desparramado sobre una alfombra, en la sala de descanso, colocándose trozos de hielo alrededor del estómago para bajar la inflamación y leyendo en voz alta la misma página de una revista de ciencias. Sin duda, él estaba tratando de justificar teóricamente sus necedades; y, por eso consultaba con insistencia la National Geographic, llevándose a cada instante, una tremenda decepción: "Avanzados estudios en ciencia han demostrado que ningún tipo de ave puede transmitir la rabia..."

Su tecolótica inconsciencia no lo dejaba en paz. En su desesperación tuvo la osadía de revelar su sórdido secreto al pequeño árabe, su subalterno, y a Ricardo Basovia, "pelo cagado", ese a quien había conocido desde la infancia, ese mismo que lo había engañado con el cuento del rey que aprendió a volar y que lamentablemente, por las ironías de este mundo, se había convertido en su mano derecha en el proyecto de ESTAFASA. Así que no tuvo otra alternativa que llamarlos con urgencia. Y, luego, de sentenciarlos "bajo pena de excomunión y destierro de la empresa", los obligó a arrodillarse ante su presencia, para hacerlos jurar que nunca revelarían su secreto. Fue cuando el Tecolote les refirió cómo aquella ave mal nacida y descendiente de mi General Maximiliano Hernández Martínez, lo había atacado, mientras se estaba quitando los zapatos y los calcetines. "Y como yo siempre fui un descalzo, debido a mi pobreza..."

-Dirán ustedes lo que quieran, pero yo fui un descalzo, un hombre fundamentalmente descalzo, que ni siquiera tuvo yinas Balco, para cubrirse los pies. Así que para recordar viejos tiempos, de pronto, me dio la gana arrastrarme descalzo por los lodazales ubicados atrasito de aquella escuela en la que me encontraba trabajando; cuando de repente, se me apareció un tremendo y terrible gallo. Estaba completamente húmedo como si acabara de salir de una laguna, y andaba bien pelado del cogote también. Y yo no le hice nada; pero de pronto, como alma endemoniada se me montó encima de la cara y luego, encima del culo, como si me fuera a coger con ganas. Entonces, yo me le corrí. Y, en cuanto lo vi venirse encima de mi trasero me corrí también. Con decirles que hasta intenté pegarme un brinco para atravesar el cerco de la escuela; pero tuve el infortunio de caer sobre una piedra. El porrazo me dejó medio dundo; y, así fue como ese malnacido gallo se rebalsó del gusto, picándome y picándome y repicándome en la misma zona. Como si quisiera abrirme un zurco con el pico y con las uñas. Yo estaba inconsciente. Yo estaba totalmente inconsciente por el golpe y cuando me recuperé sólo vi a aquel infeliz desgraciado aprovechándose de mi doliente y desgraciada humanidad, y sólo hasta entonces logré desquitarme de todos sus abusos con un sólo porrazo.

El pequeño árabe y Ricardo "Pelo Cagado" tratataban de hundir su cara en el piso, donde aún se encontraban postrados de rodillas, para que Neto no se diera cuenta de que los dos estaban a punto de estallar de la risa. Ambos hicieron un esfuerzo por convertir sus semblantes risueños, en expresiones de intensa amargura.

Y, luego de fingir que sentía un profundo interés, el pequeño árabe le recomendó que hiciera un hueco en el tronco de un árbol afuera de ESTAFASA, o bien en cualquier otro lugar. Porque sólo en "el vegetal hueco perforado del invisible telón del infinito, él podría gritar toda la verdad".

A Neto le encantó la idea. Y Ricardo no tuvo más remedio que secundar la recomendación, sin atreverse a decir que el pequeño árabe había tomado esa ocurrencia de un viejo cuento infantil. Estaba a punto de estallar de la risa, antes de salir de esa oficina. A Ricardo, le parecía increíble cómo la vida de Neto estaba determinada por una serie de cuentos infantiles como el cuento del rey que quería aprender a volar. Quedó atrapado en el cuento. Tanto, que ni había concluído de escuchar el desenlace de la historia, cuando se apresuró a hacer lo mismo. Y ahora, estaba a punto de protagonizar otro cuento infantil, en el cual, también aparecía un gran árbol. Obviamente, los dos subalternos convertidos en "confesores" trataban de evitar problemas; y por eso, ninguno se atrevió a preguntar en qué lugares del cuerpo lo habían picoteado o en cuál parte del cuerpo le había dolido que lo picotearan más. La verdad es que nadie de la oficina tuvo la oportunidad de ver ninguna de sus heridas, pero por alguna razón, todos los subalternos se preguntaban en dónde realmente le habían clavado el pico.

En cuanto el pequeño árabe dejó de hablar, Neto no lo pensó dos veces y se fue con su destripada panza, al parqueo en donde encontró un arbolito al que le hizo un hueco con su navaja multiusos y acto seguido gritó: Yo nunca fui mordido por una perra. ¿Se dan cuenta? ¡Entérense di'una ve! ¡Yo nunca fui mordido por ninguna perra, sino por un desabrido, soso e infeliz gallo de pelea!

Apoderado de un inexplicable frenesí, permaneció gritando lo mismo alrededor de media hora; ni siquiera se dio cuenta de que el vigilante y el motorista de ESTAFASA estaban desde hacía ratos por ahí, almorzando a solas, sobre la grama. Al principio pensaron que era una broma; pero en cuanto vieron la obsesión de Neto, se escondieron y decidieron filmar esa escena con sus celulares. Para divertirse subieron el video en Youtube. Sin embargo, tuvieron el cuidado de cambiar un poco la versión, dándole un toque "mitológico."

Y, pronto, la noticia sobre un nuevo y espeluznante mito alcanzó un gran revuelo. En Sonsonate, las autoridades emitieron una alerta amarilla para advertir a los habitantes sobre una perra rabiosa, una perra insaciable y de nombre peculiar, que supuestamente vagaba libre por las carreteras o por los caminos polvorientos para atacar a los hombres borrachos o sexualmente insaciables que visitaban burdeles. Los medios de comunicación informaban que la perra había atacado ya a un buen número de educadores, así como asesores pedagógicos del MINED, quienes habían solicitado permanecer anónimos por razones de seguridad. Y, de pronto, el mito se hizo popular; no se habló de otra cosa durante varias semanas, en las radios comunitarias, en los centros escolares y en las formaciones educativas con asesores pedagógicos. Y cuando Neto no estaba en ESTAFASA, todos los empleados se deleitaban comentando esos insólitos sucesos.

Desde entonces, tanto en las escuelas rurales, como en las oficinas asociadas con el MINED, no ha cesado de circular un misterioso y peculiar mito denominado: "La chucha de Neto."

DÍAS DE VINO Y ROSAS

The days of wine and roses laugh
and run away like a child at play
Through the meadow land toward a closing door
A door marked 'Nevermore,' that wasn't there before.
Henry Mancini.

Collige virgo rosas

EN ESTAFASA lo recibieron como un héroe, cuando terminó el tratamiento de las 40 vacunas; las cuales por cierto, nunca necesitó. Los empleados suspendieron las actividades del día para honrarlo con una fiesta de bienvenida y acto seguido, con el estreno de la película inglesa, Chicken Run, para conmemorar sus raíces étnicas. Había atol shuco para todos. Afortunadamente, nadie pudo verle la cara de rabia en la oscuridad. Neto se rechinaba los dientes y hacía nudos con los dedos, hasta que de pronto, una mano misteriosa le dio un masaje intenso desde las flacuchas piernas, hasta la insoportable asquerosidad de sus ingles. Neto no se sobresaltó; con agilidad hizo que sus dos dedos más grandes se convirtieran en un par de "piernas" que galoparon sobre una larga llanura de piel cálida, hasta llegar a las soberbias montañas de la fogosa desconocida. Se trataba nada menos que de Merchita Mogollón, su secretaria.

A pesar de sus cuarenta años, Merchita tenía buen cuerpo ya que para alimentar a sus nueve hijos se había visto en la necesidad de hacer diversidad de actividades e incluso ejercicios físicos, que iban más allá de las capacidades de su cuerpo. De esta manera se mantuvo en forma por bailar en el Club XTC, todos los sábados, desde las seis de la tarde, hasta el amanecer. Debido a su barriga rayada, le decían "la estriyita" del show y era bien conocida por sus destrezas pugilísticas, ya que boxeaba con los senos y era capaz de golpear a los espectadores con un tetazo en la boca. La primera vez, quedaban cautivados; pero luego, los chicos regresaban y pagaban extra para recibir un tetazo derecho e inmediatamente después, los noqueaba con un formidable zurdazo, que, según la clientela, caía como un golpe doloroso y exquisito. Todos adoraban su izquierda teta. Tanto, que los miembros del grupo izquierdista solían cantar un himno revolucionario, para honrar a la teta más grande y sabrosa del show.

Luego, ella se lucía desfilando por la carpa al ritmo de los aplausos y boxeándose los senos entre sí, como si peleara contra Muhammad Alí. Pero eso no era todo. También se había amaestrado en el arte de recoger sus propinas con la vulva, como si en lugar de un orificio común tuviera una aspiradora incorporada. Bajo el efecto de las drogas, los espectadores solían dejarle una columna de monedas. Se trataba de un rimero que medía alrededor de 20 centímetros; y, a pesar del tamaño, la Merchita se las tragaba todas de un sólo respiro, o mejor dicho de una sola aspirada. Luego, las depositaba en una cajita cerca del asiento donde se encontraba el dueño del negocio. Acto seguido, si el público tenía suerte, y si el dueño lo permitía, Merchita se ofrecía en ganga, al mejor postor, para iniciar el show verdadero.

La competencia con otras mujeres era dura. Por eso, para mantener vivo el interés de los clientes, solía improvisar nuevos números como el *Vaudeville sexual*; luego, se extendía hacia territorios exóticos en los que incorporaba elementos del reino vegetal, y de esta manera, ella experimentaba ante sus clientes con apio, pepino, banano y zanahoria. Uno de los actos artísticos favoritos de casi toda la clientela fue "¿Qué más da: Hombre vs. Zanahoria". Este acto consistía en determinar cuántos hombres podían acomodarse en sus huecos, mientras ella se deleitaba con una sola zanahoria. Entonces, si hasta ese momento, la policía no había llegado, con el fin de catear el negocio y detener el acto, ella proseguía con el reino animal, e incorporaba etapas animalescas –dándoles un chupa-chup a cabríos y burros. En cierta ocasión, lo hizo con un caballo, y todos aplaudieron al ver que la sustancia pegajosa del animal le cubrió toda la cara y el cabello.

Al final, siempre ofrecía al público, la zanahoria previamente aderezada entre sus ingles y aquel que se la comiera, tendría la oportunidad de disfrutar a Merchita toda la noche. Pero cuando estaba Neto, siempre se la pasaban a él. Y Neto la masticaba como si fuera vitamina Z.

Neto no conquistaba más por su dinero. Al reconocer que estaba llegando a su etapa de declive, decidió aparte de su billetera, y de sus falsas promesas laborales, debía ligar a las mujeres con ramos de rosas y varias botellas de vino. Las rosas funcionaban como la clave que franqueaba los portales de cuadradas piedras; mientras que las botellas de vino aflojaban la dureza y las callosidades de las más rebeldes, de las más testarudas y remilgosas. Él confiaba en el rojo tinto. Éste siempre relajaba a las contumiriosas que se negaban a saborear el vetusto miembro del Tecolote. "¡Gallinas!" decía con una voz ansiosa: "aflójense y muévanse di'una ve"

A pesar de tantas mujeres, compradas con el vino, con las rosas o con las falsas promesas de un empleo bien remunerado, Neto se quedó sin ilusiones. Todavía estaba casado con Radha y le ayudaba económicamente con las trillizas, pero habían dejado de ser un matrimonio auténtico. No se divorció porque no iba a permitir que ninguna otra mujer se burlara de él; y, sobre todo, porque descubrió que con el correr de los años, se iba sintiendo, más "cachondo", más atraído por las trillizas. Cuando Esperanza, la más pícara, se quedó embarazada a los catorce años, recibió al niño como si fuera el suyo. Y de hecho, con los meses comenzó a parecerse a él, la misma jeta de Tecolote, la misma joroba, la misma fealdad, la misma cara de estúpido: características que fueron evidentes, tanto para los vecinos, como para los colegas a los que con frecuencia encontraba, cuando hacían sus compras en La Tiendona. Un día, un colega anónimo le dejó un DVD de Chinatown en su escritorio.

Por andar en sus cuitas amorosas, Neto pasó todo ese tiempo sin aportar nada significativo para la empresa. Asunto que nunca se puso en evidencia porque cada vez que el ignorante Tecolote necesitaba consejos intelectuales, Merchita, su secretaria, siempre estaba allí. A pesar de todo, él nunca reconoció que sus mejores trabajos fueron realizados por ella. Ni siquiera le agradecía nada. Ni siquiera le compraba vino, sólo rosas de su jardín. En el fondo, él creía que era una tontilla ya que, a pesar de todas sus cualidades, no se había dado su lugar en la empresa.

Para Neto, ella no era nada más que un juguete. Y precisamente, por esa razón, le daba a ella el mantenimiento de un juguete. Así que constantemente, le pasaba reales para comprarse mejor ropa; le compraba anillos en el Mercado Ex-Cuartel, le traía rosas de su jardín y cuando tenía que viajar, la llevaba para tomar apuntes y para compartir su colchón en el Lenca Skank-Ho Motor Inn de San Miguel, en el Auto-Hotel Victorioso de

San Vicente, en El Motel Santaneca Feliz en Santa Ana y en el Love Garden Hotel en Santa Rosa.

Siempre atento con las mujeres, le extendía una invitación abierta y generosa, al nomás bajarse del bus. Y, antes de que Merchita le pidiera algo, Neto la empujaba sutilmente del brazo, hasta los puestos de comida de la estación de buses, en donde Neto la convidaba con dos tazas de café grasoso y un rimero de pupusas estilo Olocuilta.

LA ROSA DESHOJADA

Yo no estoy en un lecho de rosas

Cuahtémoc cit. Rubén Darío

A Merchita le encantaban las rosas y Neto se esforzaba por traerle una todos los días. Tenía sembrado todo el patio con varias clases de rosas finas de colores fulgentes y olores sensuales. Era extraño que un ser tan vil estuviera dotado con manos tan especiales que sabían despertar el aroma de las rosas. Un perfumero lo hubiera considerado un genio por su maestría de fragancias.

Un día, sin embargo, apareció una sombra del pasado que enturbió con su presencia, su reino de rosas aromáticas. Se trataba de un nuevo vecino quien llegó a habitar una casa contigua a la de Neto. Se trataba de una casa destartalada, destrozada desde los cimientos ya que estuvo abandonada durante varios años. Al parecer, el nuevo vecino no pagaría alquiler; ya que, a cambio de vivir gratis, él tendría que hacer reparaciones en la propiedad. Lo que Neto nunca imaginó es que ese vecino se trataba nada menos que de su archienemigo de toda la vida, Sir Otón de la Vara.

Debido al desempleo y a la situación económica que afecta a muchos literatos en El Salvador, Sir Otón no tuvo otro remedio que buscar refugio en ese cuchitril de Apopa, rodeado por el hampa. Una tierra que sólo los espíritus tecolotudos y sombríos como el de Neto, podrían considerar un paraíso.

Cuando Sir Otón descubrió que sería vecino de su antiguo enemigo, se a resolvió vengarse por todo lo malvado que el Tecolote había sido con él. No tenía miedo de las consecuencias. Después de todo, él había sido un distinguido héroe de la guerrilla, tanto que durante la célebre Ofensiva Final, él se destacó por ser uno de los líderes que estuvieron a cargo de un temerario operativo revolucionario, en el que lograron cercar a Joao Baena Soares, ex secretario de la Organización de los Estados Americanos (OEA) y a los famosos Boinas Verdes del ejército de Estados Unidos, quienes se encontraban hospedados en el antiguo Hotel Sheraton, el 21 de noviembre de 1989. Un hombre así, ni siquiera le temía al demonio. Por otra parte, Otón de la Vara, figura cultural, dotado de una personalidad magnética, contaba con la adulación de todos los escritores y artistas del país.

No estaba seguro de quedarse en esa casa, pero la presencia de Neto lo ayudó a resolverse. Y, a pesar de que no le gustaba trabajar, comenzó a hacer los arreglos pertinentes para convertir su nueva casa en una estancia destinada a la tertulia de las artes. Aparte de esto, también se entrenó para enseñarle varias lecciones de moral a su vecino. El primer paso fue visitar a todas sus amantes, quienes le financiaron la compra de todo tipo animal en las granjas y en las plazas; y, luego, los enseñó a aullar para que hicieran ruido al unísono, como si fueran un solo coro, durante toda la noche. A él no le afectaba el ruido. Como era bohemio y crítico literario, trabajaba de noche y dormía de día, así que también invitaba a todos sus cheros para que llegaran a parrandear a diario y les enseñó la puerta de Neto para que la usaran como vomitorio y orinal.

Pero el colmo de todo fue cuando se decidió comprar una bandada de gallos. Los tenía en unos estantes de madera que él mismo había clavado en el techo y en un muro contiguo al jardín de Neto. Y tuvo el cuidado de dejar un ángulo preciso para que se cagaran encima de las rosas del enemigo. Como Neto practicaba la jardinería orgánica, más bien por razones económicas que ecológicas, su jardín estaba lleno de gusanos gruesos y gustosos. Los gallos, por ende, bajaban para comerlos y para destruir sus rosales. Y como cantaban toda la noche, pronto le retornaron las viejas pesadillas de gigantescos gallos que lo asaltaban para picotearle los ojos, la lengua e incluso, las ingles, mientras otros, dotados de desmesurados falos emplumados, pisaban a las trillizas, y éstas sollozaban de alegría.

Esas pesadillas lo estaban volviendo loco. En un ataque de furia se lo confesó todo a Ricardo, pelo cagado, quien le aconsejó concentrar su mente en otro pasatiempo que no fuera la jardinería.

-Es más que un pasatiempo. Ya que joven sólo de esta forma pude conquistar a las muchachas, no tenía otra cosa que regalarles. Vos te acordás que yo era descalzo. Ni siquiera tenía las sandalias más baratas y decentes de ese entonces, como las jinas Balco; y, entonces, me escondía de las muchachas por pena. Pero las rosas me dieron la oportunidad de comprarme el primer par de zapatos.

-Mirale la ventaja a esto, a lo mejor con tanto abono que te echan los borrachos, las rosas te florecerán.

-Me da asco pensar en eso. Pero dejame contarte mi otro problema. Vos sabés cómo está la economía y no quería gastar en regalos. Lo de hoy es obligatorio, ahora es el cumpleaños de la Merchita y voy a tener que gastar en ella. ¡Por la gran flauta!

-No le pongás mente a todo eso. Mirá, como hoy es noche de presentación en el Club XTC, se me ocurre que reclutés a gente del proyecto para que te acompañe. Yo soy el primero en apuntarme. La gente que te acompañe deberá llevar un buen regalo para tu detalle. Así te ahorrás el gasto, y la Merchita en lugar de un regalo, va a recibir varios.

-¡Sos un genio!

-Y como todo genio anda siempre acabado, te

voy a pedir que no me obligués a comprar nada. No tengo pisto. Además yo te di la idea.

-No te preocupés. Para los demás sí será obligatorio. Un regalo de $100 como mínimo. Eso si es que quieren conservar su trabajo. Si no, probarán el tratamiento de mi bota. Deciles a todas que yo sí sé poner la bota.

-Yo te sugeriría que empezaras con aquellas a las que les gusta la parranda. Me refiero a las rubias platinadas de tu pandilla, la Juli, la Morsa, la Brenda y aunque, tu sobrina no es rubia, yo la incluiría. Ya es tiempo de que le exijás una prueba de lealtad.

-¡Sos un genio! Te merecés unas cervezas. Nos veremos en el club a las 8 P. M.

Como un baldazo de agua fría, les cayó a todos la noticia de que esa misma noche tenían que gastar en el obsequio de la amante de Neto. Todos estaban indignados; sobre todo, el terrible grupo de las tres P: pendencieras, putas y psicópatas, el equipo de confianza del Tecolote, quienes iban con los nervios de punta, montadas en un descapotado, que pertenecía a Brenda, la mujer más lépera y vulgar en toda la historia de ESTAFASA. De todos era sabido que no siempre usaba su repertorio y que ella había triunfado gracias a su talento camaleónico que le permitía colarse en las fiestas de alta sociedad. El jefe de recursos humanos la tenía en buen concepto y María del Carmen Martínez Morán, bisnieta del general siempre decía:

-Ay, esa Brenda, no he encontrado una joven más refinada en todo ESTAFASA.

Presas por la furia incontenible, la Brenda, la Morsa, la Juli Travi, y la Loyda, famosa sobrina de Neto, no dejaban de despotricar en contra de la pobre Merchita. Sobre todo, porque tuvieron que abandonar una fiesta en casa de unos asesores pedagógicos de Sonsonate, a quienes tenían pensado violentar esa misma noche. El carro tosía rash, rash, sus bocas no cesaban de lanzar splash, splash, a cuanto cristiano encontraran por las aceras, y por eso iban sentadas en la parte superior de los asientos, desafiando la gravedad. Las cuatro se desplazaban por la carretera, poseídas de un mismo sentimiento común: destruir o matar.

Pronto, llegaron a una carretera llena de curvas en donde Brenda no vaciló en meter el acelerador, con el propósito de tolshokar y atrincuñar las kishkas a toda la maquinaria ambulante, cuando rash, rash, rash, las cuatro desalmadas tuvieron que abandonar su sueño destructivo y empezaron a caminar sobre la carretera principal.

-Si tan siquiera nos alcanzara el dinero de los viáticos.

-¿Y ahora qué vamos a hacer, Brenda?

-Ir a la fiesta. Aquí ando unos botes para rellenarlos con algo especial. Vámonos por los árboles para pedorrearnos. Así resolvemos el problema del regalo. Le vamos a regalar los pedos envasados de cada una.

-Buena idea. Yo escribí sobre eso en los artículos que me encargó Neto. Nada más que no me dejó presentarlos en ESTAFASA, pero Ricardo Guatón, el Pelo Cagado, me los ha valorado como uno de los mejores escritos que ha leído. Y él mismo me los va a publicar bajo los títulos: "El pedo como una competencia sociocomunicativa." Y el segundo artículo se denomina: "El pedo como esencia metafísica."

-Es que vos sos inteligente, Morsa. Vas a llegar bien lejos.

-Desde que se lo di a Ricardo, el Pelo Cagado para que me los leyera, me aceptaron como miembro del equipo de redacción. Así fue como dejé de visitar las escuelas y ahora soy redactora de ESTAFASA. Todo gracias al Pelo Cagado.

- Puta, de haber sabido eso le hubiera presentado al Pelo Cagado, mis escritos: : Las diversas esencias del pedo o el poder del pedo como acto de contricción. Pero qué aburrido está esto. ¿Les gustaría escuchar mi concierto, niñas?

Sin esperar respuesta, Brenda se puso de cuclillas en el suelo para deleitar a las amigas con una sinfonía creativa en la que les daba una muestra de todo el repertorio de sonidos pedorros que se había aprendido: pedo de viejo, pedo de borracho, pedo de monja, pedo de hereje. Y, luego continuó con los de soldado, de sargento, de dictador, e iba a comenzar con los de Neto, cuando a lo lejos apareció un pobre borracho, quien llevaba unos cuantos libros bajo un brazo y un ramillete de rosas en el otro.

-Miren quién viene allá.

-Abusadas, abusadas, de aquí vamos a sacar los varas para emparejarnos.

-Ay, cómo vamos a emparejarnos con un viejo maishtro muerto de hambre.

-Hoy es día de pago.

-Para nosotros, digamos. *Zhívali, druzhe kurve, bolsha jarashó.*

-Tan *stari* como vos, Juli, *moya druzha. Vidya este knigui* que el *stari* tiene en ruka

Y el viejo agarró el libro y las rosas con mayor fuerza.

-No es mío, es un libro de la ciudad; y las rosas, para mi esposa.

-Dejá de *krichar, stari yebegovnoyedi.* Tus *slovos* me dan dolor de ujo. Callate o te *razrezo* la *yazika* con mi *nozh.*

- Ajá con que vos sos docente, mejor dicho sos el director del centro escolar de... Merecés una lección, moy brat -dije-, te la has ganado.

Las *devuchkas* hicieron pedazos el libro y

convirtieron las rosas en trozos, troceados de pétalos estropeados. Luego los tiraron al aire, imaginándose que se trataba de la primera nevada en la historia salvadoreña. Poco después, hicieron lo mismo con el viejo. Le registraron los bolsillos.

-¡Cómo ese stari chelovek tiene *malenka* dinero en sus *karmani*!

Le sacaron los 300 dólares del salario que había cobrado esa misma tarde, por fortuna los otros 200 se los había gastado en cervezas y en las rosas. Brenda se guardó una rosa casi en buen estado como recuerdo. Más adelante las Tres P asaltaron una licorería, para lo cual, desencadenaron con el cantinero una lucha hasta la muerte. En menos de 5 minutos, dejaron al cantinero y a los dueños totalmente pelados en todo sentido, pues les quitaron tanto la ropa como el dinero. Con estos recursos pagaron un taxi hasta San Salvador.

Al llegar al club, Brenda le dio un beso sensual e intenso a la Juli.

-Spasibo por el dobro rato, devuchka.

Neto sintió una profunda excitación al contemplar semejante espectáculo entre dos mujeres y hasta sintió ganas de irse con ellas a motelear por el centro de San Salvador; pero se abstuvo porque esa noche, él se convertiría en el regalo de la pobre Merchita. La amplitud generosa de su avaricia sólo le permitió comprar un listón. Durante la madrugada, Neto se lo pondría en el pirulí, para que Merchita se lo abriera con su boca.

Para conservar el puesto en ESTAFASA, July le dio las botellas de licor robadas a Neto, asegurándole que eran un regalo en nombre de todas. Brenda fue todavía más lejos, le entregó la rosa que coservaba como recuerdo del crimen.

-Dásela a tu amiga. A toda mujer le enloquece una rosa, aunque sea deshojada.

EL MATAGALLOS EN ACCIÓN

He aquí un hombre que vive en peligro
Por dondequiera es siempre desconocido
Cada acción que toma
Sólo por suerte logra
A lo mejor no viverá hasta mañana

The Ventures.

CON el constante hostigamiento de Otón, quien justamente deseaba una revancha, Neto juró venganza. Sabía que Otón, su Ira Deorum personal no era un hombre con quien se jodía directamente. Si mataba a los gallos, Otón, su propio flagellum Dei, le cortaría la cabeza, si no algo peor. Sin embargo, era preciso encontrar una manera para no dejar rastros.

Durante los fines de semana y cada noche, se la pasaba observando al poeta desde la ventana de su casa para descubrirle un punto débil. Era fácil observarlo porque siempre se la pasaba en el patio, bebiendo limonada y leyendo las cajas de libros que le llegaban por correo. Eran libros donados por poetas solidarios de Chile, Costa Rica y Guatemala. Cierto día, a través de sus binoculares descubrió que estaba leyendo la novela de Gabriel García Márquez, Cien años de soledad.

-¿Y si le robo los libros? No. Al saberlo, los poetas le regalarían otros. Esa no es venganza. ¿Y si le mato descaradamente todos los gallos? No. Como todos saben ese hombre no se anda con cuentos. Y con tanta experiencia en la guerrilla... ¿Y si le cuento a sus mujeres, o cuando menos, a esa que viene a buscarlo los fines de semana, que él es un mujeriego? Tampoco. Eso para los hombres nunca ha sido pecado. Chas gracias me daría por hacerle la propaganda con las viejas. Tiene que haber alguna manera...

En su calenturienta desesperación, se le ocurrió retarlo a una pelea de gallos. El ganador pagaría 50 dólares y el aseo de la casa. Si Otón ganaba, Neto limpiaría la casa. Si perdía, entonces, Otón, ex combatiente de la guerrilla, limpiaría la casa de Neto, y en especial el jardín que se había convertido en el cagadero oficial de los poetas bohemios; esos que a diario celebraban en la casa Otón. Este, por su parte, los soportaba porque le ayudaban a combatir a su enemigo. Por otra parte, cada reunión le dejaba, por lo menos, 5 dólares de ganancias. Otón había solicitado los servicios de Ulises, el nieto del poeta, injustamente olvidado, César Ulises Masís, quien vendía trozos de papel para que todos se limpiaran el trasero. El trozo de papel higiénico valía 25 centavos y el de papel periódico, tan sólo 15 centavos. A veces, el joven pasaba cortando hojas de huerta en una finca cercana, con el propósito de venderlas por 10 centavos; pero los poetas se quejaron porque era una idea antiecológica y porque en cierta ocasión se mezcló chichicaste con todo ese material. Y, esto provocó los alaridos de cierto de poeta quien se limpió con esa hoja por error y retornó a la fiesta dando brincos y otros extraños movimientos ante todos los poetas, quienes le aplaudieron como si se tratase de una coreografía original, creada al calor de unos cuantos tragos.

El joven Ulises, quien también era poeta, colocaba versos en unos mostradores ubicados sobre el sendero que conducía al cagadero de Neto. Todos estaban de acuerdo con pagar la tarifa y en un acto de catarsis, todos crearon reglas literarias para el buen uso de los servicios sanitarios, las cuales, debían respetarse literalmente, para honrar al poeta anfitrión y para preservar, por supuesto, el medio ambiente con dignidad, decoro y honor.

Y así fue como el simple acto de cagar estuvo lleno de rituales. Tanto, que antes de entrar al baño, ese floral y silvestre espacio catártico, todos los urgidos por la madre naturaleza, debían leer los poemas que el joven colocaba a diario; pero había tres letreros que siempre permanecían en ese sitio. El primero con letras color café de un tal Rick Mc C.: ¿Cómo recoger la ceniza de tus versos adormecidos en la hojarasca del tiempo? El segundo, con color rojo: "Metamos el soneto en el mercado" de César Ulises Macías, de quien además era también el tercero, en color blanco: Dientes flojos del partido comunista./ Recomiendo menos decoración en el poema / Menos dibujos de gallos arellanos.

A pesar de vivir en Apopa, Otón de La Vara estaba muy feliz porque había llegado al culmen de su carrera literaria, gracias a la cotidiana imagen del cagadero poético, que lo había inspirado para lanzar su nuevo poemario: Jardín Deshojado; una versión similar a su antiguo poemario: Cuaderno Deshojado.

Otón se sentía un hombre feliz y exitoso; tanto que aceptó el reto del Tecolote, sin precauciones, sin condiciones, ni demora. Tan seguro estaba de ganar. El tecolote, por su parte, solicitó ayuda a Ricardo Guatón, un gran conocedor de gallos y de otros trabajos campestres ya que él provenía de una familia de granjeros. Su padre, sus tíos y otros parientes le enseñaron a cultivar, destazar reses, ordeñar vacas, cortar queso, embalar cajas llenas de productos, y sobre todo, lo aleccionaron en el cuidado de las aves de corral, en especial, los gallos de pelea. En su afán de quedar bien con el Tecolote, se fue a la granja de un su tío, quien le proporcionó el mejor.

-Me lo devolvés sano y salvo, si no, vas a tener que cancelarme toda la deuda de todos los préstamos que te hice.

Ricardo estaba seguro de la buena mano del tío en el entrenamiento de estos animales. No podía fallar.

El día de la pelea acudieron todos los poetas bohemios del país, quienes estaban seguros de destrozar la casa de Neto después de su derrota. Mientras esperaban, Otón les ofreció cervezas y las novelas de García Márquez para que pasaran entretenidos. Uno de los poetas presentes a quien le gustaba escribir sobre el atol, las pupusas y otros platillos típicos, no se reprimió las ganas de decir:

Aquí estamos bien dispuestos,
bien manudos y plantados,
esperando entre cervezas,
la pelea de furiosos gallos.
Disputa de raza pura,
comida, diversión y canto
y un amanecer glorioso
que nos han legado los antepasados.
Para algunos es mejor el gallo en chicha,
Para mi nuera, la cuajada con tortilla,
Para mi yerno, es sólo cosa de buscarle
al día a día, un nuevo pan;
y, al cada pan, un nuevo día.
Porque según el poeta huevón,
- de mi yerno, aquí presente -
hay que hacerse a la tareya,
con el estómago vacío
y nuestros sueños apostados.

Y todos esos que andan buscando
el cada día de su fin,
y el cada fin de nuevo afán,
entre bravíos y coléricos senderos,

echarán el ojo a la gallera
se entregarán a las apuestas
y con la fe firme en las espuelas,
- entre las patas truculentas -
encontrarán gallísticamente el pan,
ese dorado y precioso pan que tanto anhelan.

Y puesto que ahora, 'tamos todos
bien manudos y plantados,
échemosle buen ojo a las espuelas,
que cuando comience la pelea,
la contienda entre dos fieras,
con sus sueños emplumados,
con sus patas pendencieras,
escucharemos los aplausos,
la refriega de cinchazos.
Y por allá caerá un plumífero,
que el mejor habrá pateado.
Y ya verán todos ustedes,
que cuando acabe este torneo,
Don Sir O-tón, nuestro poeta anfitrión,
cobrará con buen afán y glorioso fin,
lo que la gallística apuesta le ha dejado.

Todos aplaudieron al poeta y estaban tan
emocionados con los versos que no se dieron
cuenta de que la pelea había iniciado. De inmediato,
comenzaron las porras para apoyar al gallo de
Otón. Nadie imaginaba que el visitante estaba
bien amaestrado con toda clase de artimañas que
le enseñara su amo, un experto en el arte de la
gallomaquia. Y como dice la canción de Vicente
Fernández, *el gallo con dos patadas acabó con su
rival.* Todos los presentes quedaron heridos por la
conmoción. Tiraron las novelas de García Márquez
al suelo y guardaron un minuto de silencio. Pero
las sorpresas no pararon allí porque por primera

vez en la historia literaria nacional, todos tuvieron la oportunidad de contemplar, una expresión de indignación en el rostro de Sir Otón de la Vara, el de la eterna sonrisa; ese que conservaba la sensual sonrisa, aún en sus tiempos de rabia o de extremo peligro. Pero lo más sorprente fue cuando lleno de un arrebato marquesiano, le gritó al Tecolote:

-¡Ojalá que el gallo le haga el favor a tu mujer!

Todos los presentes estallaron de la risa; y, luego, se perdieron en un extraño laberinto al intentar responder la curiosa formulación de don Castro, el suegro de Sir Otón, quien acababa de declamar unos versos. El viejo poeta Castro preguntó a los otros: Si los escritores del Boom fueron habitados por la gallomaquia para reconstruir la rehabilitada realidad o si primero fue preciso que ellos inhabilitaran el mundo de la gallomaquia para rehabilitar la realidad habitada.

Todos los presentes cayeron un estado profundo silencio, tratando de resolver lo que consideraban un acertijo existencial; y, al cabo de unos instantes, sólo los más apasionados, intentaron balbucear una respuesta, cuando, de pronto, fueron interrumpidos por la sentencia intempestiva de Neto Tecolote:

-Preparate porque te voy a matar.

Y aunque se estremecieron de emoción al escuchar las tecolotudas y marquesianas palabras, nadie creyó que Neto fuera capaz de hacerlo. Al cabo de varias horas, pudieron confirmar que sólo era un cobarde. Para incentivar el sabor de la jodarria, todos se inventaron porras, fanfarrias y versos para atraerlo de nuevo al terreno gallístico-literario. Neto se hizo el sordo. Y de esta manera, cada uno se sintió con el derecho de visitar el rosal de Neto para liberar toda la suciedad acumulada en sus tripas. Nunca en la historia nacional, ningún cagadero olió como ese rosal que al final de cuentas nadie limpió.

En cuanto al pago de la apuesta, podría decirse que Otón cumplió; pero lo hizo, a su manera. Ni siquiera se acercó al jardín, tan sólo se hizo cargo de limpiar los interiores de la casa, bajo la supervisión y el visto bueno de Radha; se esforzó por dejar todo limpio, en especial, el aposento de la voluptuosa señora. Neto no imaginó las consecuencias de esta nefasta limpieza. Lamentablemente, tardó en averiguarlo al cabo de varios meses, cuando ya era tarde.

Mientras tanto, Neto continuó imaginando otras formas de vengarse. El haber ganado la pelea no era suficiente, sobre todo, porque se rieron de él y volvieron a utilizar su jardín como cagadero personal. Un día, mientras miraba el Canal 69 en el cable, apareció un documental realizado por el gran cineasta ruso Boris Govnoyede, Sibirske Yebekurve, subtitulado en inglés, *Horny Sluts of Siberia*. En el documental, aparecía un grupo de rusas desnudas tirándose bolas de nieve las unas a las otras y descubriendo nuevos usos para témpanos de hielo. ¡Eureka!, -Se dijo a sí mismo-, pero dónde iba a conseguir bolas de nieve en El Salvador y cómo iba él, ya viejo y escuálido, a tirarlas con bastante fuerza para matar. Se le ocurrió, entonces, una excelente idea después de ver *Secrets of Famous Serial Killers* en The Discovery Channel. En ese programa, un sicópata ruso mataba con hielo; él los tiraba con una hondilla de hule contra sus víctimas.

Neto se puso a pensar cómo podría adaptar esa tecnología milagrosa a su realidad tecnológica y ecológica. No podía utilizar hondillas como los chicos del campo quienes solían cazar con eso, a todos los pájaros. Esto le parecía tan ordinario. El siempre se distinguió por utilizar como armas rapiñosas sus propios dientes y manos; y de esta manera, había creado un método diferente de exterminio. Y a eso le llamaba: "Modelar con mordiscos una nueva estampa en la historia nacional." En ESTAFASA siempre pregonaba: "Estoy y estamos escribiendo una nueva página en la historia de El Salvador." ¿Cómo? Pues, precisamente, a través de las mordidas y zarpazos que son necesarias para llevar a cabo el crimen organizado y el asesinato. ¿Y por qué no? Ese país siempre se ha caracterizado por dejar operar a las aves de rapiña, quienes actúan con alto grado de impunidad e incluso el pueblo mismo suele erigir estatuas a los sicópatas, y luego los veneran en calidad de santos. Hasta les ofician misas... Y con eso no nos vamos muy lejos, pues de todos es sabido que la mismísima Juli Travi aprovechó este ambiente para pegar mordiscos que le ayudaron a alcanzar sus sueños en la política y hasta se atrevió a descuidar su trabajo como asistente pedagógica en los centros escolares a los que faltaba con mucha frecuencia, entre otras cosas, para asistir a eventos de mayor importancia. Digamos por ejemplo... Hmmmm... El funeral de ciertos diputados. En dicho funeral, de "ciertos diputados" se dejó fotografiar. Y así la ultraderechista Juli Travi, varón y hembra en uno, apareció en la portada de los principales periódicos del país, dando públicamente un modelaje sobre cómo deben cumplirse las responsabilidades asignadas por ESTAFASA y el MINED. ¡Ay, qué casualidad! Cada vez que faltaba a un centro escolar puso como excusa: el funeral de alguien o una misa en honor a... Bueno, pero estos son otros cuentos que quizá deban explorarse en otras circunstancias, cuando corresponda el turno a los oscuros laberintos de la corrupción empresarial y ministerial de El Salvador.

Pero retomando el tema, en casa, tenía un revólver 357 magnum, una AK-47, una pistola automática Colt .45 y una vieja escopeta que le había pertenecido a su padre. Era un arsenal bien insignificante de acuerdo a los estándares guanacos. Decidió utilizar la escopeta. Sería demasiado difícil fabricar balas de hielo para las demás armas.

Esa misma noche, fue a Armas y Municiones Cordero de Dios, una sucursal del Hermano Toby S.A., para comprar una caja de cartuchos de escopeta #12. El domingo por la mañana, mientras su esposa, las trillizas y el niño estaban asistiendo al culto del Tabernáculo Bíblico Bautista Amigos de Israel/Embajada Cristiana en Jerusalén del Reverendo e Hijo Benemérito de la Patria Edgard López Bertrand, S.A., se puso a trabajar con ganas. Abrió cada cartucho con esmero y quitó los balines de plomo; dejó el contenido al alcance de los gallos para que los comieran como piedras de molleja. Entre más plomo comían, más lerdos se ponían y más pesados. Después de ingerir todo el plomo, todos los gallos de Otón se sentaron en la pared como aves de porcelana.

La segunda etapa fue cubrir la pólvora cuidadosamente con cera caliente y prensar todo para aislarla contra el resto del cartucho. Entonces, molió el hielo en la licuadora hasta dejarlo del tamaño de la arena. Puso el hielo en un balde plástico en el congelador. Y fue sacando puñito a puñito, los trozos de hielo. Llenó el primer cartucho con hielo; y, acto seguido, puso el cartucho en el fondo del congelador. Repitió la misma operación hasta llenar todos los cartuchos.

Al acabar esta difícil operación se fue a la cama y durante toda la noche, soñó consigo mismo. En su ardiente sueño, avanzaba sobre veredas polvorientas, desafiante, implacable e imponente como un valiente macho cowboy. Al doblar una esquina, dejó atrás una colorida valla donde aparecía precisamente él, el mismísimo Matagallos, vestido con ropa tejana, sombrero de charro, botas altas e incrustadas con espuelas de oro, un arma de grueso calibre en cada mano y en el pecho portaba una canana atiborrada con balines de hielo. Un rastro de escarcha iba quedando a su paso. En otra etapa de su sueño, se encontró en un pueblo iluminado con faroles. Al verlo, la gente se escondía en las cantinas, en las casuchas y en los establos. En ese instante, su misma sombra se proyectó in crescendo, sobre un muro de piedra. Un relincho y un galopar lejano vibraron en sus oídos. El Matagallos empuñó el arma. Nutridas ráfagas de hielo impactaban por doquier a cada paso que daba. Centenares de víctimas agonizaban. El Matagallos reía, mientras sus botas se empapaban en las veredas cubiertas de sangre. Al final del camino, encontró un gigantesco espejo que brillaba con el resplandor de gigantesco foco color escarlata; y, decidió permanecer allí, largo rato contemplando su imagen. Al cabo de cierto tiempo, tomó sangre con su dedo índice para escribir sobre el vidrio:

Libertad se escribe con sangre,
Con balines de hielo el terror,
Unamos balín y sangre
Pero primero El Salvador.
El Salvador será la tumba
Donde las aves terminarán.
Salvándose así América,
Nuestra América inmortal.

Firma: El Matagallos en acción.

Habría dado cualquier cosa por averiguar qué sucedería en el sueño, pero tuvo que retornar a su tristeza cotidiana, cuando la alarma sonó a las cuatro de la madrugada. No lo lamentó del todo, puesto que su plan estaba en marcha. Primero que nada se aseguró de que las luces estuvieran apagadas en la casa del terrible vecino; y, luego, caminó sigilosamente bajo la lluvia hacia la muralla donde se encontraban los gallos semi-inmóbiles. Llevaba una mini-hielera empacada de cartuchos. Entonces, silenciosa y meticulosamente, metió un cartucho en la escopeta. Se aproximó lo más cerca posible al gallo más grande y gordo, sin provocar ningún tipo de ruido. Llegó a dos metros de distancia y no osó acercarse más. Se quedó pasmado por unos segundos y entonces jaló el gatillo, dejando un enorme estruendo y un fulgor de luz. Por primera vez en su vida sintió el placer de matar a otro ser con un arma de hielo.

Unos segundos después, escuchó un bramido desde el otro lado de la muralla.

-¡Culeeeeeeeeeeeero! ¡Si mataste a uno de mis gallos, te voy a dar una paliza!

Otón brincó de la cama, salió corriendo al patio para examinar su mascota. Lo encontró muerto, pero completamente intacto al pie de la muralla. No había ninguna señal de que alguien lo hubiera matado, ni siquiera un rastro de sangre. Entonces, dejó salir un grito que se oyó por todo el barrio.

-¡NOOOOOOOOOO! ¡Va a pagar ese pendejo, me lo va a pagar! ¡TECULEROOOO! ¡Te voy a romper los huevos, cara de verga, si es que los tenés!

Neto no hizo ningún sonido. Esperó media hora después de que Otón había apagado las luces de nuevo. Entonces, caminó en puntillas hasta el garaje. Abrió el portón, el que había lubricado con aceite de coco para no hacer ni el más mínimo ruido. Acto seguido, empujó el carro sin arrancarlo para no despertar al vecino iracundo; y, una vez completado esto, se dispuso a subirse en el carro con una sonrisa fulgiente y con la plena seguridad de que era el hombre más listo en los anales de la historia de la picardía. No paraba de jactarse por dentro, sobre cómo se había burlado del dundazo de Otón.

Y, estaba a punto de cerrar la puerta de su Yugo para dirigirse a su trabajo, cuando, de pronto, sintió una mano caliente y maciza sobre su nuca. La mano lo arrancó del asiento y lo sacudió con violencia en el aire antes de dejarlo caer. En medio de la confusión, hizo un esfuerzo para ver a quién se enfrentaba, pero recibió un tremendo golpe en la nariz e inmediatamente, una serie de golpes en la panza que lo hicieron vomitar todo lo que había comido horas atrás. Aún con esto, no pudo sacarlo todo. Y cuando menos lo esperaba, cayó al suelo sin fuerzas ni conocimiento. Estado que no duró mucho puesto que se recuperó al sentir el hedor de la sangre, mezclada con su propio vómito. Las dos sustancias combinadas adquirieron el color, la consistencia y hasta la temperatura caliente del atol shuco. Y, sólo cuando abrió los ojos se dio cuenta de que Otón, lo había estado esperando todo ese tiempo para cobrarle el gallo. Se paró para defenderse, pero antes de que Otón le pudiera dar una patada, se le soltaron las tripas y se quedó embadurnado en su propia caca.

-Cagón pendejo, pensaste que podías joderme y escapar como un perro.

-¿De qué estás hablando, Otón? No te he hecho nada y ahora me atacás frente a mi propia casa.

-No te hagás el gringo, cerote patético. Mataste a mi gallo y me vas a comprar otro para reemplazarlo.

-No he hecho tal cosa. Yo salí para ir al trabajo y vos me asaltaste como a un marero.

-Dejá de mariquear... ¡Decí la verdad como un hombre! ¿Qué le pasó a mi gallo?

-¿Cómo voy a saber yo? ¿Lo examinaste bien?

-Sí.

-¿Y hubo evidencia de un cuchillo, de balas, de

un golpe de palo?...

-Nada. Sólo un estruendo y una luz fuerte.

-¿Así que trataste de asesinarme por gusto? Yo no puedo formar estruendos.

-No, cabrón, vos me debés demasiado. Te voy a seguir devolviéndolo con moneda dura hasta que pagués con interés todo lo que has hecho... ¿Y ahora, qué le pasó a mi gallo?

-¿Quién sabe, a lo mejor fue un rayo? Estamos en temporada.

Entonces, Otón le dio una mirada de odio insaciable y volvió a casa.

Neto tuvo que cambiarse de ropa, quitarse las lágrimas de la cara, y bañarse de nuevo, pero se sintió feliz a pesar de sus dolores. Y llevó la cicatriz en su nariz como una especie de condecoración de batalla. Todos los subalternos, especialmente Ricardo Guatón Basovia cuchicheaban a sus espaldas. Pero Neto estaba acostumbrado a su bocaza llena de basofia. No le importaba. Mas bien consideraba su moretón como el emblema supremo que distinguía a todo experto, encurtido, endurecido, encallecido, aperreado y traqueteado. Era la ilustre insignia de todo maestro avezado en el arte satánico de enturbiar a la gente y de hundirlos para siempre en el abismo eterno; acto que solía ejecutar en acciones fragmentadas; y, en su propio lenguaje enumeraba sus especializaciones favoritas: jodedencia, podredumbre, desempleo, difamación, manipulación, maquinación, mortificación, fornicación, corrupción, malversación, hostigamiento, persecución, ruina y desesperación. ¡Quién podría creerlo! Neto era un criminal de cuello blanco. Sin duda, para muchas ingenuas, "un mentor por excelencia..."

DRACULITA

Do you believe in love?
Do you believe in destiny?
True love may come only once in a thousand lifetimes...
I too have loved... they took her from me.
I prayed for her soul... I prayed for her peace

Iced Earth. "Dracula"

COMO el proyecto de fortalecimiento a la educación en el área de lenguaje y matemáticas financiado por el MINED e implementado por ESTAFASA iba creciendo, Neto se vio en la obligación de contratar más personal. Hubiera querido agregar una cláusula en los clasificados del periódico: solo mujeres guapas o por lo menos con cuerpo y humor flexibles. Pero esto le habría acarreado serias dificultades. Decidió entonces, contratar sobre todo a mujeres que se acercaran al perfil físico requerido; y en segundo lugar, unos cuantos hombres quienes estarían en la obligación de cumplir con un estricto requisito: no molestar. Cuando una mujer guapa, soltera o casada, viuda o "acompañada", rechazaba la oferta de empleo, el Tecolote se paseaba por todos los corredores de ESTAFASA gritando sus desgracias a todo pulmón. Las secretarias ni siquiera podían ocultar el asco que les provocaba ese animal desabrido.

-Cómo se atreven a rechazar mi oferta. ¡Semejantes gallinas! Me llamaron esta mañana diciendo: "Ay, no puedo, es un trabajo peligroso. Ay, que mi marido no me da permiso de viajar tan lejos." Y yo digo, que no piensan en los niños, en las necesidades de los niños pobres que tanto sufren en las zonas rurales. ¡Qué gallinas! ¡Qué frialdad de mujeres!"

Y después de tantos días de tortura, finalmente apareció en la oficina de Neto, una aspirante a todas luces sumisa, complaciente y de humor flexible, se llamaba Isa-Bel-Quis Fellat, o "Chabelquis." A pesar de ser nombrada por la Reina de Sabá, no era ni negra ni bella. Era chica blanquita, como de 26 años, con cara de ratón mosqueado quien inútilmente, trataba de esconderse tras sus largas mechas teñidas de rubio, un color que variaría a negro en circunstancias especiales tal y comose relatará más adelante. Neto estaba babeando en el momento de la contratación, cosa que se notó de inmediato, pero Chabelquis no dijo nada porque estaba segura de triunfar si navegaba en ESTAFASA, y sobre todo, y en las aguas del pervertido Tecolote, con bandera de babosa.

-Yo hago lo que usted quiera, cualquier cosa... Pero los sábados voy a descansar debido a mis compromisos religiosos.

-Como usted mande, mamacita, digo, señorita. Yo mismo voy a darle la inducción que una preciosidá como usté necesita.

-Pero usted debe ser un hombre muy ocupado. Preferiría comenzar la inducción con alguna de sus asesoras.

Dijo esto cruzando la pierna e inclinando su cuerpo para dejar al descubierto la pronunciada pechuga que le proporcionó la naturaleza. Y así el vetusto Tecolote contempló su mercancía. Por unos instantes se enfocó en los dos prospectos de la Chabelquis "piscolabis". Echó mano a todos sus pertrechos intelectuales para especular cómo podría canalizar esos dos primorosos e inestimables aportes al proyecto de fortalecimiento a la educación básica en el area de lenguaje y matemáticas. No dejaba de admirar dos regalos envueltos en un brasier maravilla, el color favorito de las mujeres campesinas. Eran sin duda, un valor agregado. Chabelquis lo dejó navegar en aquel océano infinito de delicias y justo en el momento preciso, se arregló la blusa, simulando un leve toque de pudor. Pero antes de que el Tecolote se enfriara por completo le arremetió con un peculiar golpe. Con maestría esbozó una sensual sonrisa, desnudando así la brillantez de su diente de oro, y una abultada red de metal destinada a corregir la posición de la dentadura. A Neto no pareció importarle. "Quién sabe –pensó– a lo major esa red sea un tercer valor agregado" Por otra parte, Neto estaba tan ansioso que en ese momento hubiese contratado a a la mismísima *Ugly Betty*, todo con tal de tener la oportunidad de sacarle las gracias ocultas, poco a poco, así como los más audaces le retiran las capas al repollo.

Neto aceptó las condiciones impuestas por la bicha de 26 años quien era la más rescatable de todo ese proceso de selección. Por otra parte, también contrató a unas cuantas *intelectualoides* a quienes enviaría a sudar la gota gorda bajo los mameyasos propinados por la Morsa, la Loida y la Juli Travi, de quienes se hablará ampliamente en otros capítulos. Pero a Chabelquis la pondría bajo la supervisión de Brenda, una asesora distinguidísima entre los círculos de empleados por su sorprendente boca de cloaca anegada con el repertorio más asqueroso de palabras léperas y una serie de chistes ofensivos y racistas. Esto serviría para someterla. Neto estaba consciente de que Chabelquis sufriría con ella. Ese era su plan. Sin duda, la lépera de Brenda la domesticaría lentamente hasta entregarla como una gallina mansa y agradecida con su nuevo amo. En cuanto estuvo lista, le asignó varios días en la oficina. Le disminuyó las visitas al campo para tenerla a la mano, siempre sumisa, siempre dispuesta.

-Te espero en el Mall, en el mismo restaurante

de siempre. Andate sola, en bus. Que no nos vean juntos, pero te regresarás conmigo en el carro polarizado.

Todos los días almorzaban juntos y se quedaban hablando en los pasillos de ESTAFASA ante la sorpresa de todos los empleados. A veces, la Chabelquis lo abrazaba descaradamente durante las conferencias, para que la gente del MINED, las universidades, y otras organizaciones asociadas se enteraran de que no era una asesora pedagógica cualquiera, sino el "detallito," el nuevo "juguete" del jefe. Y digo, detallito y juguetito, a pesar de que nunca le permitió tocarle ni un centrímetro de su culito. Para complacerlo accedió a otros métodos. Chabelquis aseguraba que llegaría virgen al matrimonio. Al principio, esto no le importó a Neto, viejo en toda clase de artimañas pensaba que tarde o temprano recuperaría la inversión. Mientras tanto, le permitía que lo abrazara en público. Se sentía en el pleno derecho de encenderle el chile a todos los empleados de ESTAFASA. Le encantaba sobre todo despertar los celos en la pobre Merchita, quien no tuvo más remedio que hacerse a un lado. Antes de la llegada de esa mujer medio religiosa, medio campesina, medio mundana, medio draculita, medio montuna, Neto Tecolote y Merchita almorzaban en los comedores del Mall, y bailaban en las fiestas de ESTAFASA. Después hubo un notorio distanciamiento. Al final de ese año toda la gente comentaba que Merchita no asistió a la fiesta navideña y que Neto no cesaba de consumir bebidas energizantes para marcar el ritmo del merengue junto a la Chabelquis, de quien no se apartó ni un solo instante. La gente también pregonaba que se quedaron hasta la última canción que tocó la orquesta, y que en ese momento, la Chabelquis recibió un inesperado beso. Otros más alcanzativos comentaban que volvió a besarla en el balcón y que al calor de las copas se atrevió a mostrarle un estuche lleno con pastillas en forma de diamante azul. Neto rugió como tigre para impresionarla y se apresuró a ingerir uno de los diamantes: Vyagra. Algo que para nada le serviría con Chabelquis.

A partir de entonces, su curiosidad por la nueva empleada se intensificó. Era extraño. Neto estaba seguro de que no era amor, ni siquiera un vehemente y alocado deseo sexual, sino una obsesión por descifrar el enigma oculto en su personalidad. Cuando estaban a solas, el cuerpo de Chabelquis soltaba un excitante olor montuno, sus cabellos crecían y dejaban de ser rubios, para tornarse negros, y cuando se acercaba a su boca, su mente inexplicablemente se invadía con múltiples imágenes de la naturaleza. ¿Quién era en realidad Chabelquis? ¡Qué belleza tan arcana e inexpuganable sostenía cada medio día entre sus brazos! Siempre en el parqueo subterráneo de aquel Mall. Aquel... donde siempre hay poca vigilancia. Muchas veces ni siquiera subían a almorzar. Se quedaban en el asiento trasero degustando otro tipo de alimentos.

Neto recibía cada mediodía, con fruición ese toque eléctrico, delicioso y enervante de la red metálica que adornaba los dientes de Chabelquis. La red metálica y el oro de su dentadura le producían una sensación erótica cada vez que rozaban su pene. Gracias a sus sus habilidades chupatorias, habilidades que se convirtieron en un secreto a gritos en todo ESTAFASA, todos la llamaban a sus espaldas, "Draculita." Aunque nunca almorzaba, siempre quedaba más sustenta que aquellos que de verdad comían los menús "2 de 3" en los restaurantes del ya mencionado Mall, ya que consumía a diario más proteína que el resto de los empleados. Y eso, gracias a Neto, un mentor por excelencia. Ella lo vio como su caballo y quería cabalgarlo hasta la gloria. En sus sueños, él era el héroe vaquero y ella la doncella rescatada. Aunque seguramente creía que debía su trabajo a sus habilidades para tragar semilla. ¿Sería esto verdad? Seguramente que no. La realidad es que era tan tonta que no le representaba ninguna amenaza a nadie. Como un rollo de higiénico todos sus colegas se limpiaron con ella, usándola para sentirse superiores.

Como feligresa de la Iglesia Profética de Monte Sion, Chabelquis juró ante el Todopoderoso que jamás rompería su código de rectitud moral. Y siguió las reglas al pie de la letra.

1. Dios primero: Chabelquis firmó un contrato autorizando que la iglesia le quitara el diezmo directamente del pago. Pasó cada sábado (el verdadero día del Señor según su pastor) en la iglesia. Esto a pesar de que todos sus colegas trabajaban los sábados en las formaciones de los docentes de la zona rural. Pero Neto era comprensivo con sus gallinas favoritas.

2. Honrar a sus padres y respetar al Divino Patriarcado Panóptico: Vivía con sus padres y sus ganancias servían para manterner a sus padres y hermanos. Creía fervientemente en el patriarcado. Nunca le negó la boca a ningún hombre.

3. No matar: Chabelquis no mataría a una mosca. Claro que le serrucharía el piso a cualquiera.

4. No fornicar: Chabelquis nunca dejó a ningún hombre entrar en el templo de su cuerpo. Juró que el primero en desflorarla sería el hombre con quien se casara ante la ley del Señor y de acuerdo con el Código Civil. Claro que, muchos murmuraban en ESTAFASA, que la Juli Travi le rompió la fresa; pero eso no cuenta, porque técnicamente, la Juli Travi es hembra. Por

supuesto que una chupa-chup no cuenta, aun si lo hiciera veinte veces al día.

5. No robar: Lo único que robó Chabelquis fue el dinero del gobierno y el pueblo de El Salvador, ya que recibía un sueldo sin contribuir nada. Eso era inevitable, cualquiera que formara parte de la mafia de Neto debía convertirse técnicamente en ladrón. Para justificarse se aprendió de memoria el trillado discurso de Don Netiyo: no robarás. Discurso que repetía a toda hora sintiéndose hechido cual más honrado de ESTAFASA. Chabelquis aprendió esta demagogia de su mentor favorito. ¡Ah, pero eso, sí! Ella creía religiosamente en la propiedad privada.

6. No codiciar: En vez de envidiar a la oligarquía, soñaba con casarse con un hijo de las Catorce Familias. Creía que el bien material era una señal del favor de Dios. Pero ante todo era una mujer resignada, si la vida le daba la oportunidad de amarrar con Neto lo habría aceptado. Al fin y al cabo desde que desarrolló las competencias mamolingüísticas con el jefecito, dejó de ser blanco de las famosas rubias platinadas, el equipo de sicópatas de Neto que la hubieran despedazado viva. Pero después de su afectuosa alianza, no tenía reparos en lucirse del brazo del jefe, le daba abracitos acalorados en las reuniones, en las formaciones académicas y en todos los corredores de ESTAFASA. Tremendo chile que le daba al equipo de sicópatas cuando regresaba del almuerzo, con un delicioso bigote de leche pintado en sus labios, y bien apechugada del brazo de Neto.

7. Ser patriota: Era miembra orgullosa de la Alianza Republicana Nacionalista.

8. Creer en el poder de la Palabra del Señor: Cada sábado acudía a las profecías del Divino

Obispo Profético Pontífice Manuel de Urdemales, quien le contó que era destinada a ser la mujer de un hombre importante.

9. Vestirse decente y humildemente: Llevaba mangas largas, una falda larga y un trapo blanco en la cabeza.

10. No tomar licores: De acuerdo a la declaración por su pastor que la Biblia fue maltraducida, que Jesús nunca tomó vino porque el alcohol fue la invención de Satanás, celebraba la transubstanciación con jugo de uva y galletas Ritz.

Después de varios meses, Neto se hartó de sus principios; y se propuso conventirse en la llave que abriría el misterioso hueco de Chabelquis. Estaba desesperado por profanar el templo ese virginal cuerpo; y, cada día, soñaba con sumar el acto de la desfloración, a su larga lista de éxistos del macho-man, que siempre presumió ser.

La oportunidad se le dio finalmente un día sábado, cuando todos los asistentes pedagógicos se encontraban en las sedes de diversos departamentos impartiendo formaciones educativas a los docentes rurales. Chabelquis, quien estaba exenta de esta obligación laboral, se encontraba congregada en un templo de Juayúa, escuchando con avidez el mensaje profético de su pastor.

Neto aprovechó esto y se apuntó en la supervisión de un centro escolar de Sonsonate. Dejó toda su responsabilidad en manos de la Pirulis, una de sus asesoras favoritas, quien siempre hostigaba a la gente de ESTAFASA con la trillada expresión: "¿Y ustedes saben por qué quiero tanto a mi maridoooo?" Y lleno de entusiasmo, condujo hacia Juayúa para poner fin a la locura sexual que le quitaba el sueño. Para armarse de valor, el Tecolote compró varias cervezas, olvidando por completo que estaba de servicio y que estaba conduciendo uno de los carros de ESTAFASA.

Después de 10 mameyazos, tuvo el valor suficiente para penetrar en el templo abarrotado de hermanos feligreses, quienes no cesaban de aplaudir y cantar con fervor. El ruido le encrespó los nervios. ¿Cómo encontrar a la Chabelquis en medio de aquel gentío? De pronto, una mano antigua y oscura, la mano del mismísimo Adversario le tocó hombro, impulsándolo nuevamente a cometer una locura. El Tecolote, un ser malo por naturaleza, obedeció sin demora los dictados del maligno y sin pensarlo dos veces gritó a todo pulmón:

-Levantate Sodoma. El Adversario está aquí. Que se oiga el rechinar de sus hipócritos huesos. Pero de nada les servirá. ¿Lo oyen? De nada.

El pastor intentó mostrarle la puerta de salida con la mayor amabilidad. Neto vio que su presencia había impactado a los concurrentes quienes lo contemplaban llenos de espanto. Aprovechó esta situación para continuar.

-Levantate Sodoma. Se abren los desiertos de la perdición donde la ramera, la gran prostituta se eleva montada en la bestia. Ja Ja Ja. Las llamas del infierno ya suben para chamuscarles los tuétanos.

Algunos de los presentes subieron los pies a los asientos. Las señoras elevaban las manos al cielo pidiendo misericordia, mientras el pastor entraba en un epiléptico trance implorando la salvación de sus feligreses. Neto le quitó el micrófono y aprovechó para repartir coscorrones a diestra y siniestra sobre las cabezas de todos los bobalicones.

-El fin está cerca, espurios de la raza humana. El fin está cerca. ¿Y a que no adivinan quién soy yo? Soy el diablo. Ja Ja Ja. Les estoy pegando con mi tridente invisible. Ja ja ja. Yo soy el mismísimo Adversario.

Al decir esto, todos los presentes cayeron de rodillas y lanzaban desesperados gritos de auxilio. La única que no se afectó fue la Chabelquis, quien no podía decir ni media palabra a causa del ataque de risa que se esforzaba por disimular. Neto la tomó de la mano y se la llevó corriendo sin rumbo fijo, hasta la zona de unas cascadas solitarias en donde le arrancó la blusa y la acostó en el suelo sin darle tiempo para responder. Era fin de semana, pero la delincuencia había espantado a los turistas que siempre disfrutaban de la naturaleza en Chorros de la Caleta. A Chabelquis de nada le serviría gritar.

-Ya no te sigás resistiendo, Chabe-belquis. Si querés conservar tu trabajo tenés que ceder.

-Ay, Neto, y mis principios...

-Lo que necesitás es relajarte. Antes de comenzar tu clase de relajación decime, ¿querés seguir trabajando conmigo? Sino cortamos de un ave.

-Ay, Neto, yo necesito el trabajo.

-Entonces, hacé cuanto te digo. Te voy a rozar con mi miembro. Cada vez que te golpee rico con mi parte vos vas a decir: Sí. Sí. Sí. A ver probemos, así por encima primero, sin quitarte la ropa.

-Sí. Sí. Sí.

-A ver de nuevo.

-Sí. Sí. Sí.

-¿Te está gustando mi verga?

-Sí. Sí. Sí.

-Ahora te voy a rozar más fuerte y cada vez que te choye vas a decir: soy una puta, soy una puta, soy una puta. A ver sin pena.

-Soy una puta, soy una puta, soy una puta.

-A ver de nuevo.

-Soy una puta, soy una puta, soy una puta.

-Te va gustando, ¿No?

-Soy una puuuutaaaaa, soy una puuuut ja ja ja.

En ese momento y ante el asombro de Neto, los

cabellos rubio teñidos de la Chabelquis se tornaron negros, sus caninos crecían como colmillos de sable y sus uñas se le encajaban como púas en la espalda. Neto estaba horrorizado. Lo que más le espantaba no era su trasformación, sino el estallido horrísono de las carcajadas que lastimaban sus oídos. Las carcajadas parecían sacudir el suelo. Vibraban en la superficie del río, en las entrañas de la tierra, en la copa de los árboles, en los peñascos del cerro y sangoloteaban con tremendos ramalazos su convulsionado cerebro. No sabía qué hacer. Chabelquis lo tomó de los hombros para preguntarle:

- ¿Quién manda en ESTAFASA?

- Yo...

- No grandísimo, bobo. Yo... Y si te atrevés a contrariarme te arruinaré como a todas mis víctimas para siempre. Y ya no serás el Matagallos sino Neto, el mentor jugado. Porque yo soy la ciguanaba y te tengo en mi poder.

Por un momento, intentó golpear a esa loca hasta dejarla sin sentido, pero se le esfumó de las manos como el humo. A varios metros de distancia, sobre las rocas del río se materializó de nuevo. Primero solo las carcajadas, y luego se le apareció como una mujer chichuda, chorreada, chueca, chuca, chuña, y chulona quien saltando de roca en roca, le repetía con su chillante burla:

-Que yo soy tu ciguanaba, tu querida en ESTAFASA. Y te tengo en mi poder.

Neto estaba sumamente confuso. No le quedó otro remedio que llamar a emergencias e inventar que unos mareros le quitaron el vehículo y lo abandonaron en ese lugar después de golpearlo con lujo de barbarie. La noticia se difundió de inmediato por todo ESTAFASA. Neto padeció los síntomas que todo jugado sufre tras el infortunado encuentro con ese tipo de espectros, pero además de eso, tuvieron que operarlo de emergencia debido a las heridas que la ciguanaba le dejó en la espalda. Antes de la intervención, desde el hospital ordenó el despido de varias mujeres, porque de alguna manera debía desquitarse la frustración que llevaba por dentro. La lista negra estaba encabezada por Barbarita, una mujer que debido a sus cualidades tetónicas le recordaba al personaje que lavaba ropa en el río, mientras sus pechos desencadenaban el monótono plash plash sobre las rocas. Pero como su mente estaba confusa solo pudo babear: Bar Bar Bar, antes de sucumbir al estado febril que sufre todo hombre recién jugado.

Varias semanas después, regresó a ESTAFASA con la desagradable sorpresa de que no habían despedido a Barbarita. Decidió darle dos meses más de prueba para tenderle trampas e inventar calumias en su contra. "Gallinas" repetía en sus adentros. "¡Cómo se atreven a despreciarme, a mí que soy el mero mero de esta oficina. ¡Barbarita aún no sabe que yo sí sé poner la bota!

Y en cuanto a su relación con Chabelquis, puede decirse que aprendió bien la lección, pues Neto olvidó todo ánimo de venganza y no hacía otra cosa que complacerla en todos sus caprichos, sin atreverse nunca a preguntarle nada sobre los sucesos ocurridos en Juayúa.

DOS POR UNO: JULI TRAVI

Double your pleasure, double your fun
Juli Travi, Juli Travi, man and woman in one

Otón de la Vara
Inspirado por la canción:
Anuncio "Doublemint"

EL viernes por la noche, estuve conversando por teléfono con un viejo amigo que no paraba de hablar sobre la historia de la radio en El Salvador. No quise cortar la comunicación, primeramente, para no ser rudo y en segundo lugar, porque el pobre había estado muy deprimido a causa de una mala jugada en sus relaciones amorosas. La comunicación se extendió demasiado; tanto que como a eso de las 3 de la madrugada, hice un esfuerzo por no bostezar, pero creo que se dio cuenta de que me estaba durmiendo porque me repitió 3 veces la misma pregunta: ¿Y, vos crees que la radio abrió un pasadizo al mundo de la ficción o que la ficción pudo haber dado un paso para abrirse a la onda radial? A esa hora de la madrugada ni siquiera me importaba. Y ni siquiera me importó al despertarme. Yo sólo recuerdo que de pronto, me quedé dormido con el celular en la mano y con la radio prendida.

Luego, sentí los rayos de sol entrando de lleno por la ventana. No me importó. Sin mayores complicaciones me hundí nuevamente en las profundidades de un plácido sueño que lamentablemente, porque una energía magnética me arrastró hasta una pradera que se abría en varios senderos. No me desperté. A veces las imágenes eran agradables, pero luego, aparecieron imágenes siniestras de las cuales huí a través de múltiples senderos que mutaban de apariencia, de acuerdo con el contenido de los comerciales de cierta emisora radial, cuyo lema era "La Voz con vos" o "La voz popular". En la primera etapa de mi sueño, como ya dije anteriormente, se presentaron de forma colorida, imágenes visuales relacionadas con cierta goma de mascar; pero más tarde, aparecieron súbitamente siniestros personajes de una radionovela, que para mi tormento, se extendió por dos días; y digo para mi tormento porque esas imágenes lúgubres me arrastraron por momentos, hacia laberintos oscuros y nausebundos; en otros momentos, logré librarme; pero continuaba corriendo sobre espacios remotos, para alejarme de personajes grotescos que me perseguían. Hasta que finalmente, encontré la tranquilidad al descender en una cabina de radio, un lugar tan ameno, fresco y agradable, donde estuve acompañado por locutores y narradores, a los cuales, nunca vi por completo. Todo estaba en penumbras. A pesar de eso, sus voces eran pegajosas. La narradora y las otras voces me impulsaron, de alguna manera, a vivir, entre sábanas, una nueva y picuda historia. Demasiado larga para mi gusto ya que todo eso inició un día sábado y se extendió todo el domingo. Fue un largo fin de semana en el que no hice otra cosa más que levantarme para sacar del refrigerador los paquetes de cervezas que por cortesía me enviaron mis amigas, las poetas solidarias de Centroamérica: Lety Elvir, Carolina Escobar Sarti, Madeline Mendieta, Abigail Guerrero, Isolda Hurtado, Vidaluz Meneses, Conny Palacios, Francesca Randazzo y Milagros Terán. En realidad, no eran tantas cervezas. Todas ellas me enviaron un paquete de 15 cervezas; cada una de ellas compró una cerveza; aunque Milagros, me compró 6, porque consideró que el paquete era muy pequeño o quizás para recordarse a sí misma como quinceañera. Todas ellas querían agradecerme los ensayos que escribí sobre ellas, bajo el título: *Las hijas de Xmucané*.

No me gusta la cerveza. Y, a la verdad yo nunca he sido borracho; pero esa vez hice la única excepción en mi historia personal y decidí pasarme el fin de semana acostado, con mi paquete de 15 cervezas y escuchando la radio YS UCA. Nadie me lo podrá creer; pero de alguna manera, afirmo que todo fue algo más que un sueño... Puedo asegurar que no estaba soñando, porque las voces radiales no resonaban en mis adentros. Las voces radiales más bien me transportaron hasta un campo de imágenes que incluso yo podía oler, gustar o palpar a mi libre antojo.

-Narradora: Por la carretera que conduce del Departamento de Cuscatlán a San Salvador, un carro de ESTAFASA se desplazaba cada jueves a increíble velocidad rebasando peligrosamente los buses, microbuses y vehículos particulares.

-Apúrese hombre, apúrese que se me hace tarde, que el Licenciado Neto me está esperando.

-Ay, doña Julita, yo hago lo que puedo.

-Espabílece, hombre, con garra, don Fermán, como corredor de Fórmula Uno.

La histérica y pasional gritona, no era otra que la famosa Juli Travi Cornejolio. Una de las amigas favoritas de un famoso psicópata de cuello blanco.

-Juli travi, Juli travi, varón y hembra en uno (voces cantando)

-Juli Travi, la gran amiguita y servidora de Neto Tecolote, estaba en un verdadero aprieto puesto que todos los jueves debía cumplir una misión visceral y secreta encargada por el jefe. Durante los primeros días, el chofer de turno se imaginó que las constantes prisas obedecían a reuniones de urgencia, relacionadas con el proyecto educativo; luego que se trataba de ciertas necesidades masculinas, esas que sólo puede resolverse en la intimidad. De cualquier manera, su trabajo era callar y obedecer. Como chofer de esa organización, tuvo la oportunidad de obtener información de primera mano; misma que no reveló, hasta varios años después, cuando el chofer se había retirado de ESTAFASA. Entonces, confesó que todos los jueves sucedía algo extraño:

-Don Fermín: Doña Julí hacíya paradas en la casa de la doña Sonia, una mujer que teníya un chalé en un centro escolar en San Isidro, Cabañas. Un centro escolar al que ESTAFASA daba servicio. Con frecuencia, ella solía desayunar o almorzar en la casa de doña Sonia. A veces, hasta se escapaba de las escuelas donde estaba trabajando sólo para irse a dormir una siesta en las hamacas que doña Sonia tenía en el patio. Pero la mayor parte de las veces, la visitábamos para hacerle el extraño encargo de las gallinas con piquete. Asunto para el que me enviaba a mí con bastante frecuencia; ni me dejaba desayunar a gusto. Yo siempre me desayunaba con el café y la comida que mi esposa me ponía en un termo, como a eso de la 10 de la mañana. Y, siempre, a esa hora, doña Julí me enviaba para la casa de doña Sonia para que le encargara cuatro gallinas con "piquete", de esas que le gustaban al jefe. La preparación era secreta. Doña Sonia solía hacerla en el patio. Y como a mí me tocaba esperar, un día me fui para el patio, sin que ella se diera cuenta para observar todo. Bueno, pues, cuando Doña Sonia preparaba las gallinas, les hacíya mates raros y pronunciaba repetidamente la palabra "con" y cuando ella decíya "con" hacíya gestos y "piquetes" como haciendo mímicas, como simulando prender fósforos, a veces hacíya la mímica de alguien que se está muriendo por ahorcamiento o incluso la de alguien que está cagando acurrucado en el baño, pues. ¿Qué es esto? Decía yo. Me preguntaba, mientras la observaba. ¿No será cosa de brujos? Si es que mire, si a mí hasta se me engrifaba la piel; y, por eso, a partir de lo que vide, me decidí a llevar puesto un escapulario. Hasta hice esfuerzos por olvidarlo todo. Pero cierto díya no agunté más la curiosidá y me juí otra vez, al patio de la tal doña Sonia. Entonces, me escondí detrás de un árbol y desde allí voy viendo que la niña Sonia le arrancaba las plumas a las gallinas, sin haberlas matado, estaban vivas; luego, les retorcía el pescuezo; pero no las mataba. Sólo para dejarlas medio tembeleques. Luego, les metía un alambre allí mismo en el pescuezo; y allí mismo, les brotaba la sangre a las pobres animales. Pero para que la sangre no se corriera mucho, ella les ponía tapomcitos de gas. Ustedes saben que el gas estanca la sangre. Y, luego, les sacaba el alambre y les metíya una pajilla en el mero agujero. Después les quitaba las plumas del trasero, recogía caca de gallina, de esa que teníya regada por todo el patio, y con eso les untaba las partes pelonas. Al final, las ponía en un recipiente bonito, agujereado para que les entrara el aire a las gallinas moribundas. Yo nunca entendí qué pasaba. Porque yo allí nunca hacíya preguntas. A nojostros los jefes siempre nos decíyan: "Ustedes cayénse la trompa, no cuenten nada. DE ESTAFASA NO SALE NADA"

-Narradora: Don Fermín no fue ni el único ni el primero confundido por el extraño comportamiento de Juli Travi. Las presiones eran tantas que don Fermín decidió grabar esas escenas extrañas y las compartió con otros colegas. Así fue como se dieron cuenta de extrañas prisas de esa mujer llamada...

-Juli Travi, Juli Travi, varón y hembra en uno. (Voces interrumpen cantando)

-Juli: Apúrese, don Fermán, apúrese.

- Don Fermín: Pero si vamos a tiempo doña Juli, todavía no son las 4.

-Juli: Apúrese antes de que se mueran.

-Don Fermín: ¿Quiénes?

-Juli: Las ga... Ay, maneje rápido, hombre, que para eso le pagan.

Al llegar a ESTAFASA, la Juli Travi, se bajó del carro como un rayo veloz para saludar a Neto, quien la estaba esperando impaciente en el parqueo. La tomó del brazo y se la llevó a un extremo solitario, siempre en el mismo parqueo.

-Neto Tecolote: Estás en graves problemas. Te dije que no se murieran.

-Juli: Ay, perdoname, Neto. Es que ese hombre no se apuraba y ese congestionamiento por Soyapango.

-Neto: Mira, Juli, yo no te aguanto porque sos mi gallina, digo mi yegua, digo mi perra, digo pu-puetranca, digo mi dama. Y mucho menos, porque seas tan profesional con tus cogidas. Aunque confieso que me encanta que me estrujés, que me sacudás, que me sobés con tus manos medio de hombre, medio de marica. Y es que vos tenés cosas que no tiene ninguna mujer. Tampoco te aguanto porque tengas influencias con gente del partido. La verdadera razón es que vos sos la única que sabe de mi perversión con las gallinas. Sos la única que puede entender mi emoción, mi apasionada desviación por las gallinas. Me encanta que agonicen en mis garras, mientras les chupo la sangre a borbotones. Y luego, me gusta arrancarle la carne con todo y huesos para zampármelos. Y sobre todo, me gusta esa partecita que ustedes las hembras ponedoras y las gallinas tienen en común: el chunchucillo. Pero no el chunchullico frito o guisado que venden las viejas de los comedores. Sino el mero chunchucuyo lleno de mierda, lleno de caca. Sin sacar saca ni casaca, eso me gusta. El chunchucuyo lleno de caca. Pero vos venís aquí y me las traes muertas. Por la gran flauta.

-Narradora: La Juli Travi no supo qué decir. Estaba tratando de formular una serie de excusas, cuando de pronto, como un golpe de suerte, se escuchó una melodía instrumental que podría provenir de algún carro estacionado en el mismo parqueo. Ella pensaba aprovechar la música para cantar como si estuviera en un karaoke. Sólo así distraería a Neto. Pero el Tecolote se le adelantó con un ritmo y una fuerza juvenil que nunca habría imaginado en un personaje tan oscuro y patético. Y nadie lo podía creer, Neto, cantando..

La mara gallo me está extorsionando
Desde hace meses que me andan pisando
Porque ellos saben que yo soy delincuente
Asesino nocturno,
Un psicópata demente,
Chupapollos,
Chunchucuyos, mil gallinas turulecas,
Soy un ente desabrido, tecolote mal nacido,
mensajero de la muerte.

Dame Dame Dame todo el pollo
Guimme el chi-cken. Guimme el chi-cken.
Dame Dame Dame todo el pollo
Guimme el chi-cken. Guimme el chi-cken.

Porque no nacimos donde no hay que güeviar
no hay por qué preguntarnos: ¿cómo vamos a robar?
Si los gringos nos tiran millones
Los agarramos. . . .
VIVA EL MINED. VIVA ESTAFASA.
VIVA ESTA MAFIA DE CABRONES

Que se sienta el poder de ESTAFASA
Como mafiosos nos jalamos bien parejo,
¿Por qué estar trabajando con docentes tan pendejos?

Y aunque nosotros no somos como ellos tan decentes,
Con nuestra labia y mentira los mantenemos bien calientes
Los mantenemos comiendo mier – miel y merienda.
Pobres padres de familia,
Pobres niños mal nutridos,
Pobres centros escolares,
¡ESTAFAMOS a la gente!

Dame Dame Dame todo el pollo
Guimme el chi-cken. Guimme el chi-cken.
Dame Dame Dame todo el pollo
Guimme el chi-cken. Guimme el chi-cken.

JULI TRAVI, AL DOS POR UNO

NARRADORA: Bienvenidos a otra entrega más de su programa radial: Dos por uno Porque en esta emisora YS UCA, la voz con vos, dedicamos un espacio especial a Juli porque sabemos perfectamente...

-Juli Travi Juli Travi, varón y hembra en uno (Voces cantando)

-Voz 3: Toda dulzura, toda toda chupada de jugosa locura. Adquiera este producto, al dos por uno, en sus nuevas variedades. Porque...

-Juli Travi, Juli Travi, varón y hembra en uno (voces cantando)

-Narradora: Y a veces, las cosas se ponían color de hormiga. O mejor dicho, a oscuras bajo las alas tecolóticas de Neto, ese depradador sexual y asesino de gallos que solía esconderse en una guarida rapiñosa, donde solían esconderse toda clase de bichos depredadores, llamada ESTAFASA. Era un lugar atestado de bichos indeseables.

-Voz 3: Señor ganadero y granjero, si su tierra se ha contaminado con toda clase de depredadores no lo piense más. Eliminelas con Fumitecol. Una sola fumigada bastará para matar a los depredadores diurnos o nocturnos como el zopilote, el tecolote y el murciélago que ponen en peligro la salud de sus animales. Fumitecol, el único que protege día y noche a sus animales. Fumitecol, otro producto de los prestigiosos laboratorios Dunderelli.

-Narradora: Las alimañas que entraban a trabajar ESTAFASA, eran cada vez exóticas, por no decir repulsivas. Cuando la tal Juli Travi entró a trabajar en la Organización, por ejemplo, todos hicieron apuestas para saber qué clase de travesti era –si era hombre vestido de mujer o mujer vestido de hombre-. La apuesta fue difícil. Todos tenían y no tenían la razón al mismo tiempo; ya que la Juli Travi era una peculiaridad de la naturaleza, una quimera en el sentido clásico. En palabras exactas: una hermafrodita completamente funcional. Y, si no fuera por las dificultades logísticas de la naturaleza, hubiera podido embarazarse a sí misma. En ESTAFASA, las noticias volaban como las aves de rapiña. Pronto la Juli se dio cuenta de la apuesta y puso cara de lívida. No le reclamó a nadie; tan sólo se fue para donde Neto, en quien confiaba plenamente por razones múltiples (jefe, mentor, mariscal y compinche mafioso durante años), luego se fue a la oficina de Recursos Humanos y finalmente, visitó a los Directores Supremos de ESTAFASA, es decir, con poder más allá de Netiyo. El Director Supremo era un hombre misterioso al que nunca nadie le había visto la cara; pero se le relacionaba con las 14 familias, con los grupos oscurantistas y con muchas generaciones de ex dictadores. Entonces, ella tuvo la aprobación de proceder a sus anchas; y, al final de la tarde, tenía la bolsa llena de billetes. Antes de salir de ESTAFASA se dio una carcajada que le duró hasta depositar la plata en el banco. Esa misma noche, le contó a su bartender favorito que todos podían reírse de ella; siempre y cuando, esto significara una manera de ganar dinero. El bartender no dijo nada. Tan sólo la miró fijamente tratando de no reírse del sombrero que ella llevaba puesto. Se trataba de un sombrero de ala ancha, en el que estaban prensados varios billetes de cien dólares. Todos y todas la miraban atentamente. Y no era a causa de sus miradas coquetas o de sus gestos provocativos. Todos esperaban que las prensitas cayeran o que Juli cayera borracha para llevarse el dinero. Ella estaba bebiendo con mucha calma, esperando el momento justo para cazar a la mejor presa. Decisión difícil de tomar porque, en todo caso, ella le metía el ojo a ambos sexos. Ella, no se dejaría estafar el dinero por nadie; aunque se le subieran las copas. No debemos olvidar que la tal Juli Travi...

-Juli Travi, Juli Travi, Juli Travi, varón y hembra en uno (voces cantando)

-Narradora: Juli Travi era una mafiosa por excelencia, descendiente de una notable alcurnia de mafiosos. Su padre, don Ruggiero, era el capo de Caltagirone, Sicilia y aspiraba a ser il capo di tutti i capi cuando su rival don Luciano le hizo una oferta que no pudo rechazar. Sin perder tiempo, tomó el próximo barco con destino a América, sin darse cuenta de que no iba a Nueva York, ni a Nueva Orleáns, sino a El Salvador. Era un barco bananero que llevaba armas para mi General Maximiliano Hernández Martínez, en pago por los productos recibidos por la parte más dulce de Las Américas. Después de desembarcar en Acajutla, se fue a la Embajada de Italia y solicitó un puesto. Le recordó al Señor Embajador que había armado a le camincie nere e i squadristi de Caltagirone, durante la histórica marcha a Roma que desempeñó *Il Duce*. Después de verificar estos datos, fue nombrado como *Attaché Militaire* de la embajada. Se atrevió a aconsejar a mi General Hernández Martínez sobre las formas más eficaces de eliminar a los rojos; le explicó que fundamentalmente los rojos sufrían de una retención anormal de materia fecal, algo que se curaba fácil y rápidamente con una fuerte dosis de aceite de castor. El General le dio gracias por compartir su alta tecnología, pero le explicó que prefería mantener sus medidas más tradicionales ya que el aceite de castor mataba a los bichos del estómago. Y como era mayor crimen matar a una hormiga que a un ser humano –ya que un ser humano volvía a renacer y una hormiga moría una vez y para siempre— También era otro crimen atentar contra a esos seres. En conclusión, no quiso poner en peligro su alma mortal. Con la llegada de la Segunda Guerra Mundial, se cerró la Embajada de Italia porque teóricamente El Salvador se alineó con los Aliados. Por tanto, el General le dio una casa en la Avenida Roosevelt, a don Ruggiero para que viviese y abriera un estudio de fotografía. Con tantos fusilamientos, hubo una gran demanda de evidencia fotográfica para documentar la guerra contra la subversión. A la vez, don Ruggiero le aconsejaba a mi General cómo podía mantener su secreta amistad con los fascistas y los nazis para establecer una base de petróleo y obtener otros recursos, con los cuales, abastecería a los submarinos alemanes. Malafortunadamente, el gobierno de Los Estados Unidos se enteró y mi General tuvo que ir al exilio.

Don Ruggiero, entonces, se dedicó a la fotografía con cuerpo y alma. Era un sabueso especializado en encontrar accidentes provocados, asesinatos a sangre fría, suicidios y toda clase de materia para los periódicos. También hacía fotos de mujeres que se vendían clandestinamente en los burdeles.

Después de unos años, don Ruggiero se casó con la hija de un cafetalero y tuvo una hija. Pero como nunca pudo tener el hijo deseado, entonces optó por vestirlo como niño. Y aún llevó el asunto todavía más allá porque le enseñó juegos de niños y se la llevaba para el estudio fotográfico para alejarla de las tareas domésticas y de otras influencias femeninas. Contradictoriamente, tampoco la dejó hacer muchas otras cosas infantiles como silbar, chuparse el dedo o comerse un chupa-chups.

-Voz 3: ¿Qué? ¿Qué nunca te chupaste en toda tu infancia un delicioso chupa-chup? No te lo puedo creer.

-Voces cantando: chup-chup chupa-travi chup chup chupa-travi.

-No te reprimas más. Ahora es momento de comprarte un ChupaTravi. No lo pienses dos veces. Chupa-Travi, el delicioso caramelo insertado en un pito rollizo para satisfacer tus viejos apetitos.

-Voz 3: Chupa-Travi, otro delicioso chupa-chups de los dulces Juli Travi. Productos Juli Travi, varón y hembra, en un uno.

-Narradora: pero tampoco la dejó trabajar en su negocio, a pesar de que el deseo más ferviente de Juli era ser artista fotográfica. Don Ruggiero pensaba que eso era trabajo de varón de pelo en pecho; algo no apto para mujeres. Por tanto, la Juli Travi se dedicó a la enseñanza, o más bien a la malversión de fondos de las instituciones educativas. Lo cual le permitía actuar como una verdadera capo y al mismo tiempo satisfacerse a sí misma. El truco magistral de la Juli Travi consistía en invitar a sus colegas varones a tomarse unas cuantas copas; mientras les coqueteaba; mientras les pagaba los tragos y las boquitas; mientras por ahorrar plata, ella sólo comía verduras declarando que era vegetariana.

-Voz 4 y 2: ¿Qué era vege.. Qué ?

-Voz 1: ¡Ay, no! pero que sordos estamos este día. Ella era V-a-g-i-t-a-r-i-a-n-a.

-Narradora: Sí también eso; y cuando los hombre estaban bien borrachos, se los llevaba al Gran Hotel Oasis del Amor en Bella Cuscatancingo; otras, al gran motel 69; otras, al clásico Collar de Perlas; y, otras, al salvaje *Doggy Style*. En cualquiera de esos, ella apagaba las luces y les hacía el amor como mujer; hasta dejarlos delirantes. Pero cuando apenas se dormían, los violaba y les sacaba unas cuantas fotos con una cámara digital. Nunca supe de nadie que se quejara. Ella era alguien con suerte porque El Salvador es un país altamente machista, por tanto, ninguno de esos hombres le negaría nada durante el resto de la vida. Ella le advertía a todas sus víctimas que guardaba las fotos en el Banco Suizo-Guanaco, por si acaso, le sucedía algo. Por otra parte, no olvidemos que su mayor deleite era aprovecharse de las mujeres; sobre todo, de las jóvenes docentes. Y esto era un secreto a gritos. Muchos sabían que la tal Juli Travi masticaba la goma de sus propios productos desde el momento de abordar los carros de ESTAFASA; y se iba en toda la carretera, mascando y maquiavélicamente maquinando cómo hacerle eso... a las jóvenes docentes, es decir, esa doble...

-Voz 3: Dos veces placer. Y ahora con doble sabor, con doble jugada rica y oportuna.

-Juli Travi, Juli Travi, varón y hembra en uno (voces interrumpen)

-Narradora: Primero, esperaba hasta que todos se habían ido. Después sacaba un trapo empapado de éter, el cual llevaba en un latón sellado, para dejarlas inconscientes y así podía hacerles lo mismo que hacía con los hombres.

-Primera voz: ¡Ay, niña!, ¿Y, entonces, cuál era la diferencia?

-Narradora: Pues era lo mismo nada más que con ellos lo hacía sin sol, pero con bastante alcohol; y, con ellas lo hacía con sol, con éter y con...

-Voz 3: Dos veces placer, doble rico y oportuno. Juli Travi, Juli Travi, varón y hembra en uno.

-Voz 1: ¡Ay, niña! Tú a mí no me convences. ¿Sería acaso que nadie se quejaba porque se los hacía rico? Y si era rico ¿Qué sabor tenía...?

-Voz 3: ¡Sabor a toronja y fresca frambruesa! Exíjalo, al dos por uno, en su tienda más cercana porque...

-Voces: Juli Travi, Juli Travi, varón y hembra en uno (voces cantando)

-Narradora: Pues yo no sé de sabores. Pero sí sé de inflación y elevaciones; puesto que los precios se han elevado tanto últimamente... Y si esa abominación de la raza humana hubiera tenido corazón bondadoso y cariñoso, hubiera podido proporcionar amor a gran porcentaje del planeta; ya que gracias a sus cuatro vías de dar o recibir placer sexual, hubiera sido capaz de inflar con amor y disipar sin dolor, la tristeza que a todos aqueja: la impetuosa elevación de los precios.

-Voz 3: El mejor remedio para aprovechar la elevación: Un buen condón. El mejor remedio para elevarte con amor: Tenchuto. Y el mejor remedio para extenderte en la tensión: Tenchuto durex.

-Voz 1: TENCHUTO DUREX, en sus nuevas presentaciones: extra patata, extra banano, chilepicudo, plátano macho y pepinillo. Tenchuto Durex, pídalo al dos por uno, en su farmacia favorita.

-Narradora: A pesar de sus canalladas tuvo éxito. A pesar de su naturaleza grosera, monstruosa y casi analfabestial, tuvo éxito. Todo gracias a sus conexiones familiares en el partido y el gobierno, pero también por sus chanchullos ricamente malvados, logró hacer una carrera en el campo educativo. Al fin y al cabo, ella se jactaba de sus notables servicios a la patria. Nunca se supo con certeza, pero se rumoraba que en la década de los años 80, ella prestó servicios a los grupos oscurantistas y clandestinos que vistieron de luto a El Salvador ¿Cómo lo hizo? Pues dicen algunos que durante esos años, ingresó en la Universidad Nacional, a pesar de ser una mujer de ultraderecha, que se caracterizaba por escribir poemas infantiles con contenidos fascistas.

-Juli: Hay que someter a la vaca. No la dejesss gobernar/Hay que caparle los sueñosss, así como hiciste con el buey, ese babossso obrero del corral/ Pero de vez en cuando, habrá que juntarla con el toro, para que noss produzca la leche y algo mássss.../

Hay que someter a la vaca. No la dejesss gobernar/ No la dejesss merodear sobre el zacate limón de tu vecino/o vagabundear en calidad de zorra o como una golfa de ciudad/Así que levántate temprano para meterla en el corral/Hay que someter a la vaca. No la dejesss gobernar/Y si por casualidad se sale con la suya, hay que llamar a Burger King y al McCdonals/Y deliciosasss hamburguesasss al carbón nos vamos a embuchar.

-Narradora: Su propio padre no se explicaba por qué la Juli había decidido mezclarse con los rojillos de la Nacional, a los que tanto detestaba. Allí estuvo mucho tiempo sin graduarse, sin avanzar en los estudios de Licenciatura en Sociología. La mayor parte de su tiempo, la invertía en el equipo de atletismo. Ella solía correr con zapatos semideportivos. Y digo semideportivos porque sólo la mitad tenían la forma y la textura de los tenis; mientras que la otra mitad, eran sandalias terminadas en punta.

-Voz 1: ¿En qué?

-Narradora: En puntaaaa.

-Voz 3: Señorita, Señorita, ¿Tiene usted problemas con la punta? ¿Qué la punta no le entra? ¿Qué la punta no le cabe? ¿Qué le duele por atrás? ¡No se preocupe! Compre calzado Palermo. El primer calzado mitad deportivo, mitad sandalia que le talla a la medida. El único que no le maltrata con la punta. El único que no le lastima los talones y la hará lucir como una reina. Adquiéralos en su zapatería más cercana y aproveche la última promoción Palermo: dos elegantes pares, al dos por uno. ¡Calzado Palermo!

-Narradora: Juli Travi, religiosamente, corría todas las tardes en las dos canchas luciendo ropa cara, especial, y diseñada para resaltar sólo sus atributos femeninos. Los inocentes estudiantes se conmocionaban al ver una rubia alta y de encantadores ojos verdes que se acercaba a ellos con marcada coquetería. Evidentemente, se olvidaban del entrenamiento, cuando aparecía ante ellos luciendo una ropa deportiva sexy que dejaba al descubierto un busto pronunciado y unas piernas tan firmes, gruesas y resistentes como las de un hombre. Aunque algunos decían que todo era la ropa; ya que algunas chicas le habían visto sus piernas con varices cuando se quitaba las medias.

-Voz 3: Señorita, Señorita, si a usted le gusta metérselas bien firmes, bien estiradas y mantenerlas allí, por más tiempo, con bastante presión. Entonces, no lo piense más. Utilice las novedosas medias antivárices No-Varone ¿Oyó bien? No-Varone, a la venta en sus dos presentaciones: comprensión ligera y normal y comprensión fuerte. Medias antivárices No-Varone. La única que le talla bien en cada pierna. La única que le entra bien firme, estirada y le sale suavemente lubricada. Aproveche la última promoción No-Varone: dos pares de medias, al dos por uno.

-Narradora: Pero con varices o sin varices, la tal Juli Travi sembró entre todos una gran conmoción.

-Voz 2: Esta es la mujer que busco. No parece una muñequita plástica ni una muñequita de sala, sino una mujer aguerrida, regia, fornida. Tan varonil y tan femenina, al mismo tiempo. Sólo con ella nos bastará para transportar los pertrechos de guerra hasta el cerro de Guazapa.

-Voz 3: Si usted no puede pasarse el día entero, sin sentir esa bola sabrosa en la boquita... Entonces usted debe estar probando la goma de mascar Juli Travi ¡Productos Juli Travi! Exíjalo en sus dos nuevos sabores: A punto de caramelo, para que se lo trague a su propio ritmo... Y chupa-chups-capuchino: para que se lo chupe dulce, calientito, leche-espumoso y ricoooo. Y recuerde que este no es un juguete sexual. Disfrútelo con calma porque...

-Juli Travi, Juli Travi, Juli Travi. Varón y hembra en uno (voces cantando)

-Narradora: La tal Juli se desvivía por coquetearles, por convidarlos a fiestas, por concertar con ellos inocentes citas. Lo raro es que la mayoría que estuvo con ella desapareció. Algunos rumoraban que de una u otra forma, los "orejas" de cierta organización, se habían infiltrado en los equipos deportivos de la universidad. En un sólo año, cayeron alrededor de cuarenta. El caso más lamentable fue el de Coqui, un chico involucrado con los comandos revolucionarios urbanos. Algunos dicen que lo vieron corriendo en pos de la Juli, tratando de averiguar qué clase de nudo se le había amarrado entre las nalgas.

-Voz 1: ¡Ay, Dios mío! Pero qué gran. . .

-Voz 2: Parece un gusano. Ella tiene un gusano en el muslo.

-Voz 4: No no es un gusano, parece un pedazo de apio.

-Voz 2: No. No es un apio. Parece una colepato.

-Voz 1: ¿Colepato? ¿Dirás un colipato?

-Voz 4: ¡Qué extraño!

-Voz 2: Para mí que es una lombriz.

-Voz 3: No dejes que te ataquen por sorpresa o que se te escapen por detrás. Eliminelas. Cuanto antes, elimínelas con el milagroso y efectivo jarabe Quita-lombriz. Que no se te olvide, Jarabe Quita-lombriz, el único que extermina todas tus lombrices de raíz. No aceptes imitaciones. Identificalo por su viñeta llena de lombrices. Precaución: lee las indicaciones antes de usarlo. Efectos secundarios por sobredosis incluyen: náusea, cólera morbus, cuadros repentinos de sicosis, transtornos sicosociales, ninfomanía, desenfreno sexual, masturbación descontrolada; y, en situaciones extremas, la OMS ha reportado abundantes casos de incurable bisexualidad. Aprovecha la última ganga: dos frascos de Quita-lombriz, al precio de dos por uno. Quita-lombriz, otro prestigioso producto de los laboratorios Dunderelli.

-Narradora: Ah, no. No sean mal pensados. No podemos echarle la culpa a una lombriz; especialmente, cuando se trata de las perversiones de la Juli. Por otra parte, algunos decían que la Juli era tan venenosa que ningún bicho podría sobrevivir en su interior. Al parecer, ella estaba inmune a los efectos secundarios de muchas cosas. Por ejemplo, nada en este mundo le provocaba alergias e incluso era la única mujer en El Salvador que no experimentaba sueño después de comer pitos en alhuashte. Y ese es un platillo que a cualquiera le provoca sueño. Pero al parecer, ella estaba inmune por el veneno acumulado en su cuerpo. Y, volviendo al tema del maratón: nadie supo a ciencia cierta qué ocurrió en la tarde del maratón. Nadie supo qué cosa le sobresaltaba de su short aquella tarde. Tan sólo se supo que muchos la siguieron para averiguarlo, es decir, todos querían saber qué clase de bulto le sobresalía por atrás. Y la verdad es que se le miraba como un cañutío, como un churutillo. Y de acuerdo con la opinión de muchos, para nada parecía un tampax o toalla sanitaria.

-Voz 1: Pero cómo corre. Más que corre vuela...

-Voz 3: Sí porque debe estar probando: Bio-Androginas.

-Voz 2: Bio... ¿Qué?

-Voz 3: Bio-Andróginas. Las únicas toallas femeninas que son diseñas por encargo, para clientes como Juli Travi. Bio-Andróginas, la única y exclusiva toalla femenina diseñada con un doble par de alas protectoras. Doble protección, doble suavidad, doble textura y por si fuera poco, un doble par de alas. Biomagnéticas y protectoras alas que te hacen volar como un biomotor sobre cualquier cancha de doble jugada. Este producto es distribución restringida. Haga sus pedidos al 8 8 69 Coimasex.com. Toallas femeninas BioAndróginas. Otro novedoso producto de los Laboratorios Duderelli.

-Narradora: Sobrecogidos por una gran dosis de curiosidad, la siguieron durante toda la tarde por la cancha de la universidad Nacional y por las calles aledañas, sin poder averiguar lo que tanto deseaban saber. Alrededor de las 4 p.m. todos abandonaron la infructuosa tarea puesto que la Juli no parecía cansarse. Sólo Coqui se aventuró a continuar con esa obsesiva persecución a través de calles y avenidas de mala muerte que nunca antes había visto. La Juli dio varias vueltas en una esquina para despistarlo. Una vendedora que estaba preparando pastelitos y otras frituras en una esquina cerca de donde ocurrieron los hechos, declaró que vio a dos jóvenes corriendo en círculos alrededor de su negocio, como a eso de las cinco de la tarde. No les puso mucha atención porque ella estaba atendiendo a sus clientes; pero vio cuando ambos enfilaron hacia un callejón oscuro que conducía a las ruinas de una casa abandonada. Minutos más tarde, se escuchó un estallido; al parecer, la descarga de un revolver seguida de otras descargas. A pesar de que llamaron a la policía y a la guardia, ningún cuerpo policial se hizo presente; tan sólo un carro blindado del que se bajaron unos hombres vestidos de negro, quienes estaban obviamente bien armados. No se acercaron al lugar de los hechos, pero la vendedora notó cómo la gente huyó en cuanto ellos aparecieron. Los hombres le compraron café y estuvieron fumando por largo rato, sin mediar palabra entre sí. Ellos lucían ropa y calzado color negro e incluso lentes oscuros. Permanecieron fumando alrededor de 20 minutos y sólo retornaron al vehículo hasta que arribó una ambulancia. La vendedora y otros testigos anónimos aseguraron que cuatro socorristas entraron a la escena del crimen; y, que luego, ellos subieron a Coqui, todavía con vida, en la ambulancia. Pero nunca más se supo de su paradero. Esas escenas eran comunes en un contexto de guerra. Al principio, nadie se interesó en este hecho; y, por otra parte, los rumores de los testigos tardaron en esparcirse. Esto favoreció por un tiempo a la Juli, quien finalmente, renunció a ser agente encubierta de ciertos grupos clandestinos, cuando los extraños rumores comenzaron a difundirse. Por estas razones, ella decidió escaparse a Guatemala. Pero al regresar, la nombraron directora de la Escuela Acovit. Obviamente, el partido nunca la abandonaba. Por eso cuando se miraba en el espejo decía...

-Voz (imitando a Juli) Si yo no hago nada. El partido es tan generosssso conmigo. Y sólo porque lesss muevo una banderita. Y sólo por essso se acuerdan de mí. Ojalá que algún día me otorguen un puessstassso en la política.

-Narradora: Y si fuera más pulida y menos codiciosa, se hubiera quedado como directora de la Escuela Acovit, en donde se rumoraba que desaparecía el dinero como si fuera el triángulo de las Bermudas. Además hubiera mantenido su profesorado en la Universidad Maximiliano Hernández Martínez, único lugar en donde, más o menos, pudo comprobar que se graduó porque la universidad fue clausurada, e incluso habría continuado trabajando como la supervisora para el Departamento de La Libertad, lugar donde fue famosa por sus constantes demandas y maltratos a los docentes. Uno de los episodios más famosos de esta etapa fue su relación con una maestra recién graduada de la UCA, a quien se atrevió a hacerle insinuaciones indecentes desde la primera semana de clases. ¡Quien querría negarle un favor con tal de mantenerla contenta!

Pero ella tampoco escapaba a otro tipo de comentarios relacionados con su lengua. La Juli Travi tenía la costumbre de pronunciar la ese final con una intensidad poco común. Y a sus espaldas, todos comentaban que este fenómeno se debía a la gran cantidad de pelos de cuca que tenía atorados en la boca; estos le impedían tener una pronunciación estándar. Otros sostenían que esta pronunciación provenía del exceso de alcohol; y, por tanto, siempre tenía la lengua dormida. De la misma forma en que todos apostaron sobre la verdadera naturaleza de su sexo, también decidieron hacer apuestas para averiguar la causa de sus essess tan denssass. Al final de la ronda, se dieron cuenta de que los dos grupos de apostadores, tenían la razón. Los dos grupos acertaron sobre el origen de las esess y también sobre la doble sexualidad de la Travi...

-Juli Travi, Juli Travi, varón y hembra, en uno (voces cantando)

-Narradora: Pero lamentablemente, fue ella la única que reclamó el premio para ella sola. Al parecer, Neto no la protegía por su belleza o por sus altas competencias en el terreno sexual. La tenía a su lado sólo por necesidad. Ella hacía sus trabajos sucios y le proporcionaba la ayuda de sus parientes, aquellos que estuvieron relacionados con la mafia italiana. Neto, en cambio, la dejaba robar, arruinar, acosar o violar a cualquier colega, mujer o varón, que la encendiera por dentro. No olvidaba que ella lo había ayudado enormemente, mientras subía; y, por ende, creía que no podía seguir sin su ayuda.

En cierta ocasión, ella se apareció en la escuela Klondike, a las seis de la mañana. Sabía que Teresita das Minas estaba sola, tan bella y angelical era la señorita que hasta destinaba la cuarta parte de su sueldo a comprar golosinas, ropa usada, y víveres para los pobres niños de su aula. La pureza de su alma se irradiaba en sus ojos verdes, tan bellos como un par de esmeraldas. Y la Juli siempre pensaba en ella con intenso y enfermizo morbo, ya que en su retorcida mente, esos ojos la deseaban. Por tanto, decidió que haría todo lo necesario por encontrarla a solas. Suspiraba por la Teresita cada vez que la miraba en su moto; y, desde entonces, decidió que era trisexual (hombres, mujeres y motos)

-Voces (cantan al unísono) Súbete a mi moto. Nunca has conocido un amor tan veloz. Súbete a mi moto. Ella guardará el secreto veloz. De los dos.

Narradora: Cierta mañana, cuando los niños todavía no se habían hecho presentes en la escuela, la maestraTeresita casi se muere del susto cuando la vio entrar.

-Juli: Hola, corazón. Entré porque la reja estaba abierta.

-Teresita: Hola, licenciada. ¡Qué sorpresa!

-Juli: ¿Y la directora?

-Teresita: Salió a hacer unas compras.

-Juli: ¿Así que estamos solas?

-Teresita: Solas, Licenciada.

-Narradora: La calenturienta mujer se acercó, poco a poco, mientras la Teresita retrocedió muy consternada hacia la pared. Y así como todo felino acorrala a su presa, la Juli fue avanzando lentamente hacia su víctima y entonando atrevidamente la canción: voulez-vous coucher avec moi. Teresita no sabía qué significaban aquellas palabras; y, en pocos segundos, sin poder evitarlo, se encontró contraminada por los fuertes brazos de la Juli. La pobre estaba indefensa; y, no encontró ni siquiera a Gordinflón o a GuanacoMan para protegerla.

-Juli: Tan sólo quiero darte una asesoría pedagógica.

-Teresita: ¡Por favor, Licenciada! Ahora no. No se moleste, es que tengo trabajo retrasado.

-Juli: Veo que no has hecho la pared de palabras. Te voy a grabar otras palabras en el cuerpo.

-Teresita: ¡Por favor, Licenciada! Nosotras somos educadoras. No nos conviene un escándalo.

-Juli: Pues, te lo voy a hacer si te negás. Yo estoy bien asociada con la política.

Si no me crees, entonces, preguntale a cualquier docente. En especial, a aquellos

que sirven a mi partido. Ahora bien, no seas huevona. Quiero que escribás unas

cuantas palabras...

-Teresita: Sí, Licenciada, sí.

-Juli: Las mismas que voy a dictarte con la lengua.

-Teresita: Sí, Licenciada, sí.

-Narradora: Sin compasión, la derribó de un solo golpe y procedió tal como le había anunciado. La pobre Teresita ni siquiera se atrevió a gritar. Una hora más tarde, la directora la encontró llorando desconsoladamente, en el mismo lugar, donde la había dejado tirada. La directora juró venganza y con ese propósito le escribió al Señor Licenciado don Néstor Tecolote, pidiendo justicia. Pero cuando Neto Tecolote se enteró de la nueva travesura, estalló en tantas carcajadas que hasta fue necesario que visitara la clínica para recibir un calmante. Había reído tanto que se le trabaron los músculos de las costillas.

A pesar de sus éxitos en el campo demoníaco, cada vez que ella encontraba un buen puesto con posibilidades lucrativas, se fregaba por su ambición, por robar más de la cuenta, por timar y chantajear a demasiada gente, por tratar de venderlo todo. Ni siquiera le importaba que la gente la presionara con denunciarla. Al enfrentar esas situaciones, ella siempre se defendía:

-Juli: Son gente chismosa. Me tienen envidia. A mí nunca me ha gustado trabajar con los chismosos. Yo sólo trabajo con quienes de verdad son gentes.

-Narradora: Nunca aprendió que para disfrutar del éxito deben seguirse ciertas reglas, un marero sólo puede robar lo que el pueblo está dispuesto a perder –esta era la regla dorada del Partido-. Por suerte, contaba con una familia que gozaba de gran influencia, desde que llegó a El Salvador desde Sicilia, huyendo de un mal entendido con sus antiguos socios de la mafia.

Tomando en cuenta sus errores, se puede decir que ella no lo hizo tan mal, considerando que ella era una mujer lengona y chismosa, sin más títulos que un bachillerato, en la universidad Maximiliano Hernández Martínez, que de pronto fue clausurada, y un título falsificado de la difunta Universidad Nicolás Ayala, cuyo antiguo campus ahora está ocupado por el Colegio Lazarillo de Tormes. Fuera de eso, ella era como Chabelquis, su talento radicaba en su boca, pero la usaba para destruir a los otros, en vez de dar placer a los jefes corruptos. De igual manera, esa lengua podía limpiar la mierda en las botas de cualquier superior.

Como cachiporrista del Partido, sabía que jamás le faltaría trabajo, así que no le importaba lo que decía el resto de la gente. Los maestros de un departamento entero se quejaron, pero fueron ignorados cuando enviaron cientos de cartas que denunciaban sus constantes abusos de poder, sus insultos, sus incesantes campañas por el Partido, sus escasas visitas a las escuelas, y el hecho de que ella tomaba más mordidas que una nube de zancudos. Neto, con una risa satánica, tiró las cartas al basurero.

La Juli también se reía al calor de unas cuantas cervezas en el Club Las Vegas, donde solía acordarse de sus fechorías en la escuela Acovit:

-Juli: Su hijo está reprobado.

-Padre de familia: Pero, Licenciada Travi, apenas estamos en julio.

-Juli: Ya todos los maestros me firmaron que está reprobado.

-Padre de familia: Entonces, muéstreme esos escritos.

-Narradora: Sin ninguna vergüenza, Julieta cumplió la petición del padre de familia. Y, sin ninguna vergüenza, recordaba que ante las narices de ese pobre hombre, ella había abierto todas las gavetas del escritorio que, por cierto, estaban repletas de billetes. ¡Qué tiempos aquellos! ¡Qué gran vida la que se dio con aquel desfalco! ¡Y pensar que el dinero es tan volátil, tan fugaz como la flor del almendro! Ella hubiera podido hacer más... si algunos padres de familia no se hubieran interpuesto en su camino. En especial, cierto viejo desalmado, quien se atrevió a interrogar a los docentes; y, así, se dio cuenta de que las firmas eran falsas. En muchas ocasiones, ella usó la falsedad material. Pero el más atrevido de todos fue un panadero militante del partido opositor, quien se atrevió a exigirle que le mostrara públicamente los libros de contabilidad. ¡Pobre viejo! Sus buenos sentimientos fallaron ante la malicia de esa mujer.

El panadero descubrió, hasta que era demasiado tarde, que el conserje de la escuela creaba papeles y proporcionaba información falsa a todas las familias del barrio para que apoyaran a la Juli. La junta directiva de los padres de familia se opuso a la muestra pública de los libros de contabilidad. Y la comunidad no pudo enjuiciarla formalmente. Sólo hubo denuncias; y, desde entonces, han quedado por siempre, rumores sobre cómo esa ladrona pudo escapar de unas vacaciones gratis en Ilopango. Ella lo sabía perfectamente, por eso nunca se negaba a cumplir los favores especiales que el Tecolote le solicitaba. Complacía sus caprichos. Pero entre todos los favores, el que Neto más agradecía, eran las extrañas gallinas que ella le llevaba todos los jueves. Y hasta aquí con esta pícara historia. Y si quieres escuchar lo que la Juli hacía todos los viernes y los sábados, con cierto doctor chapino, entonces no te pierdas el próximo capítulo de tu programa radial: Dos por uno.

-Voz 3: Este programa fue presentado por productos Juli Travi. Y recuerden que. . .

-Dos veces placer, doble rico y oportuno. Juli Travi, Juli Travi, varón y hembra en uno (voces cantando).

LA OVEJA NEGRA

Men were wont ones off shepe to fede,
Shepe now eate men on dowtfull dede.
This wollwysshe shepe, this rampyng beast,
Consumeth all thorow west and est.
The Blacke Shepe is a perylous beast

The Blacke Shepe is a perylous beast.
Romance inglés, c. 1550

REBECA Ewì Bard Godoy se sentía insatisfecha con la vida. Como graduada de la Universidad Columbia de Nueva York, todo era tan fácil y todas las puertas se le abrieron automáticamente en su carrera. A los treinta años llegó a la jefatura del departamento didáctico del Museo de la Cultura en Nueva York, donde siempre recibía los mejores comentarios por parte de sus superiores, quienes de verdad admiraban su trabajo. Un trabajo que no le aportaba ni penas ni glorias.

Inmersa en la más absurda de las rutinas, cierto día, recordó cuán feliz había sido cuando sirvió como voluntaria en el Cuerpo de Paz; y, más tarde, cuando había fungido como coordinadora de un grupo de voluntarios, cuya misión era acabar con el analfabetismo en Nicaragua. En aquellos tiempos, sudaba la gota gorda supervisando la construcción, el ideario metodológico y el plan de fondos para un centro escolar en Ometepe. Y por cada gota de sudor, los insectos le chuparon dos gotas de sangre. Pero solía llenarse de dicha ante el progreso de la comunidad; sobre todo, cuando finalmente, la escuela estuvo lista, tan firme y sólida como una roca; pero lo que más la llenaba de emoción, era recordar la imagen de los niños descalzos corriendo hacia la escuela en su primer día de clases.

Sabía que no era bueno mostrarse desagradecida con el destino, pero a veces la gente experimenta la necesidad de escapar del mundo delimitado y restringido sólo por el dinero. A veces la gente busca un pago infinitamente más rico. Por eso, en medio de la soledad de la gran ciudad, Rebeca constantemente recordaba que sus últimos cinco años en Nicaragua, sin duda, habían sido los más felices de su vida.

Así que cuando vio un anuncio en El Economista de Londres, sintió un ataque de nostalgia.

¿Qué harías vos para mejorar la vida de un niño?

Somos SalvaVidas, la ONG más importante del planeta destacada en el área de ayudar a niños. Nos da rabia saber que hay millones de niños quienes todavía carecen de servicios de salud, enseñanza, derechos humanos y protección adecuados. Estamos determinados a otorgar estos derechos a todos los niños del planeta y a ofrecer más y más programas para efectuar cambios positivos en la vida de millones de niños. Ya hemos mejorado las vidas de los niños en los países ricos desde hace décadas, pero ahora nos toca eliminar la hambruna, la desnutrición y las enfermedades prevenibles del resto del planeta. Todos juntos podremos darle un día más brillante a la niñez. Por eso, te solicitamos para el puesto siguiente:

Coordinador Internacional de Metodología de Enseñanza. $40,000 • San Salvador, El Salvador

Serás supervisora de un equipo de profesionales pedagógicos ubicado en ESTAFASA, la ONG salvadoreña que goza más influencia con el gobierno. Serás responsable por entregar materias de enseñaza, comida y artículos menores de higiene personal a las escuelas de alto riesgo en la República de El Salvador. Entrenarás un equipo de personal local en técnicas modernas de enseñanza de lengua, literatura, matemáticas y ciencias básicas. Les enseñarás cómo repartir estas nuevas destrezas de una manera humanitaria a personal mal preparado en el campo. Prepararás materias de evaluación con rúbricas de medir el progreso educacional. Le enseñarás al personal local cómo administrar estos sistemas y cómo mostrar el éxito del programa. En todo tiempo, estarás en contacto con los asesores de las Embajadas G-8 del país. Debido a la naturaleza delicada de este trabajo, de ninguna manera realizarás trabajos fuera de ESTAFASA ni comentarás nada sobre tu trabajo en ESTAFASA. Como parte de nuestro generoso paquete de compensación, recibirás un apartamento en el campus de ESTAFASA. De esta manera tu papel clave de proporcionar ayuda técnica al país, de asegurar becas exitosas y realizar investigación institucional fortalecerá el sistema educativo y el acceso para todos, tanto como nuestro principio de integrar la teoría, el apoyo y la programación de futuros programas.

Deberás tener bastante experiencia en el campo de metolodología y evaluación de la enseñaza en las áreas teóricas y prácticas. Tienes que hablar, leer, escribir y entender el español y el inglés al nivel profesional. También es preciso un récord exitoso de recaudar fondos, influir a personas de importancia y experiencia como gerente. REF: SVESSS13666.

Fecha de vencimiento: 2 noviembre del actual. Para solicitar andá a www.SalvaVida.org.US/ jobz .

El puesto requiere una maestría, preferiblemente en politología, desarrollo internacional o campo relacionado. Debés tener cinco años de experiencia, incluso conocimientos técnicos y administrativos de proyectos de desarrollo Democracia Guiada del Grupo G-8. Dicha experiencia mostrará la habilidad de trabajar "adentro de" y entender estructuras delicadas y minimalistas gubermentales y administrar programas bajo situaciones complicadas. Experiencia técnica y administrativa en Centroamérica es una ventaja. Destrezas básicas de computación son un requisito.

Rebeca se animó cuando se dio cuenta de que calificaba en todo sentido. Tenía diez años de trabajar en el campo educativo; y, en el museo, ella era responsable de elaborar textos didácticos relacionados con diversas áreas de la cultura. Ella publicaba no sólo en papel, sino en-línea, multimedia, audio y video.

Tres meses después, recibió una llamada de SalvaVidas para una entrevista. Al final de la entrevista, le ofrecieron el trabajo. Ese fue un día para conmemorar. Rebeca verdaderamente quería efectuar cambios positivos en la vida de los centroamericanos y a partir de ese momento, lo haría.

Cada vez que se miraba en el espejo, percibía las imágenes, de las cuales, se sentía orgullosa, imágenes que representaban The New United States, the United States of Obama, no de Bush. Era baja, delgada, de piel cobriza con trenzas jamaiquinas y ojos de color aquamarina. Su abuelo Seumas Aoisdán Bard era de ascendencia irlandesa, dicen que sus antepasados aprendieron a tocar el arpa con el gran Cearbhalán. Su abuela Jemoja Asé era yoruba, hija de babalao nigeriano, quien llegó a estudiar antropología en Barnard y eso la había impresionado. Su padre, Sean Osain Bard, era músico y etnomusicólogo en The New School. Su madre, Josefina de las Mercedes Godoy Hernández era hija de cafetaleros progresistas de San José de la Majada, quienes tuvieron que refugiarse en los Estados Unidos, después de recibir una mano blanca en la puerta.

La mudanza y los preparativos tomaron 3 meses. Para asegurarse, ella solicitó una ausencia de seis meses en su trabajo. Pero acordó que tendría el compromiso de regresar inmediatamente, después de cumplir esos seis meses.

Mientras tanto, tranmitieron el comunicado a todos los jefes de departamento de ESTAFASA, a las Embajadas G-8 y a la coordinadora regional de SalvaVidas. Neto tuvo una serie de reuniones con los representantes de varias embajadas y con los líderes de las ONG involucradas, donde formularon una estrategia común y le advirtieron a Neto que si algo, cualquier cosa, le pasaba a Rebeca, que él lo sentiría en su propia carne. El Agregado Cultural Británico se levantó y dijo:

-Como me dijo mi abuelo abakwá: "Ekue uson obonekué, erubé embori mapá, eriero". Es decir, "Chivo que rompe tambor con su pellejo paga".

Todos se echaron unas cuantas carcajadas y la reunión se terminó. Por razones de seguridad, ellos no divulgaron ninguna información adicional sobre Rebeca, sólo que era ciudadana estadounidense y que tenía unos apellidos extraños.

Neto ni siquiera leyó su currículum. El sólo pensaba en la mejor manera de aprovecharse sexualmente de todas las mujeres y para presumir de su experiencia en este ramo, decidió compartir el nuevo botín con sus compinches, Leonel "Macho

Man", Ricardo "Pelo Cagado", Juan Víctor "el árabe"; y, todos se fueron al Club 69 para hablar sobre el acontecimiento, mientras degustaban unas cuantas Pilseners.

-Técnicamente, la gringa tendría el mismo rango que yo, pero como ella no sabe absolutamente nada de la organización; y, menos, de las realidades locales y cotidianas, todo seguirá igual. Le daremos a investigar un papeleo que no tiene absolutamente nada que ver con nada.

-Excelente idea, Neto.

-Así que la podemos mantener completamente embobada 24 horas al día.

-¿Cómo sugerís que empecemos?

-Lo mejor sería que la pusiéramos a copiar toda la información de los centros de Grupo A —el de los departamentos costaneros. Así que empezará trabajando con vos, Machito.

-'Cause I'm a macho, macho man —cantó Leonel—... Oíme, ¿cómo es?

-¿En qué sentido?

-En todo sentido... ¿Es chelita o pelirroja? ¿Cómo tiene las tetas, bien jugosas? ¿Tendrá buena cuca?

-Será otra Pamela Anderson.

-¿Pero no tenés fotos?

-¿No te basta con saber que es gringa? Esas tipas nacieron con ganas de coger. Son grandes, así que tendrá unas enormes tetas. Entonces, tómense sus vitaminas porque si no, ella los va a dejar bien ahuevados. Eso es lo que les pasa a esos gringos. Se ven medio huevos, pero las gringas les sacan toda la energía porque ellas no quieren más que coger o darles una chupa-chup las 24 horas al día.

-Yo pensaba que eran ahuevados por huevones.

-N'hombre, los jueputas no se convirtieron en los dueños del mundo por ser unas mamitas. Lo que pasa es que cuando los apartan unos meses de sus mujeres, se convierten en sicópatas, peores que los nuestros.

-Allá el Mayor Roberto no hubiera llegado ni a ser cabo, mucho menos sargento. Mirá lo que ellos les hicieron a los alemanes en las dos guerras mundiales y los japoneses todavía andan con el rabo entre las piernas cuando ven a un gringo.

-¿Y qué pasó en Vietnam?... ¡Se cagaron el cerote real! ¿Verdad?

Finalmente, el árabe se decidió a hablar al escuchar tanta necedad que caía de todas partes, especialmente de Ricardo; y, poniéndose de pie dijo:

-Ni tenés puta idea de lo que estás diciendo, vos Ricardo. Al parecer tu Pelo Cagado se te ha regado bien entre los sesos. Vietnam fue como el Mozote, pero 24 horas al día, pura matanza, tiempo completo. Lo que pasó fue que se les acabó a quien matar y se aburrieron. Los rojillos, cabrones tan listos que son, evacuaron todo; y mientras tanto, los gringos se sentaban sin nada más que hacer. Ellos no encontraron mejor pasatiempo que sobarse los huevos. Entonces, cuando salieron los gringos, los rojillos dejaron que el pueblo regresara y gritaron victoria. ¿No ves que hace poco los vietnamitas recibieron a Mc Cain, como a un dios? Y pensar que ese fue un puto criminal de guerra que tiró bombas encima de los civiles.

-Árabe... ¿cómo sabés tanto de Vietnam si vos sos un turco de la mierda?

-Nací en Palestina, nos hacen lo mismo allá.

-¿No son israelíes allá?

-Verga diferente, pero nos pisan el mismo a- amo.

-¿Y acaso ella no tiene unos apellidos raros para ser gringa: Bard Godoy.? ¿No será hispana?

-Son apellidos irlandeses. ¿No te acordás de esa obra rara Esperando a Godoy por Samuel Beckett que estrenaron en el teatro el año pasado?

-Pero si la tía de mi esposa es Godoy y es de Chalate.

-Y todos ahí son cheles por los irlandeses que llegaron durante la colonia.

-Mañana, iremos al aeropuerto para cogerla, digo para recogerla. Y todos ustedes, gentuza que tengo que aguantar todos los días, la conocerán y si tenemos suerte, nos pedirá que la llevemos a un motel para acostumbrarla a la vida tropical.

Al siguiente día, todos concurrieron al aeropuerto. Allí, D'Artagnan y sus tres mosqueteros esperaron el Vuelo 991 de AAmerican Airlines. Aunque llamaron a Rebeca para decirle que la esperarían dentro del areopuerto, ellos no llevaban ningún rótulo.

-Conozco a una gringa cuando la veo.

Después de recoger su equipaje del carrusel, Rebeca se quedó esperando hasta que todos se fueron. Todos, menos un pelotón de cuatro hombres. Entonces, ella se arrimó al grupo y se dio cuenta de que esperaban a alguien y sin preámbulos, decidió presentarse para averiguar si eran de ESTAFASA.

-¡Qué no se vaya nadie! A lo mejor anda perdida entre las tienditas.

-Pero esas tiendas son sólo para los que se van del país.

-Entonces estará en la aduana explicando algo.

-Disculpen, ¿son ustedes de ESTAFASA?

-Estamos buscando a una gringa... ¿la has visto?

-Soy Rebeca.

-Mucho gusto... estamos buscando a una gringa, una mujer de los Estados Unidos.

-Soy de los Estados Unidos.

-Muy bien, ahora dejá de jodernos. Buscamos a una gringa y si no nos dejás en paz, llamamos a la policía y verás estrellas.

-Soy Rebeca Ewì Bard Godoy de los Estados Unidos.

-Eso no puede ser, buscamos a una gringa.

-Soy yo.

-No puede ser. Serás de Cuba, Brazil o de Panamá o posiblemente de la Costa Atlántica de Nicaragua u Honduras.

-¡Pero no todas las gringas somos blancas!

Al oír eso, Neto y Leonel se salieron del aeropuerto y tomaron un taxi para estar en ESTAFASA antes que el resto de ingenuos y para dar el aviso sobre la apariencia de la gringa. Se sintieron completamente decepcionados. Esperaban a Marilyn Monroe, a Jayne Mansfield, a Angelina Joli, a Megan Fox; pero llegó una mujer del Tercer Mundo, negrita, bonitilla, profesional, inteligente, trabajadora, amable, cariñosa, valiente –cuando ellos estaban esperando, con ganas, a una sex machine 100% USA.

Al llegar a ESTAFASA, la primera cosa que hizo Rebeca fue entregarle a Neto la Caja Magistral de Música Clásica de Deutsche Grammophon que había solicitado la sección cultural . El paquete consistía en diez CDs que conformaban la historia musical de la civilización occidental. Como chiste, siguiendo la sugerencia de la jefa regional de SalvaVidas, también le regaló a don Neto una copia de música cómica, empezando con Super Chicken de Jay Ward y Bill Scott, el cual sacó de inmediato para tocar ante todos:

Cuanto te encontrás en peligro,
Cuando te amenaza un extraño,
Cuando estás por recibir una paliza,
                    (klok, klok, klok, klok)
Hay alguien esperando que
Se apurará y te rescatará,
¡llamá a Súper pollo! (klok, bwak)

Al escuchar esa canción tan odiosa, Neto se puso rojo de cólera. Esperó que saliera la gringa y quebró cada uno de los CDs en mil pedazos con un martillo; luego, lleno de horror, puso todos los pedazos en una bolsa y los aplastó repetidas veces hasta quedarse sin aliento. No conforme con esto, pasó los añicos por su máquina de moler café hasta que se convirtieron en arena.

Al día siguiente, llegó el director de la sección cultural a buscar sus CDs.

-¿Cuáles CDs?

-Ahí están, encima de su estante de libros.

-Ahhhh... esos. Llegaron vacíos. A lo mejor, los aduaneros los encontraron subversivos.

- Ahhh, entiendo...

Pero el director cultural no entendió nada. Y, entendió menos el viernes siguiente, cuando a la salida le dieron una carta de despedida. Le entregaron específicamente un sobre con mil dólares y un aviso de que nunca volviera a ESTAFASA, bajo pena de encarcelamiento.

En honor a Rebeca, Neto hizo una orientación general al día siguiente, en la cual enfatizó la necesidad de guardar silencio y de ser leales a la empresa. Fue un discurso demasiado largo, en el cual, repitía el mismo lema al final de cada párrafo: "Todo lo de ESTAFASA se queda en ESTAFASA", Así logró solidificar esa atmósfera estéril de paranoia y valeverguismo. Neto, quien antes no temía a nadie, obviamente sucumbió a algo que tenía esa mujer morena y esbelta. Obviamente, era una mujer de buenos sentimientos e inofensiva. Razón por la que su mera presencia le causó varios tics nerviosos, hasta el punto de tener que excusarse y dejar todo en manos de "Pelo Cagado".

Apenas salió del cuarto, todos estallaron como si fueran niños de segundo grado. La Morsa le tiró una bola de trapos mojados a Leonel. Y, de inmediato, todos comenzaron a gritar. Algunos de los hombres se atrevieron a manosear a las secretarias; otros las persiguieron para hostigarlas y éstas corrieron despavoridas. La persecución llegó a su fin hasta que las atraparon en un rincón y se apoderaron de ellas.

Leonel sacó un cuchillo ante Juli Travi, cuando ésta le agarró el pirulí.

-Drugui, dejame vidyerte tu bolsha shlaga jarashó

-Vidyi vos ili te abro las kishkas con mi britva.

-Nye ti interesovat sladka devushka? Vamos, malchik, a lyublilub.

-Ti pyanitsa? Ti doy bolsha tolchok.

Juli, entonces, comenzó a darle una chupa-chup ahí mismo.

Neto, mientras tanto, estaba echando la vomitada de su vida en el baño. Luego de descansar unos minutos, se lavó los dientes y retornó al salón. Al entrar, notó cosas bien extrañas: que algunas secretarias estaban sentadas en el suelo y llorando, que algunos de sus colegas estaban callados como si fueran gatos comprados, que Leonel tenía cara de hombre perdido en el espacio exterior y que la Juli Travi tenía grabado un nuevo bigote blanco. Y antes de que Neto pudiera gritar a las treinta mil putas, unas secretarias viejas, feas, pero evidentemente felices entonaron:

-Neto, que presentación más jarashó la de Pelo Cagado. Hizo un trabajo magistral y no pasó absolutamente nada. Dios lo bendiga a este malchik por su cariño y generosidad.

Rebeca, quien se quedó atónita ante semejante escena, le preguntó a la Morsa qué acababa de pasar.

-Como dicen ustedes, los gringos –*When's the cat's away, the mice will play*. ¿Nos creés diferentes a nosostros? Es la naturaleza humana. Cuando no está el jefe, todo se hace anarquía. Si no tenemos un arma apuntada a la cabeza, no trabajamos, comenzamos a robar y violar. Ya lo viste.

-Pero, ¿por qué hablaban ruso?

-Ahh, esas fueron unas palabras que nos enseñaron durante la Guerra Civil, por si acaso ganaban los rojos. Ellos tenían planeado violar a todas las mujeres y mandar a sus hijos bastardos a Siberia. Los rojos harían esto a cambio de los billones de dólares que recibieron por parte de los rusos. Pensaron que así, podríamos disfrazarnos como rojillos hasta escapar del país. Esos rojos sólo pensaron en violar y matar. ¿Sabés que ellos mismos mataron a Monseñor Romero para calumniar al Mayor Roberto? Así son de malvados. Y en tu país los comunistas demócratas siguien creyendo eso.

-He oído algo así.

Rebeca volvió a su apartamento para descansar y tratar de descifrar los sucesos del día.

Neto convocó a su grupo de psicópatas para advertirles del peligro que representaba Rebeca.

-Tengo un cuñado policía... la puede violar y desaparecer sin problema.

-No, cualquier cosa que le pase nos perjudicará... lo puedo husmear con mis sentidos tecolóticos, se los juro.

-No sería mejor dejarla en paz, dejar que haga su trabajo por unos meses. Seguramente, se va a aburrir rapidito en un país tan chico.

-N'hombre, a lo mejor llegó acá para buscar a un hombre.

-Entonces, tendremos que boicotearla. Nadie va a intercambiar ni una palabra con esa zorra.

Desde aquel entonces, todo el mundo evitaba a Rebeca lo máximo posible, ya sea por su propia ignorancia o por miedo a Neto. La tenían reduplicando los reportajes de Sección A para utilizarlos en Sección B, donde se hacía el trabajo político; pero olvidaron que de la mentira nace la verdad, tarde o temprano. Sin saber por qué, ella se dio cuenta de que algo andaba mal. Sobre todo, por la insistencia de ese extraño lema que Neto repetía a cada momento: "Todo lo de ESTAFASA se queda en ESTAFASA," Algo que constantemente le evocaba el proverbio yoruba: "¡aya ¡agüé íayé ¡aa fisí" o sea "Todo lo que sabemos se queda aquí".

A ella le dolió mucho el tratamiento que recibió de sus colegas y valoró que a todos les faltaba contacto con el mundo exterior. Para olvidarse de todo, decoró su espacio de trabajo lo máximo que pudo y se dedicó a escribir un diario sobre los raros sucesos.

En el periódico mural ubicado atrás de su escritorio, Rebeca colocó un póster color blanco y negro que contenía las palabras enigmáticas KLAATU BARADA NIKTO. En el fondo del póster, aparecía un hombre en uniforme metálico quien miraba hacia adelante con sus ojos contemplativos. Detrás de él había un robot y una puerta abierta que de alguna manera insinuaba: una invitación para entrar en un vehículo o en el edificio metálico. Un día, Juli Travi observó el póster detenidamente y se fue en seguida, a la oficina de Neto.

-Neto...

-¿Qué?... ¿qué querés?

-¡Esssa mujer es una activista comunista!

-La negra... la supuesta gringa. Esa flacucha... ¿comunista?... ¡no jodás!... tengo goma. Anoche no dormí porque me fui a ver el show de Merchita... ¿la gringa?... ¿decís que es rojilla?

-Sí, Neto... ¡es una roja rematada! Tenés que verlo vos mismo.

-¿Ver qué?

-Tiene un póster de Stalin en ruso y creo que dice

"Muerte al Cristianismo" o algo así. Recuerdo que losss alumnos de la Nacional decían algo semejante. Cosas que aprendieron en susss clasesss de ruso.

Neto caminó por el escritorio para comprobar lo que le contó Juli Travi y volvió a su oficina. No se molestó en decirle que la Universidad Nacional, durante ese entonces, no ofrecía clases de ruso.

-Pues...

-Pues, ¿qué?

-¿Lo viste?

-Es un póster

-Es un póster subversivo. Si estuviera el Mayor Roberto, le sacaría la puritica verdad en 10 minutosss.

-Voy a hablar con mis contactos en la embajada. Mientras tanto, con la boca cerrada. No quiero que se dé cuenta de que la estamos vigilando... por si acaso es terrorista. Así se llaman los subversivos hoy en día: terroristas. Y ahora son musulmanes. Ese póster puede ser en árabe.

-N'hombre, Neto. Losss árabesss escriben con patassss de pollo, al igual que losss chinosss. La única diferencia esss que losss árabesss escriben al revésss, mientrasss losss chinosss pintan dibujosss.

-¿Con patas de pollo?

-¿De qué otra manera se puede escribir así?

Neto llamó a la embajada. Su entrenador, digo contacto, digo liaison politique le sugirió que sacara una foto del póster ese, y que se la mandara por fax cuanto antes. Le advirtió que si era en chino, podría ser Falun Gong, un grupo de subversivos nefastos que quieren apoderarse del mundo a través de huelgas de hambre; si era en árabe, seguramente podría ser al-Qa'ida. Neto hizo todo exactamente, según las instrucciones de Malcolm Shithead, el encargado de asuntos políticos de la embajada. Mientras tanto, todos los empleados de todos los departamentos de ESTAFASA conformaron un lento desfile frente al póster de la gringa. Juli Travi regó la bola –Ella no siguió los consejos del jefe–. Tarea difícil; puesto que sugerirle a ella que se callara la jeta, era como decirle a un perro que no se lamiera el trasero. El perro lo hace todos modos.

El Dr. Shithead se quedó perplejo ante la foto. Descubrió que no era una escritura rusa, china ni árabe. Tampoco se trataba de una lengua común; cosa que comprobó cuando pasó la expresión por la computadora. Pero las palabras sí eran conocidas. Se puso a meditar el problema y llegó a la siguiente conclusión: seguramente estaban escritas en código, un código con complejos algorizmos. Pero ya era tarde y se fue a dormir. Y fue ahí, en su propio dormitorio donde se dio cuenta de que su esposa tenía otro póster con las mismas palabras –era de The Day the Earth Stood Still; El día en que la tierra se quedó quieta, una película clásica de los años cincuenta. Al día siguiente, llamó a Neto:

-Neto, lo descifré. Me tomó toda una noche de trabajo difícil, pero lo hice. Es algo inocuo, pero aprecio tu atención al detalle.

-Sí, mi jefe.

-Neto... seguí con tus esfuerzos de erradicar a los enemigos de la democracia.

El mentado Dr. Shithead volvió a sus labores, convencido de que tanto Neto, como su grupo de payasos, representaban el verdadero peligro para el país, para la región y para el planeta.

Rebeca, por su parte, notó la paranoia de la institución. Síntoma que se percibía desde las cosas más simples como la obsesión de ilustrar cada poster, cada mural, cada boletín, cada revista educativa, cada hoja de instrucciones e incluso cada email, con el mismo lema. Ese lema repetido hasta el cansancio en los discursos de Neto: "Todo lo de ESTAFASA se queda en ESTAFASA".

Pronto, se dio cuenta de que Neto estaba

observando todo, a través de su red de esbirros y del sistema tecnológico instalado por todas partes. Evidentemente, Neto gastaba más dinero en seguridad que en los programas mismos. Era obvio que la organización tenía propósitos escondidos que corrían al contrario de los anunciados. Evidentemente, la clave de todo estaba en la sección B. Todo esto le molesaba a Rebeca. A ella no le interesaba investigar la mugre de ESTAFASA, pero en un país donde en apariencia, las cosas flotan tranquilamente sobre la superficie de aguas mansas, todos deben tener cuidado con las corrientes secretas, profundas y primordiales que de pronto, sienten la necesidad de emerger en tumultuosos remolinos para mostrar su poder; para mostrar al mundo que antes de los gringos, pasó por el territorio, un tal Pedro de Alvarado; y que antes de Alvarado, existió algo importante allí.

A Rebeca todo eso le parecía absurdo. Ella sólo quería trabajar unos cuantos meses, aprender lo que podía durante su estancia y finalmente, deseaba regresar a los EEUU. Las trampas de Neto y sus secuaces se multiplicaban cada día más. Su agresión no tenía límites. Pero algo, quizá su nahual de oveja negra, quizá su tonal –la que en buena hora nació, hacía que los planes de Neto se le fueran por la borda. Entre más se empeñaba por sacrificar a esa oveja negra, más luz caía desde arriba, más feroz se hacía la oveja hasta el punto, de que ella parecía estar dotada con garras y fuertes colmillos.

Un día, Neto decidió mandarla a visitar las escuelas de la sección B, una acción que quebrantaba completamente el convenio de trabajo.

-¡Juli!

-¿Neto?

-Tenés que ayudarme, estoy harto de esa gringa-conguilla.

-¿Así que no es ninguna Pamela Anderson?

-¡Dejá de joder! Quiero que me la perdás lo más rápido posible.

-Pero, ¿cómo?... es una gringa... no la puedo matar... ¿qué querés que haga?

-Cualquier cosa para convencerla de que se vaya.

-Pero, ¿qué ha hecho?

-Hasta ahora... nada... pero mis instintos tecolóticos me dicen que nos va a delatar en la embajada. Y eso significa que será el final del proyecto.

-Pero... Si sólo hacemos lo que nos piden.

-¿Y cuántas veces te he dicho que si todo cuanto hacemos llega a la luz del día, estaremos jodidos?... Somos los basureros de los gringos, ellos tienen miedo de embadurnarse las manos. Cualquier rastro de papel, cualquier dato... y nos entierran.

-¿Entonces?

-Llevala por el campo, dale el susto de su vida. Pero indirectamente. No la amenacés vos misma. Vos tenés que ser la heroína en todo eso.

Juli la llevó a La Palma, al día siguiente. Se fueron en un bus chatarra, con ráfagas de humo, sin frenos ni amortiguadores, pero el chofer iba sin miedo. Rebeca se quedó maravillada de ver tanta belleza natural en un país desértico. La gente le había dicho que el país era un desierto, sin árboles. Desde la distancia percibieron el horizonte fronterizo; ahí estaba El Poy.

La Juli era responsable de la ruta y decidió que era mejor bajarse antes de llegar a la ciudad. Caminaron por una calle ancha y llena de polvo; luego, por una vereda barrosa que las conduo hasta una chocita ubicada frente a la carretera. Una vez allí, la Juli compró dos tazas de un líquido color café. La vendedora sacó el líquido de un balde de plástico; luego, les ofreció dos pedazos de masa de elote envueltos en hojas de plátano, las cuales, habían sido previamente tostadas sobre las brasas. La Juli echó un poco de salsa picante a las tacitas y le extendió a Rebeca una taza y un pedazo de masa. Ella los recibió con una sonrisa bondadosa.

-¡Ay Juli, tan amorosa que sos!... ¡Qué delicia!... ¿Cómo se llama?

-Atol shuco y rigua. El atol shuco hace milagros y cura todo. Necesitamos energía porque tenemos que caminar por más de 3 horas.

Rebeca le dio un abrazo a Juli por compartir su cultura y su comida. Juli, por su parte, se quedó perpleja, no sabía si la gringa era demasiada tonta o lista. Minutos más tarde, la agente secreta de Neto inició su plan terrorífico, para lo cual, decidió llevársela por una senda larga y acuosa entre las milpas. Rebeca estaba deslumbrada y no hacía otra cosa que mirar todo en detalle. Parecía una niña respirando la hermosura del campo, mientras que la Juli estaba casi paralizada por el miedo; sobre todo, cuando de repente, escucharon un susurro bien fuerte, "jjjjsssssjjjjsssssjjjj." Entonces, miraron hacia arriba y descubrieron que entre las ramas de un árbol de mango estaba un tigrillo. Rebeca sacó su celular para tomar fotos, mientras que la Juli se puso pálida por el susto.

Una hora después llegaron a un caserío de champas de bambú y tihuilote, cubiertas con plástico. La escuela blanquiazul era la única estructura que parecía permanente. Había, sin embargo, una grieta en la pared. Las champas en conjunto parecían incapaces de aguantar otra temporada. En la entrada de la comunidad, la directora y una maestra las estaban esperando, bajo el sol para recibirlas con grandes muestras de afecto. Con un poco de vergüenza, la directora les explicó que los servicios sanitarios no servían por falta de agua potable. Pero para evitar que se deshidrataran y para mostrar hospitalidad, la directora envió a una niña a una tiendita cercana para que comprar dos litros de soda. Entonces, Rebeca sacó 3 billetes de veinte dólares y le preguntó:

-¿Esto es bastante para comprarle algo a los niños?

-Demasiado, tenemos 200 niños, pero en esta época sólo están asistiendo alrededor de unos 100. Todos están trabajando en el campo, en las cosechas.

-¿Y hay una tienda cerca de aquí?

-Claro que sí... Si estamos a doscientos metros de la carretera.

Con eso, Rebeca se sonrió. Estaba muy segura de que la Juli Travi no era una mujer para trepar por la selva, y que todo cuanto había ocurrido formaba parte de un plan. Quién sabe para qué propósito. Meditaba sobre la situación, sin decir nada. No hacía más que sonreír para disimular un poco, para no levantar sospechas. Y, luego, cuando la niña regresó con unas bolsas llenas de confites y chips, ella se entristeció al ver cómo esas pobres criaturas desnutridas comían con tanta avidez. La niña le dio un recibo con el vuelto –exacto al penique–. Entonces, Rebeca puso el dinero en la mano de la señora:

-Señora Directora, ¿será posible usar este dinerito para comprar un poquito de carne y pedirles a los niños que cada uno trate de llegar mañana con un vegetal, aun si se trata de un granito de arroz?

Al presenciar eso, Juli Travi se enfureció por dentro. La bilis estaba a punto de rebalsarle por los oídos y se encachimbó tanto que hasta parecía expulsar por los orificios nasales un humo de los treinta mil demonios. Lo que acaba de ver era algo insólito–regalar a los débiles en vez de quitarles.

Eso era el colmo. ¿Cómo era posible que alguien les estirara la mano en lugar de patearlos? ¿Cómo era posible que les dirigieran dulzuras en lugar de insultos soeces? ¿Y de dónde...? ¿De qué clase de país había salido esa mujer que actuaba de esa manera? ¡Tan ingenua, tan inocente, tan tribilina! ¡Sólo una gringa! Sólo una gringa robaría a los dueños legítimos del país para después regalarles a los pobres –violando así la Ley de Jonás: "Al jodido, joderlo más–". Sólo una gringa declararía que todo país debe ser soberano; y, además, que existen los derechos para los desamparados –violando así la Ley del Embudo: "Ancho para otros, estrecho para uno". Sólo una gringa negaría las posibilidades de libre comercio y después ordenaría comida gratis para todos –violando así la Ley del Balleno: "El que toma, va lleno–". Por poco, esa gringa derroca los fundamentos de la sociedad guanaca. Más que todo estaba rabiosa porque perdió su oportunidad de extorsionarle un pollo a la directora. Porque como solía decir la Juli Travi en cada visita escolar: "Yo no busco la comida. La comida viene a mí". Y, esa vez se quedó incluso sin el chunchucuyo, su parte favorita. Por supuesto, que le cobraría dos en la próxima visita, pero en ese momento tendría que comer sólo una ración de pupusas; en lugar, del pollo con el que tanto había estado soñando todo el día.

Al salir del caserío, la Juli Travi ni siquiera tomó la ruta larga. Caminó directamente hasta la carretera donde abordaron el bus chatarra que las condujo hasta el empalme de Chalate. Allí se bajaron y esperaron por otro transporte llamado el súper-especial. Durante el camino no dirigió ni una palabra a la gringa, a lo mejor porque tenía la boca completamente torcida en su cara de cuca.

Al día siguiente, fue el turno de la terrible

Morsúbela. Y ella decidió llevarla a la zona más peligrosa donde habita la fiera más terrible de todas: el hombre. Y esa selva estaba ubicada en La Coruña de Soyapango. De acuerdo con las instrucciones, Rebeca tomó el microbús hasta el centro, donde se reunió con la Morsa y caminaron hasta el Parque Barrios, como a eso de las diez. Para Rebeca, era como estar en Coney Island. La tal Morsa estaba impaciente por ver la cara de susto de la gringa y se la llevó por las calles más peligrosas con la intención de que un marero las asaltara. Lo que la Morsa no sabía es que la gringa había llegado unas horas antes para visitar la Catedral, la gruta de Monseñor Romero, el Palacio Nacional, la venta de DVDs en Calle Arce y el Mercado Ex-Cuartel. A ella no le ocurrió nada en particular; sólo que no pudo comprar casi nada porque nunca andaba con mucho dinero; tan sólo con sentido común.

A cada paso que daban, la Morsúbela se mordió la lengua de cólera porque no logró asustarla durante todo el camino. Rebeca hablaba llena de entusiasmo sobre las artesanías legítimas en el país, sobre las gangas de ropa y zapatos que encontraba por todas partes y que, seguramente, otro día tendría la oportunidad para comprar algunos suvenires baratos. Harta de caminar, la Morsa se la llevó hasta la parada del transporte colectivo donde tomaron el microbús hacia Soyapango. Y ella decidió que tomaran el microbús y no el bus, porque ese fue su último intento desesperado para amedrentarla. Y el tiro le salió por la culata. Lejos de lo que ella había planeado, Rebeca disfrutó el paseo del terror como si fuera un gran espectáculo.

Y es que en El Salvador, los microbuseros son un grupo aparte. Son seres nocivos y completamente desalmados. Algunos los califican como seres divorciados de la raza humana, o más bien, los consideran como los refugiados de Xibalbá. Para colmo, son tan infortunados e indeseables que hasta fueron rechazados por los escuadrones de la muerte, por ser demasiado sádicos. Por otra parte, también han sido marginados por todas las maras de Centro América, debido a la crueldad innata que los caracteriza. Excomulgados de todos los asios, por su insanidad incurable, no les quedó otro remedio que formar sus propia sociedad. No se abrumaron. Ellos contemplaron la vida como si fueran niños sentados frente a una pantalla de video-juego, pero con la oportunidad de tener un control remoto en la mano. Ellos ganaron puntos por ser los primeros en llegar, por poner en marcha el microbús, empujando a todos, con brazos, piernas y cabezas. Ellos estaban afuera siempre, listos para la guillotina del tráfico. Siempre había dos haciendo carrera de punto a punto, con sus ojos de amfetamina, con esas pieles jamás bañadas, con esa forma peculiar de gesticular y moverse, cual raza de zombís ambulantes que nunca dormían. Seguramente, ellos fueron sentenciados, por algún Dios cruel y terrible, a cumplir una eterna y absurda condena. La condena de permanecer atados al timón por el resto de los días, y de los días, de los días, hasta el juicio final. Nadie en todo El Salvador, los ha visto comer ni beber, sólo gritar obscenidades a los cuatro vientos como si ese fuera su único sustento. Sin embargo, eran imanes para las mujeres solteras, para las desesperadas, para las calientes que nunca pudieron ser satisfechas por ningún otro; para las viejas, para las jóvenes, para las ricachonas, para las intocables y hasta para las monjas. Atados a sus timones, todos producían al por mayor una cadena de bastardos mal nacidos, cuya alcurnia llegaba hasta Caín. Pero nadie supo ni cuándo, ni dónde, ni cómo estos presos de la perdición se copulaban con dichas mujeres. A lo mejor, durante la madrugada, mientras estaban encadenados dentro de sus microbuses, de pronto, eran visitados por misteriosas mujeres, que salían quién sabe de dónde, en pos de su satisfacción infernal. Por tanto, ninguna mujer casta o católica se arrimaba a un microbús. Dicen que las mujeres sentían las feromonas microominibúsicas a la distancia de cien metros. Rebeca misma, cuando viajaba en el microbús, sintió unas tremendas ganas de frotarse y tuvo que retirar la mano al darse cuenta de que estaba entrando en una zona erógena. Según dicen, la época más terrible por la enorme cantidad de copulaciones escandalosas, fue la de los terremotos, cuando la gente salía a dormir en las calles por miedo de morir cuando se caían los escombros de las casas. Los microbuseros también tuvieron que encontrar donde parquear por la calle. Ellos fueron encadenados dentro de sus vehículos, por órdenes del Alcalde de San Salvador, puesto que los microbuseros representaban un gran peligro para la moral y la decencia de la patria. Y esto se agravó durante esos días, ya que muchas mujeres, fueron víctimas de un extraño fenómeno de feromonas alteradas, y fue frecuente ver cómo ellas caminaban o gateaban sonámbulas por la vía pecaminosa. Otras, sólo se salvaron de las críticas porque actuaron como gatas en celo que se aparean en la privacidad. Ellas se salvaron al descubrir que al amanecer, estaban al final de una fila infernal. Y la música que esos seres abominables tocaban todo el día, a pesar de ser la más chocante, la más vulgar, la más obscena, la más cursi, –sea rap, ranchera, reggaetón o metálica-, funcionaba en ellas como un llamado. Esa música sonaba como la diana de las huestes de la Apocalipsis.

Pero para Rebeca, los viajes por San Salvador

fueron un gran show. Ella contaba cuántos pasajeros sufridos solían viajar en un transporte colectivo pequeño. Y en su récord personal registró: 52 personas en un solo microbús. Para comprender un poco más la sociedad salvadoreña, decidió comprar un artículo de todos los productos que en las calles más pobres, ofrecían los vendedores ambulantes, y con frecuencia, entablaba con ellos una pequeña conversación. Por otra parte, ella siempre regalaba monedas a todo mendigo–aun si no tuviera cara de marero; y, constantemente, solía escrutiñar los tugurios con un ojo crítico para calcular cuántos vivían en cada barranca. Pero lo más importante es que ella escuchaba con esmero todos los detalles de los acentos salvadoreños.

La Morsúbela estaba lejos de comprender que el viaje de dos horas a Soyapango fue toda una lección sociológica para Rebeca. El microbús permaneció largo rato parqueado en el tráfico. Una vendedora ambulante ofreció pupusas a los pasajeros y Rebeca se comió dos de queso, que estaban saturadas de grasa –esa grasa que rejuntan detrás de KFC, Pollo Campero, Burger King y Pizza Hut, media rancia, pero llena de sabor. Para muchos, era un juego descifrar de dónde provenía la grasa. Algunos extranjeros manifestaban que no era aceite, sino que ese saborcillo era de papa refrita, o de ave sazonada con aceite y especias italianas.

En La Coruña se bajaron y caminaron media cuadra hasta llegar a una casa de cemento. La Morsúbela tocó la puerta y gritó a todo pulmón, "¡Soy la Morsaaaaaaaa!" De repente, ellas escucharon que alguien estaba abriendo alrededor de una media docena de cerrojos; y, luego, a puerta se fue abriendo despacito. Desde la oscuridad interna, unos ojos verdes observaron detenidamente a las dos mujeres; y desde el fondo, vibró la voz de un hombre terriblemente desentonado que intentaba tararear una canción ranchera de Paquita la del barrio. Parecía más bien el gruñido de un animal salvaje y mal herido, que evidentemente estaba sufriendo una terrible agonía.

El hombre de ojos verdes las condujo por un pasillo angosto que se abrió hasta una sala enorme. Allí encontraron al animal cantor tendido sobre un sofá. El terrible cantor cubría sus vergüenzas tan sólo con un pantalón corto, mientras que el resto de su piel estaba descubierta, mejor dicho, naturalmente poblada por infinidad de tatuajes:

Rata inmunda
animal rastrero
escoria de la vida
adefecio mal hecho

. . .   .
rata de dos patas
te estoy hablando a ti
porque un bicho rastrero

aun siendo el más maldito
comparado contigo
se queda muy chikito

Al terminar la canción, la Morsa hizo las presentaciones.

-Rebeca, este es el Alacrán, algunos lo llaman Kúlut, su nombre en náwat.

-Es un placer.

-Igualmente.

-El Alacrán es nuestro guía, aquí en La Coruña. Si no fuera por él, no tendríamos programas aquí y los niños no tendrían quien les escudriñara su proceso educativo. Y sin asesoramiento ni evaluación, las maestras se perderían y la comunidad tendría que cerrar las escuelas y muy pronto estaríamos como en Cuba, donde no hay ni escuelas ni comida ni ropa. Por eso le doy gracias a los Estados Unidos, por mostrarnos el camino hacia la libertad y la prosperidad. Si nosotros sólo fuéramos bastante inteligentes para hablar inglés, este sería un país civilizado. Tenemos carreteras, malls, hoteles de cinco estrellas, restaurantes norteamericanos como Wendy's, un ejército que lucha en Iraq. Lo único que nos hace falta es una lengua civilizada.

-¿Y qué opina usted, don Alacrán?

-Just call me "Alacrán."

-You speak English, what a surprise!

-I was born in LA. My brother wanted to go to college but he was born here so we switched IDs, so he could get financial aid. I got busted for gang-banging and they sent me back on the next plane out. I hooked up with some of my boys I met on the plane and here I am in lovely La Coruña, eatin' shit for a livin'.

-And your brother?

-He's fine. He made it into med school, pinche cabrón que es. Por lo menos algo bien salió de la familia. Nacer en los Yunai no me ayudó a mí pa' na'.

-Pero no se ve tan mal.

-De acuerdo, aquí con un poco de pisto se vive más o menos como allá en el barrio. Pero las cosas que se ven, las cosas que hay que hacer para vivir. Eso no es vivir.

-Entonces, ¿qué cambiaría?

-Todo, pondré a la gente a entender, a trabajar junta para mejorarse. Como dice mi canción favorita: We are the world, We are the children.

-¿Y se puede hacer eso aquí, en este país?

-No, a menos que haya enormes cambios.

-¿Por ejemplo?

-Primero, de gobierno, tener gobiernos comprensivos en los dos países. Y los de aquí tienen que invertir en la gente de aquí. Si ellos quieren paz social, tienen que pagar –por eso nosotros cobramos renta–. No se puede vivir como millonario si el resto del país se muere de hambre.

En este momento, la Morsúbela, estaba más furiosa que nunca; como nunca antes había estado en sus 39 abriles y decidió cambiar la conversación.

-Es hora de visitar la escuela. No olvidés, Rebeca, que estamos aquí para servir al pueblo, como dijo Alacrán, todos tenemos que cumplir nuestro deber. Si no, lo poco que tenemos se desvanecería como el polvo.

Mientras Rebeca se despidía de Alacrán con un abrazo, vio por el rabo del ojo que la Morsa sacaba de su cartera, un sobre mediano, el cual dejó sobre la mesa. Supuso que era el dinero de la renta o sólo un regalito para congraciarse con el tipo. Ella nunca le preguntó.

Una vez en la calle, ellas caminaron en profundo silencio sobre una calle muy concurrida por pandilleros y otras personas de aspecto peligroso. Ahí Rebeca se hizo la gringa, sólo movió la cabeza para contestar los saludos de la gente. Al llegar a la escuela, la Morsúbela se fue con la directora, mientras Rebeca se quedó sentada afuera de la oficina. Al parecer, hablaban acaloradamente. Intrigada, Rebeca movió el asiento cerca a la ventana de la oficina, para escuchar la conversación entre las dos mujeres.

-Aquí está, Licenciada, un pollito con frijoles y encerrado en plástico como le gusta.

La Morsa le explicó que era necesario un cambio, un ajuste en el menú, . . . y que era mejor convidar a la gringa para apaciguarla.

-¿Nos lo puede servir por favor con 2 platos, con

picante y limón?

La directora asentó afirmativamente con la cabeza y envió a una empleada a la cafetería para que trajera el limón, los condimentos adicionales y un par de bebidas . La Morsa abrió la puerta y gritó:

-Rebeca, ¿vos comés pollo, verdad?

-Hoy no, gracias.

A Rebeca le dio asco la idea de quitarle la comida de la boca a los demás. Sobre todo, cuando una gordís como La Morsa le robaba a la gente pobre.

Durante las semanas sucesivas, Rebeca salió con alguien diferente todos los sábados por la noche. Lo malo es que se trataba de sus propios colegas de ESTAFASA, quienes se mostraban amables y solícitos con ella, tan sólo para cumplir con las recomendaciones de Neto. Ella hubiera preferido declinar las invitaciones. Pero las aceptaba porque eran parte de su trabajo.

El Árabe la invitó a conocer un restaurante por el empalme de Ilobasco. Después se la llevó al patio para que tomar una siesta en la hamaca; pero allí mismo él descubrió que esa mujer era seria y no actuaba como la Loyda, su amante. El siguiente fin de semana, "Pelo Cagón" se la llevó a la Zona Rosa para cenar en un salón de billares. Allí, Rebeca jugó 21 con él, sin decir ni chus ni mus. Para no ser descortés también tuvo que salir con Leonel Menchaca, el más asqueroso de todos, quien la llevó a degustar frutos del mar en el restaurante de la Posada Auto-Amor, una nueva especie de motel para los adinerados. Rebeca sólo abrió la boca para comer con ansiedad, como si estuviera en una especie de maratón.

Al final de todas las citas, Neto sintió un barrunto. Pensaba que sólo era una cuestión de tiempo, y cuando por fin se aparecieran los Trece del Gallo... ya habría cantado el tecolote.

EL ÁRABE

Pues, soy el jeque de Arabia
tu amor me pertenece a mí.
Pues, de noche mientras vos dormís
deslizaré adentro de tu tiendita.
Las estrellas que brillan arriba
iluminarán nuestro camino de amor.
Reinarás en este mundo conmigo,
soy el jeque de Arabia.

Harry Beasley Smith,
Ted Snyder & Francis Wheeler.
The Sheikh of Araby

AHYA Mansur 'abd-al-Kuss nació y creció en Palestina, un lugar en el que aprendió perfectamente el significado de tener que comer la mierda de los de arriba, puesto que desde muy temprano sufrió todo tipo de hostigamientos, por parte de los israelíes, a quienes siempre calificó como seres arrogantes. Después de varios años de duro trabajo y de fuertes sacrificios por parte de su familia, logró obtener varios títulos en el área de ingeniería química. Y eso fue un verdadero logro para él, ya que siempre soñó con ponerse al servicio del futuro Estado Palestino. Pero el mismo día de su graduación, cuando recibió el título de Doctor en ingeniería química, fue arrestado por las fuerzas israelíes por "tener conocimientos inímicos al bienestar de Israel".

La familia estaba destrozada. Todos sus parientes intentaron hacer algo, pero para su infortunio, el joven fue puesto en total aislamiento durante 18 meses; medida innecesaria ya que ningún país árabe lo habría recibido por miedo a la posibilidad de provocar un ataque israelí, en represalia por socorrer a un supuesto terrorista.

Después de una prolongada angustia, la familia finalmente, logró contactar a un primo lejano, quien se había ido a pelear contra los infieles rusos en Afghanistán. El le consiguió una visa temporal; y, así, logró salir de su confinamiento. Malafortunadamente, no sabía ni una palabra de pathan o iraní; por otra parte, le repugnaba todo el fanatismo que encontró por todos lados. A cada paso por ese nuevo espacio recordaba que, por lo menos, en las cárceles israelíes, había tenido la oportunidad de leer libros clásicos en inglés y textos de lenguas extranjeras; pero en Afganistán, el único libro permitido era el *Qur'an*. Eso no fue lo peor; el mundo se convirtió para él en una pesadilla cuando fue obligado a presenciar los ajusticiamientos, en la antigua arena de fútbol: parejas enterradas hasta el cuello o lapidadas por cometer el crimen de amar; viudas asesinadas por mendigar en la calle; pobres mutilados por satisfacer el hambre con un panecillo robado.

Un día, harto de vivir de las migajas de esos locos obsesionados, decidió caminar hasta Peshawar, en Pakistán. En Peshawar, aprendió bastante Urdu para encontrar un trabajo como maestro de árabe e inglés. Después de unos meses, ahorró bastante dinero para tomar el bus para Karachi, donde encontró trabajo como ingeniero de barco. Y, navegó por todo el mundo.

Desafortunadamente no vio nada, porque el barco siempre estaba por hundirse y él pasaba todo el tiempo reparando los motores –los dueños no invirtieron nada en su ganso de oro y ya se estaba muriendo–. Tampoco recibió su pago. Desesperado, bajó del barco en Colón, Panamá a buscar su fortuna.

En Panamá, lo arrestaron rápidamente por extranjero indocumentado. Y como el desgraciado hombre no tenía papeles, las autoridades no sabían adónde mandarlo, aunque algunos sugirieron que mejor lo lanzaran por el canal para evitar problemas. Pero tenían miedo de que él fuera miembro de algún grupo terrorista y no querían que el país pagara las consecuencias. Los policías no sabían qué hacer con él. Mientras tanto, él permanecía en el calabozo, leyendo libros en español, lo cual le permitió, poco a poco, aprender la lengua. Tampoco se quejaba por la comida. Todos los días los guardias le llevaban abundantes raciones de arroz y frijoles. Por otra parte, nadie lo molestaba ya que tenía la suerte de caerle bien a todo el mundo; y aunque no hubiera sido así, también lo habrían respetado porque algunos pensaban que, con esa cara de tramposo, a lo mejor había sido policía en su país natal.

Después de dos semanas, llamaron al capitán general del comando policíaco para que decidiera qué hacer con el prisionero.

-Nunca hemoj tenido un caso así, no quiere darnoj ninguna indicación de dónde viene, parece que ej refugiao.

-Entoncej, o será nica o guanaco.

-Pero, capi, si ni siquiera habla una palabra de ejpañol... Parece máj bien turco o hindú.

-N'hombre, ej demasiao negro pa' ser turco, demasiao cuzcú pa' ser hindú; y si fuera chombo de aquí, habría hecho unoj cuántoj gritoj.

- Pero, capi, cómo llegó ujté a ejta conclusión?

- Fácil, esoj son loj doj únicoj paísej donde nadie quiere ni ir ni volver.

El capitán se dirigió al prisionero y mirándolo con aire de impaciencia le preguntó con firmeza:

-¿Nicaragua o El Salvador?... ¿Nicaragua o El Salvador?... ¿Nicaragua o El Salvador?

No agarró la primera palabra, pero había oído que El Salvador era un país donde prosperaban unos cuantos palestinos, así que repitió:

-¡El Salvador, El Salvador!... ¡Soy El Salvador!

- Entoncej, ¿cómo te llamaj?... ¿cuál ej tu nombre?

-Nombre, nombre... nombre.

El hombre se puso a pensar, no le convenía decir que se llamaba Yahya Mansur 'abd-al-Kuss. De modo que hizo todo lo posible para inventar un nombre hispánico, pero no sabía ninguno.

- Tu nombre, ¿cuál ej?

Al ver que el capitán estaba por darle una paliza, decidió traducir su nombre al español, de la mejor manera posible:

-Nombre Juan Víctor Kuss, ahhh... Cuca.

-¿Juan Víctor qué?

-Kuss, ahhh, Cuca.

El capitán se rascó la cabeza. Nadie se podía llamar Cuca. Entonces, concluyó que a lo mejor, sus colegas le habían dado unos cuantos golpes en exceso y lo habían dejado tarado.

-¿Cusuco?

Yahya Mansur, ahora Juan Víctor Cusuco, se aferró al nombre como si hubiese sido suyo durante toda la vida. Le cayó muy bien su nuevo nombre. Además, Saint-John Perse y Víctor Hugo eran sus autores favoritos. Por tanto, decidió agregar el nombre de su personaje favorito extraído de la novela Los Miserables, como su segundo apellido.

-Sí, mi nombre Juan Víctor Cusuco Javert.

Al tener esta declaración, el capitán se sintió finalmente satisfecho y sin perder tiempo dirigió una orden al sargento:

-Mañana llévalo a la Ejtación Ticabúj. Ejplica que ej guanaco, que no tiene ni dinero ni papelej, que el Consulao Salvadoreño le va a pagar el tiquete máj loj gajtoj.

-Sí, mi capitán. Ujté ej un verdadero genio. Naidej hubiera dejcubierto loj orígenej de ese mushashu.

-Por eso mijmo ej que soy yo el capitán.

Al día siguiente, antes de que Juan Víctor Cusuco Javert abordara el bus rumbo a El Salvador, un empleado le entregó un papel emitido por el Consulado Salvadoreño, junto con una importante advertencia verbal.

-Tú vaj pa' El Salvador. Si tú bajaj en cualquier otro lugar, te matan...te matan.

Entonces, el hombre sacó la pistola para enfatizar la seriedad de la advertencia. Ante lo cual, Juan Víctor se limitó a mover afirmativamente la cabeza y agregó:

-Sí, El Salvador... Soy El Salvador.

El mensajero no se molestó en explicarle nada más porque estaba retrasando el horario del viaje. Los otros pasajeros intentaron darle una explicación adicional a través de gestos y mímicas extrañas, que en conjunto, resultaron risibles para Juan Víctor. No entendió nada, pero se estaba divirtiendo al ver que algunos imitaban gestos de gorilas y otros parecían leones devorando animales pequeños en medio de la selva. Y, la diversión acabó cuando el motorista dijo que ya era hora de partir.

El viaje por Centroamérica es uno de los espectáculos más bellos del mundo, sobre todo, cuando el bus sube por el Valle del General en Costa Rica. También es hermoso viajar a lo largo del Colcibolca, o contemplar el Lago de Nicaragua, en donde yace Ometepe con sus volcanes gemelos. Pero había peligros en el destino que seleccionó. Cuando a Juan Víctor le tocó viajar, lamentablemente, había guerra en El Salvador. Por esta razón, él había recibido bastantes advertencias, sobre cómo cuidarse al llegar al país vecino.

A pesar de todo, disfrutó del viaje. Durante el trayecto, todo el mundo, entablaba conversación con él para contarle sus aventuras y sus penas; mientras él los escuchaba a todos con una sonrisa muy dulce porque estaba encantado, saboreando cada palabra. Los pasajeros eran generosos y no lo dejaban aguantar hambre, puesto que todos lo convidaron con la comida que llevaban. Poco a poco, fue estudiando los acentos y adquiriendo más vocabulario.

Cuando llegaron a la frontera de El Salvador, encontraron la aduana abandonada debido al enfrentamiento armado entre la guerrilla y el ejército. Llenos de terror, los aduaneros se habían refugiado en Honduras. Al enterarse, el chofer lleno de pánico intentó encontrar una salida e hizo varias llamadas a la terminal de autobuses en San Salvador. Nadie le respondió; pero un pasajero que conocía varias rutas, le aconsejó que debía tomar la carretera costanera que los conduciría a través de La Unión, Usulatán y La Paz. Era una ruta segura y posiblemente, esas horas no encontrarían problemas. El chofer no tuvo otra alternativa que seguir el consejo del pasajero y para asegurarse de hacer lo correcto, en cada ciudad, hizo un alto para llamar a otros miembros de su gremio; y, así, pudo ajustar la ruta de acuerdo con cada información proporcionada. El viaje se hizo largo, y no llegaron a San Salvador, sino hasta el día siguiente.

El último en bajarse del autobús fue Juan Víctor y como no había nadie que lo esperara, el chofer se despidió de él, señalándole con el dedo la dirección hacia el centro de San Salvador. Entonces, el hombre caminó hacia la Plaza Barrios; y, a lejos, observó hileras de humo brotando de un rascacielos en el Centro de Gobierno. No había nadie en las calles, pero continuó caminando y pronto encontró lo que tanto quería, un gran rótulo, en el cual, resplandecía la palabra SIMAN. Esta era una señal que esperaba. Ese apellido indicaba la presencia de la comunidad árabe en ese territorio. No obstante, se dio cuenta de que el almacén estaba completamente cerrado; y siguió sin detenerse hasta el Parque Cuzcatlán. Allí deescansó un poco sobre una banca, preguntándose en dónde se encontraba la gente. Imaginó que todos debían encontrarse laborando en empresas ubicadas en otras zonas; así que siguió adelante a lo largo de la Avenida Roosevelt, donde tampoco encontró a nadie; pero tuvo el cuidado de ir leyendo los nombres de todos los rótulos.

Finalmente, antes de llegar a El Salvador del Mundo, se encontró con otro rótulo en el que estaba plasmado un nombre que reconocía; se trataba de un ginecólogo llamado Butros Butros ibn-Kalbah. Aunque no era musulmán, sino cristiano, Juan Víctor estaba seguro de que él lo recibiría como un compatriota. Entonces, tocó repetidamente el timbre del edificio y en cuanto vio aparecer al conserje, exclamó:

-¡Butros Butros ibn-Kalbah!

El conserje, perplejo, le abrió la puerta y lo dirigió hasta el ascensor.

-Tercer piso, número 334.

Fue difícil entender el acento del conserje, pero como había captado la primera palabra, entonces, se dirigió hacia el tercer piso. Allí, revisó todas las puertas hasta encontrar el nombre que buscaba. Nadie respondió a su llamado; sin embargo, no se dio por vencido y se mantuvo tocando repetidas veces la puerta, hasta que escuchó una voz quejumbrosa que provenía desde adentro.

-¿Quién es? ¿En qué le puedo servir?

-¿Anta Butros Butros ibn-Kalbah?

Entonces, la misma voz, con un toque nervioso le contestó:

-Sí, ahhhh 'aywa, . . . na'am. Ana Butros Butros

ibn-Kalbah. ¿Wa man anta?

-Ana Juan Víctor Cusuco Javert.

Ya había interiorizado su nuevo nombre sin pensar que también tenía nombre árabe.

-¿Anta Juan Víctor Cusuco Gavert?... ¿Ta-tkalam al-'arabiy?

Juan Víctor se dio cuenta por el acento que era copto,- no palestino-, sino egipcio cristiano. Entonces, se apresuró a explicar que era palestino, con la esperanza de encontrar empatía en alguien que posiblemente también habría sufrido mucho a causa de la discriminación, en su propio país; si la situación era así, entonces, él podría ser recibido como hermano.

-'Ay, ana a-tkalim al'arabiy... ana falastín. Ismi Yahya Mansur 'abd-al-Kuss.

-¡'Abd-al-Kuss?... ¡w-ALLAH!

Butros Butros le abrió la puerta y le dio un gran abrazo, tratando de no reírse demasiado por el apellido de su nuevo amigo. Le preparó café y algo para comer; luego, tratando de ocultar su angustia, le expresó que había seleccionado el peor día para llegar a San Salvador: que el tiempo estaba peligroso; que él se estaba guareciendo en la clínica porque no había podido salir a la calle y que apenas podía creer cómo Juan Víctor había llegado desde la estación de buses completamente ileso.

Durante una semana se quedaron atrapados en la clínica, sin poder hacer otra cosa que mirar los fuegos que estaban estallando en las colinas y alrededor del Centro de Gobierno. De vez en cuando, oyeron cerca del edificio algunas ráfagas de balas, pero nada les pasó. Ellos tan sólo padecieron sed y un poco de hambre, cuando les cortaron la luz y el servicio de agua potable. Para alejar las carencias corporales, Butros lo entretuvo explicándole la situación política del país. Asunto que le explicó en gran detalle.

En cuanto el clima del conflicto se tranquilizó y en cuanto les reactivaron el servicio telefónico, el Dr. Butros se puso en contacto con sus amigos en la comunidad árabe para conseguirle una cédula y para ver si Víctor tenía familiares en el país. La búsqueda fue un poco complicada. Luego, de varias semanas, alguien descubrió finalmente que Víctor tenía un primo lejano en la Universidad Centroamericana, el padre Jorge Abdalcos, S. J., quien había conservado el apellido.

Después del fracaso de la Ofensiva Final, el padre Abdalcos que no vivía en la UCA, sino en otra casa destinada a la formación de seminaristas, hizo un esfuerzo para ir a recoger a Víctor; y, le aconsejó que se olvidara de ser ingeniero químico, puesto que Estados Unidos ya proveía todas las bombas que el país necesitaba. Por otra parte, si los agentes del gobierno se enteraban que él poseía un amplio conocimiento en la fabricación de armas, no dudarían en ejecutarlo para que no cayera en manos de la guerrilla, a quienes les hacía falta alguien con sus conocimientos sobre cómo perfeccionar explosivos y otros materiales armamentísticos. Entonces, le sugirió que lo más prudente sería algo completamente inofensivo e inútil como lengua o literatura.

-Dejame ver los documentos.

-Aquí están.

-Esta cédula se ve demasiado chabeleada, ni siquiera engañaría a un analfabeto. Dejame buscarte una legítima. Por tanto, te advierto que no salgás de esta casa. Estos de aquí no son como los israelíes quienes te dan una paliza y unos cuantos años para meditarla. Aquí te torturan de mil maneras y después se dedican a despedazarte, sólo por el mismo placer de hacerlo... Ahh, bien, tus títulos están en árabe, los voy a traducir como si fueran equivalentes a un doctorado en literatura mundial. Pero mientras tanto, tenés que leer lo que pasa por literatura en estos lares.

-De acuerdo.

Al día siguiente, el padre Abdalcos regresó con malas noticias.

-Cristiani dice que los israelíes te identificaron como "terrorista." No es gran cosa. Vas a recibir la cédula, pero quiere que le hagás "una misión secreta" antes de otorgártela.

Las tropas salvadoreñas lo llevaron en helicóptero al Latifundio Cristiani, por las faldas del Volcán Chaparrastique, en donde el viejo calvo bigotudo mismo, lo esperaba.

-No es gran cosa, necesito que me ayudés a formular un buen fertilizante, algo que me hará ganar el control del mercado. Mis amigos me han dicho que además de ser doctor en literatura, también tenés excelentes conocimientos en química.

-Haré lo que pueda, excelencia. La tierra aquí es semejante a la Cisjordania, seca y caliente. Creo que puedo diseñar algo a partir de lo ya que tiene y adaptado al sistema ecológico.

Después de dos semanas, su excelencia estaba tremendamente satisfecho. En compensación, le consiguió un puesto en ESTAFASA, como asistente educativo. Pero con la advertencia de que no debía salir de San Salvador, durante todo el conflicto armado. De hecho, durante sus primeros 15 años, los jefes no lo enviaron a los departamentos. Lo tenían ocupado examinando textos hasta que un día, Neto lo mandó al Oriente del país para trabajar bajo la supervisión de Ricardo, pelo cagado. El árabe se llavaba bien con todo el mundo, con la excepción de Neto, quien lo percibió como un estorbo y un rival.

Cada vez que Juan Víctor se arrimaba por su oficina, el tal Neto cantó "Ahab el árabe" para molestarlo; y, no conforme con esto, hasta se ponía a bailar al ritmo de la canción.

—¡Sacá a ese negro de aquí, estoy harto de ver a ese prieto moronga!

Entonces, Juan Víctor fue trasladado en seguida a evaluar las escuelas rurales en el oriente del país. Y, allí tuvo que sudar la gota gorda. Para asegurar que su trabajo fuera efectivo, tanto el tecolote, como Ricado decidieron ponerle una mentora, quien debía ser una especialista en el campo de la inducción, en el arte de la chismografía y otras hierbas. Porque, sin duda, él necesitaba una inducción de primera categoría. Después de mucho pensar decidieron que su mentora sería Loyda Tecolote George, una joven que por casualidad, era nieta de don Chón, un tío de la mamá de Neto. La madre de Loyda era mitad jamaiquina, oriunda de las Bay Islands. A pesar de su piel negra, de su cuerpo de palo y de su personalidad ácida, Neto la aguantaba porque era sobrina. En realidad, era la única pariente de sangre que tenía en el mundo. También hablaba inglés, gracias a su madre y le traducía todos los documentos de Gringolandia a Neto, quien aseguraba a todo el mundo, que él leía inglés. En ESTAFASA, esta relación parental era un secreto. Pero ellos lo manejaron bien. Y como pariente de Neto, ella tenía licencia de hacer lo que se le daba en gana, de moverle el cuchumbo a cualquiera que se le pusiera enfrente y de hacérselo a todos los hombres, con infinitas ganas.

No es que Loyda fuera puta, más bien lo hacía con todo el mundo por caridad. Y, todos sabían que en el terreno sexual, sus gustos no conocían límites. Su propio tío le había enseñado a vivir el amor libre sin ataduras. Sin más agradecimiento, que aquel aludido bajo la frase: "el que me habita"; tal y como lo habría enseñado, el ilustre Alberto Masferrer, el máximo cerebro de la historia salvadoreña, según los cerebros mínimos del país.

Antes de seguir adelante, es importante aclarar que ningún hombre se acostaba con Loyda por su belleza, sino más bien, por su dedicación a la cogida. En el momento del clímax, ella estallaba en una sinfonía ruidosa de sonatas y cantatas: que en conjunto resonaban como si fuese un zoológico de rugidos, chillidos y gemidos. Era como entrar en otro mundo; y de pronto, todo a su alrededor se invadía por esa fantástica conspiración criptológica de susurros, de palabras fragmentadas y tesserae provenientes de cientos de lenguas vivas y muertas:

Ayyyshruuuuuuyuyuyuyuuu... miamor... you sofa king... greaaaaaaaaaaaat... ruuuuuuuuuuuwa-jjjjjjjj... Bism-al-LLAH ar-RAHMAN ar-RAHIM... ani ba habb-a az-zubr-ak al-kabir f-al kuss-i... mein Gott, mein Gott im Himmel... jiahhhhkwaaaaaak-dooooo... ty lyubyu moya pizda?... msssssssssss msssssssssss... cunnam meam tibi dabo... más más más gimme more mehr en plus... ¡Dios mío qué rico!

Sus orgasmos se volvieron cada vez más musicales; incluso hasta el mismo árabe, quien al principio se mostraba un poco renuente, no pudo resistirse ante el hechizo de las hondas musicales que brotaban de esa delirante boca, de la calenturienta Loyda en estado de brama, quien lo llamaba desnuda y con sus piernas abiertas para recibirlo. Juan Víctor se sintió transportado. Un sólo gesto le sirvió para concluir que aquel monte de Venus, que se proyectaba ante sus ojos, no era otra cosa que su tierra prometida; y, que en esa tierra prometida, cantaría por siempre su Scheherazade:

Al aia aia
ia ia ia aia ui
Tralalalalí
Tralalalí

Lali lalá

Aruaru

urulario

Lalilá

Rimbibolam lam lam

Uiaya zollonario

Lalilá

Monlutrella monluztrella

Lalolú

Hark!

Tolve two elf kater ten (it can't be) sax.

Hork!

Pedwar pemp foify tray (it must be) twelve

And low stole o'er the stillness the heartbeats of sleep.

Para decir la verdad, sus funciones verbo-lingüísticas de la poesía espontánea, sólo fueron igualadas por el último capítulo de *Altazor y el tercer libro de Finnegan's Wake*.

Esa feligresa de la fornicación hacía coturnos sólo descritos en los libros del Kama Sutra, o más bien, sólo vistos en los templos de Tamil Nadu, o a decir verdad, sólo imaginados en una mente tan fértil como la del filósofo del pornos Larry Flint. Por cada vocablo que expresaba, tenía docenas de movimientos. Sin duda, Loyda había convertido el amor en algo más que un baile, en una especie de capoeira. Y ella ejecutaba cada entrega, con tanta pasión, como si se tratara de una disciplina o de una religión.

Sin duda, Juan Víctor, su pupilo, nunca encontró en los amores de Oriente a una mujer tan atrevida, tan perita, tan magistral. Si tal mujer hubiera existido, sería haram en todo sentido – y una mujer así, en su territorio, habría terminado detrás las rejas de un harén o dentro de una fosa para ser lapidada. Pero Loyda, gracias a su maestría sexual, era más monumental que al-Ahram, las pirámides de Egipto –prohibidas por onomástica.

Loyda cumplió su trabajo. Ella había siguido al pie de la letra las recomendaciones de su tío. A pesar de esto, las noticias relacionadas con la inducción que Loyda aplicó a Juan Víctor, se corrieron por todo ESTAFASA. Todo comenzó cuando Loyda, como mujer generosa, le ofreció a Víctor un alojamiento en la habitación del hotel Exitación de Oriente. "Pensión Cusuca" -exclamó el hombre- "casa, comida y cuca"... En cuanto a la inducción y a los métodos aplicados por Loyda, puede decirse que fueron un éxito. Algunos hombres la alababan por eso. Otros la criticaban, pero en el fondo, todos querían apuntarse para recibir una inducción con ella. Anónimamente, alguien se atrevió a decir en defensa de ella:

-Yo les diré lo que implica el proceso para acallar algunas opiniones que se oponen a esta aseveración. Para eso deberemos examinar con detenimiento la palabra que sirve para denominar el glorioso trabajo asignado a Loyda, nuestra asistente pedagógica. "Inducción: Incitación o instigación a hacer algo. Método de raciocinio que consiste en alcanzar un principio que se deriva lógicamente de unos datos o hechos particulares" [Diccionario de la Real Academia de La Lengua Española www.drae. rae.es]. Entonces, no cabe duda, de que Víctor fue inyectado en una nueva dinámica de trabajo; él se introdujo de cabeza en el flujo laboral, tratando de encajar en el ritmo acelerado, intenso, arrebatado, presuroso, sudoroso y agotador, que su mentora le marcaba. Loyda le ayudó a desarrollar en cuerpo y alma, los métodos de raciocinio educativo, hasta que ambos se colocaron en la sintonía del mismo principio lingüístico, derivado de las habilidades necesarias para alcanzar el éxito en un contexto comunicativo determinado por la urgencia, por el hambre y por la bestia de la prisa.

Al cabo de unos meses, Loyda se embarazó. Y como a Víctor le había gustado El Salvador y no deseaba regresar a ningún país árabe, entonces se las ingenió para que la gente no lo juzgara de forma tan severa. Primero que nada se acercó a la bobalicona y engusanada de Susana, quien cayó redonda con las manifestaciones de júbilo y las intenciones de hacerse responsable de la criatura .

-¡Querido, nunca he visto a un hombre más feliz que vos por el hecho de ser nuevo padre!

La intervención de ella ayudó a suavizar al Tecolote, quien no tuvo más remedio que usar la cabeza e invitó a todos los empleados de ESTAFASA para la celebración del Baby Shower, no sin antes advertirles que llevaran regalos y colaboraran con 5 dólares por persona, para los panes con gallina.

Alborotado por el rico olor de los aderezos que don Patricio, el proveedor de almuerzos de ESTAFASA, agregó a la comida, Neto se puso de pie para pronunciar estas tecolotudas palabras:

-Esto es uno de los valores agregados de nuestro proyecto. Ellos son un vivo ejemplo de cómo ustedes también pueden aprovecharse. Ustedes, agarren, tomen, aprovéchense, cojan, atrapen, ocupen, invadan, dominen, requisen, manoseyen, y sobre todo ingieran, consuman la comida de don Patricio, porque él es quien hace los mejores panes con gallina y de paso también alimenta a su compañero Ricardo con abundantes tamales pizques. Así que ustedes, traguénselo, embúchenselo todo, porque está bien güeno.

El clima no era del todo agradable y hasta el mismo don Patricio se güelió todito el rollo que se estaba cocinando entre ellos: La gente cuchicheando y tragándose las risitas de picardía; la Susana Gusana hablando siempre de moda y belleza con Juli

Travi; los futuros padres con caras de amargados y sentados cada uno por su lado, sin tan siquiera cruzarse las miradas; hasta que por fin, el jefe de Recursos Humanos los juntó para la recepción de los regalos. El ambiente parecía más bien una escena salida de una telenovela. Don Patricio estaba tan divertido y entretenido con el drama de la vida real que no puso atención al suyo propio: alguien le robó dos gallinas. Quiso quejarse con Neto, pero no estaba. Inútilmente preguntó a todos los jefes y empleados en dónde podía encontrarlo, pero le respondieron con evasivas. Todos suponían que se había fugado nuevamente con la Chabelquis, quien también brillaba por su ausencia. Era necesario, entonces, adoptar el papel de celestinos. De todos era sabido que ambos se escapaban de las reuniones para besuquearse por los rinconcitos de ESTAFASA.

MORSÚBELA

Yellow matter custard
Dripping from a dead dog's eye
Crabalocker fishwife
Pornographic priestess
Boy, you been a naughty girl
You let your knickers down

· · ·   · · ·   · · ·   · · ·
I am the Walrus, goo goo ga joob

The Beatles.

Put a flag over her head and fuck her for "Ol' Glory"

Rafael Lara Martínez. *US Culture for Beginners.*

ORSA Bisontina Amorfa era una Maritornes hecha carne y hueso –pero sólo físicamente, porque a diferencia de la heroína quijotesca, la Morsa era lista, embaucadora, farsante, mal intencionada y malvada. Aunque según rumoraban las lenguas, ella se llamaba Marta. Y nadie recuerda con exactitud su otro nombre, pero se llamó Marta en un pasado oscuro y para nada elegante, como constantemente se esforzaba por hacérselo creer a todos, en sus cotidianos discuros fantásticos; pero luego, se cambió el nombre para lucir más elegante, en honor a la condesa Morsa Eufemia del Condado de Bisonte y Cataluña. Aunque otros decían que el cambio en realidad, se debió a una mala experiencia con un apuesto mexicano, quien la había despreciado durante la primera y única cita romántica que tuvieron en un zoológico. Por despecho o para reafirmarse que algún día cobraría venganza, ella decidió cambiarse el nombre por Morsa. Por eso era difícil seguirle el rastro; y, precisamente por ese oscuro pasado, pasó a ser una de las favoritas de Neto, a pesar de que no cumplía a cabalidad con las 3 eses (sexy, sicópata y sobalebas) pero estaba dotada de una lengua deforme, venenosa que sólo servía para tejer intrigas y falsedades. En su boca nunca cupo la verdad. Mentía por compulsión. Ni siquiera se daba cuenta de que debía grabar sus propias fantasías porque, en ocasiones, solía contar mentiras contradictorias a la misma persona 4 ó 5 veces en una sola tarde.

Y, todas estas contradicciones no importaban, sobre todo, cuando "bajo el agua" ella divulgó ser la cuñadita de la coordinadora de ESTAFASA, doña Susana Gusana. Es decir, que por las casualidades de este mundo, Susana se casó con el primo de la Morsa, un filósofo y ex seminarista salvadoreño. Esa unión le salvó el pellejo. Y aunque el contrato prohibía que los familiares de los empleados trabajaran en el proyecto, ella siempre se encargaba de recordarles a todos, su asociación con la jefa y que contaba con otras influencias, a través de una canción antigua que solía cantar distorcionadamente, en la cafetería: "Y también soy la cuñada de un amigo, del novio, de la criada de mi general, Maximiliano, y también soy la querida, la coima, de un viejo ex-alcalde del municipio de Colón, en La Libertad. Y ahí usted dirá si quiere arriesgar, pues no vaya a ser que mañana sin chamba usted pueda llegar. Y si me dejas joder, nada te va a pasar y si nadie me denuncia, esta cumbia sabrosa, de la Morsa Amorfa, nos vamos a bailar".

Por su parte, la Morsa Amorfa se enorgullecía de su notable colección de títulos: una licenciatura en Administración de Empresas de la UCA, un profesorado de la universidad Nacional, una maestría con profesores visitantes de l'Universitat d'Alacant, en la misma sede de ESTAFASA. Pero la mentirosa ni tenía título de la UCA ni de la cuca. Y si alguien le preguntaba si conocía al Licenciado don Catrín de la Fachenda en la UCA, diría que no estudió allá, sino en la Nacional. Y si le preguntaban si cursó con el doctor Ludwig von Drake de la Nacional, les diría que había estudiado en la UCA.

Similar a Neto, la Morsa Amorfa tenía aspecto de ave; sin embargo, no tenía forma de tecolote ni de águila, sino de gallina desplumada y gorda, debido a su forma redonda. También tenía los sesos de gallina decapitaba. Nadie se metía con ella. Aparte de su cuñadita, también la protegía su comadre, la tal Juli Travi; de modo que podía decir cualquier estupidez que se le pasara por la mente. A cambio, ella le pagaba con especias. Nadie las vio besuqueándose, pero todos sospechaban.

A pesar que no sabía ni lo más rudimentario de la enseñanza, la dejaron hacer payasadas en todas las escuelas de Sonsonate, quizás para dar a todos una muestra de lo sonsa que era. Su gran competencia frente a Neto era su lengua maliciosa, que le servía para hacer acusaciones falsas sobre cualquier empleado que le cayera mal o que se interpusiera en sus planes de ser la mejor, la líder del grupo. Una noticia que ella misma se encargó de circular es que era protegida de Luis P. su primo, es decir, el marido de Susana Gusana. Esa fue su arma secreta. Pero lo que la boba de la Susanita no sabía es que la Morsa era capaz de cualquier cosa, con tal de salirse con la suya, como quitarle el maridito, o incluso la mejor de todas sus hazañas más gratificantes: envenenarle el yogur que Susanita se desayunaba todos los días.

-¡Ay, Susanita, si yo fuera vos nunca me comería nada que preparara tu querida cuñadita! Cuidate bien la jeta o te aparecerán gusanos en el arroz.

Atrevida y entrometida como ninguna, una noche decidió meterse sin permiso en ESTAFASA. Para entrar, ella aprovechó que en el auditorium de dicho lugar se estaban presentando las morsas del circo Animali Mutanti. Así que ella se introdujo en la oficina de Neto, para obtener respuestas a sus enormes interrogantes:

-¿Por qué un proyecto millonario no daba un servicio de alta calidad en los centros escolares? ¿Por qué había contradicciones en el presupuesto? ¿Por qué un proyecto de esa categoría estaba contratando a varios farsantes como ella? ¿Cuál era la suma monetaria real que estaban recibiendo por parte de la agencia de cierto país gélido? ¿Cuánto dinero se estaban embolsando? ¿Su amigaza Julieta Travi estaba transportando material proselitista en los vehículos de ESTAFASA y malversando los donativos del país gélido?

Si lograba averiguar esto podría extorsionar a Neto y a su querísima cuñadita Susana Gusana. Pero como buen tecolote, Neto presintió el peligro. Abandonó el show de las morsas y corrió a su oficina en donde encontró bien clavada en los archivos a la perversa alimaña.

-¿Trabajando de noche, señora?

-Ay, me asustó don Neto, es que estaba ordenando los papeles, estos...

-¿Archivos secretos? ¿Cómo los abrió?

-Bueno solo digité la palabra "rapiña" su atributo favorito. Todo esto es muy interesante.

Neto la miró amenazante, la hizo retroceder hacia el ventanal, mientras le clavaba su mirada de tecolote furioso. De inmediato, notó que la morsa no tenía miedo. Se esforzaba por demostrar que sí tenía miedo para camuflarse, para lucir como una víctima indefensa, pero no pudo engañar a Neto, quien en ese instante descubrió que se había encontrado, por primera vez en su vida, con otra sicópata superior a su nivel. No había sentimientos en la Morsa. Y si alguna vez demostró alguno, era sólo para manipular a la perfección, a los otros. Neto concluyó que esa mujer era una verdadera amenaza y hasta ese momento, recordó la otra historia relacionada con ese peculiar nombre: Morsa. La gente rumoraba que su empleada, la Morsa, siempre fue muy extraña, pero que su patología se había agravado desde su adolescencia, a partir de un golpe emocional que recibiera por parte de un apuesto joven mexicano. El pobre muchacho, que tan sólo quería dar un paseo en plan de amigos, experimentó una terrible sensación de asco, cuando ella tuvo la osadía de robarle el primer beso. Entonces, el pobre hombre entró en shock al probar la amargura y la aspereza de esa lengua amorfa; y, lleno de horror la insultó y la tiró en el estanque de las morsas en el zoológico de Chapultepec. La gente se rió de ella. Y, desde entonces, ella adoptó el nombre de Morsa, quizá para que ese acontecimiento quedara registrado permanentemente en su larga cadena de represalias contra el mundo. Antes de salir del estanque, ella juró que algún día retornaría a Chapultepec.

-Neto, ¿cómo podés ser tan cruel con alguien tan insignificante? Yo soy solo una...

-¿No sabés que la curiosidad mató al gato?

-No soy una gata. Soy una gatúbela... digo... soy una asistente pedagógica.

-Los papeles son mi legado. Nada puede predecir el chip...

-Está bien... Adelante... Intimidame... Matame...

-Sí... quizás lo haga...

Morsa Amorfa lo vio decidido. Vio la mirada asesina en los ojos de Neto. Se dio cuenta de que no tenía escapatoria porque la había "atrincuñado" contra el vidrio del ventanal. Pero de pronto, ese loco le sonrió con dulzura, entonces, se tranquilizó un poco y la adrenalina dejó de correrle por su organismo morsúbelo. No estaba segura. Por si acaso, ella preparó su arma infalible: la lengua.

-Yo en tu lugar no bromearía así, Neto. Te tengo cuadriculado. Sé que estás robando y ya le envié algunos emails con pruebas escaneadas a mi pá. Si algo me pasa..

-No fanfarronees. Tu querida cuñada lo sabe todo. Le conviene bailar el mambo que le pongo. Pero hablando de secretos yo también sé los tuyos. Sé que ni estudiaste en la UCA. Que no sos Licenciada en Administración de Empresas como lo decís a todo el mundo. Que nunca has sido gerente de ningún banco salvadoreño en toda tu vida. Que el mal uso de tus tarjetas de crédito es lo único cercano que has tenido con un banco. Que nunca has estado casada en toda tu vida. Que tu supuesto esposo nunca fue un alto ejecutivo de ningún banco. Que tampoco estudiaste en la nacional. Que sólo tenés un titulito de la Gavidia como profesora –y seguramente lo compraste en la calle. Que no tenés ni un solo peso para caerte muerta. ¿Querés más? También sé que tenés varias demandas del tribunal de la carrera docente por pegarle a una maestra ¿Querés más? También sé que tenés otra por malversar fondos en un centro escolar donde fuiste tesorera. Pero cuando viniste a ESTAFASA dijiste que era por una demanda por abandono laboral. Por lo mucho que te extrañaban en ese lugar.

-Ja ja ja. No cabe duda que vos sos oreja de la CIA

-Sí. Así dicen muchos. Yo soy la CIA.

-Pero se te olvida que yo también sé tus secretitos.

Morsa sacó de su bolsillo un papel remendado con cinta adhesiva. Y se lo mostró a Neto en un estado de trance maníaco. Entre carcajadas incontenibles le revelaba la verdad.

-No hay nada que un poco de paciencia y cinta adhesiva puedan lograr. Aquí tengo tu partida de nacimiento original y otros documentos en los que se demuestra que sos el hijo bastardo de una shuquera.

-No... No por favor. Mor... Morsa... Señora... Señora, por favor.

-Mmm y no te molestés en quitármelos porque mi amante, el anciano alcalde, tiene copias sobre la misteriosa partida y otros documentos que desapareciste.

Neto se había puesto de rodillas y en medio de un extraño y tecolótico ataque, movía el pescuezo y los brazos como si estuviera a punto de volar; al mismo tiempo, le picoteaba los pies a su empleada. En una repentina y arrebatadora muestra de afecto intentaba besarle los pies mal olientes a pescado podrido. Quizá por eso se limitaba sólo a picoteárselos, sin parar de sollozar; porque besarlos directamente era demasiado. Increíble. Neto estaba interpretando un novelón que ninguna televisora mexicana habría despreciado. Y entre graznidos de tecolote no cesaba de repetir:

-No... No por favor. Mor... Morsa... Señora... Señora, por favor.

-Sos un bastardo. ¿Lo oíste bien? B-A-S-T-A-R-D-O

Finalmente, Neto recordó que estaba tratando con un ser malvado de su misma calaña; con una psicópata de sangre fría que incluso lo superaba en ingenio. Entre más sufrimiento tecolótico fingía, la Morsa más disfrutaba.

Entonces, concluyó que estaba perdiendo su tiempo, con una fiera pérfida. Sólo le quedaba una alternativa; y, Neto, en su papel de tecolote despreciable, tendría suficiente estómago, mejor dicho, tendría suficiente molleja para hacerlo.

-La curiosidad mató al gato.

-¿Cómo?

Neto la miró con ojos de tecolote enfurecido. Un brillo maligno ardía en su mirada. Pero nuevamente se soltó en una sonrisa amable, y la Morsa bajó la guardia.

-Ay, por un momento pensé...

-Ja ja ja. Estoy bromeando.

Neto le arrebató los papeles y con la rapidez de un rayo, la arrojó por la ventana. A pesar del grito, ningún vigilante se acercó al lugar de los hechos. El ruido del circo era ensordecedor. Misteriosamente, unas cuantas morsas se escaparon de sus piscinas y vagaron por toda ESTAFASA. Las morsas encontraron sobre la hierba el cadáver de la Morsa. Bebieron su sangre, se montaron sobre ella, aplaudieron sobre ella, le lamieron el rostro, las manos y saborearon sin asco el sabor ponzoñoso de su lengua amorfa. Ese fue el primer beso. Ese fue su primer beso de amor. Y así como en los cuentos de hadas, las princesas despiertan al contacto con el príncipe, la Morsa Amorfa no quiso quedarse atrás. La saliva de la bestia la hizo regresar a la vida. Y a partir de entonces, vagaría por el mundo más fuerte, más salvaje, más desalmada, más demoníaca. En su cuerpo albergaba el alma indómita de una morsa. En ese momento se acabaron las antiguas hipótesis sobre su nombre. Eso ya no importaba. Sin haberlo planeado, se convirtió en Morsúbela. Mejor dicho, en la mujer morsa.

La misma noche del crimen, Neto regresó a la función de morsas sin remordimientos y le dio aventón a su compañera de turno, la Merchita, a quien ya tenía algo abandonada por no encontrar espacio en su agenda de playboy. "Yo ya no hallo qué hacer con tanta gallina que me sale," confesaba de vez en cuando, a su compinche Ricardo "Pelo Cagado" Guatón Basovia. Y éste, como buen sobalebas, tenía siempre las palabras exactas para alentarlo y para hacerle creer que en verdad era un James Bond 007.

La noche del crimen intentó hacerle el amor a la Merchita, pero una ronda de gallos fantasmagóricos asaltó su imaginación; los ecos del antiguo quiriquiquí retumbaban tan fuerte en sus oídos que en varias ocasiones se le apagó también su antiguo quiriquiquí. Lo peor de todo fue que esa misma tarde le había anunciado a Merchita, con polvorín de cuetes y fanfarria de circo, la avidez de su pito:

-Preparate, Merchita, ponete la montura en el culo porque hoy sí que vas a conocer a un macho.

Ella estaba harta de esperarlo durante varios días y de ribete, tuvo que seguirlo esperando esa noche en la cama. Al final, la ganosa hembra decidió sacarle el cuchillo que su otro jefe, el gerente de la barra show, le había obsequiado por sus excelentes demostraciones boxísticas. Y llena de rabia, le gritó varias veces:

-¿Y que no me dijistes que me preparara, pues?

Sin decir nada, huyó de ella y se fue en su yugo a toda velocidad. Durante el viaje se sintió feliz de haberse librado de Merchita, quien en un ataque de rabia hubiera podido hacerle algo; pero las aventuras nocturnas no terminarían allí. Lo peor de la noche, ocurrió cuando ya había entrado en Apopa: hasta entonces, se le activó la potente pomada para la disfunción erectil. Era una pomada que el mismo Ricardo Guatón le había conseguido en el mercado Sagrado Corazón, lugar donde El pelo cagado solía comprar pomadas con frecuencia para él mismo. Se lo vendían las propias fabricantes, unas señoras muy cariñosas que habían descubierto una fórmula natural a base de sangre de toro, criadillas de mulo, esencia de conejo y rabo de cuyo molido.

Guatón decía que le encantaba comprar

allí, debido al cariño de las vendedoras que lo apapachaban y lo convidaban a tomar cerveza. Algunas hasta le habían ofrecido aplicarle la crema gratis, a cambio de la compra ¡Qué tremenda situación! Lo que no le advirtió con énfasis, es que la crema tardaba en hacer efecto. De pronto, Neto experimentó un tremendo levantón y hasta tuvo que parquearse a dos cuadras de su casa, para "manuelearse" su quiquiriquí. Y justo cuando terminó el urgente, sabroso y forzoso tratamiento, recomendado en el famoso sitio online: Los secretos del Onanista, creado por la bloguera Manuela Palma. Neto se dio cuenta de la presencia de unos vatos de la Mara 18. Sin pensarlo, se limpió la mano en el asiento. Y apretó el acelerador que nunca le fallaba y sólo así pudo salvar el pellejo; pero no se salvó de la verguiada que le propinó Radha, cuando ésta sintió semejante tufo en el asiento delantero.

Esa noche no pudo dormir. Las imágenes de los gallos asaltaban su memoria. A la mañana siguiente, se encontró con un rimero de libros en su cama. Había alrededor de 25 ejemplares de la misma novela: El señor presidente de Miguel Angel Asturias. Las antenas tecolóticas de Neto se encendieron y lleno de rabia se fue al armario para escoger la ropa que usaría al día siguiente, pero allí se encontró con otro rimero de la misma novela y alrededor de 10 ejemplares de Cien años de soledad. Lo más extraño era que todos los libros tenían separadores rojos en los mismos capítulos: "Cara de Angel" y "La historia de un tal Prudencio Aguilar." No le hizo falta ver más. Siempre que Radha lo engañaba con otros, solían aparecer una serie de extraños fetiches en la casa.

Cada cierto tiempo, aparecían en el armario toda clase de objetos para atraer la buena suerte en el sexo: una pata de conejo, dados peludos, tréboles con cuatro hojas, herraduras, látigos, calzoncillos, esculturas de vaginas y de vergas de toro, panties manchadas, polvos de cementerio, huesos de gato negro, diversidades de dildos, cadenas para esposar, calzones de hule gris, gorros de cuero negro, pulseras de alambre de púas, collares de perro, numerosos buttplug en forma de tornillos, chupetas, cabezas de gallo, incluso pieles de gato negro y dientes de tiburón. Y, finalmente aparecían libros. . .

Cada objeto simbolizaba un amante; y, el número de cada objeto, la cantidad de veces que ella se había acostado con el mismo tipo. Neto no quiso contar los libros. Tan sólo se interrogó durante largas horas, quién podría estar leyendo con ella semejantes porquerías; y, sobre todo, en qué momento del acto sexual, iniciaban o terminaban la lectura. No tenía pruebas. Como buen Tecolote, él tenía el sentido del olfato desarrollado para oler los desliecs. Por otra parte, Neto era sicólogo graduado y conocía perfectamente, el comportamiento típico una mujer golosa e infiel; aunque fuera de esto, nunca tuvo pruebas contundentes. Nunca le importó averiguar más. En el bar, los amigos hablaban sobre este caso, a espaldas de Neto; y, para añadir sal y pimienta al chisme, su supuesto gran amigo Ricardo, pelo cagado, solía formular hipótesis para explicar a todos, las razones por las cuales, Neto nunca tomaba cartas en el asunto: Será porque no le importa. Será porque él también tiene sus propias aventuras. Será porque se excita al entrar en competencia con las perversiones de su mujer. Será porque es un medio güevo. Pero su hipótesis favorita, entre todas: El quiquiriquí ya no le furula como antes.

La infidelidad de Radha no era un secreto para sus amigos en ESTAFASA. Y al calor de las cervezas, todos los colegas se reían de Neto, al que pintaban sobre la mesa del bar con enormes cuernos de alce.

EL LITERATO

El Señor Presidente de la República
quiere matar los piojos de los escritores
con puñaladas

Roque Dalton.

NETO estaba seguro de que no la amaba, pero el hallazgo de los libros, a los que calificaba como el más perverso de todos los fetiches, le había partido el orgullo de tecolote desabrido y desemplumado. Ese día en ESTAFASA, no hizo otra cosa más que cavilar:

-Y con un literato... Con un malnacido literato... Yo por lo menos, he tenido mejores ganas y mejores gustos al seleccionar mis gallinas. En mis gallineros he tenido: sobalebas, mamonas, tragonas, psicópatas, chupadoras, hermafroditas, léperas, putas, todas ellas extraordinarias, todas ellas excelentes en su diversidad de oficios. Hasta ahora me he dado mi lugar. Yo nunca me he rebajado al salir con ninguna intelectual. Pero Radomira no tiene reparos para andar con un literato. ¡Por la gran flauta! . . . .Con un literato que. . . . Pero yo juro por las plumas de mis ancestros que voy a encontrar a ese soñador de pacotilla.

Cuando dieron las 5 se coló hasta la oficina de Ricardo Guatón Basovia, "Pelo Cagado," para pedirle consejos. Un olorazo a tamales pizques con chile y atol shuco se había impregnado de la atmósfera de ese recinto. Todas las tardes, el glotón le compraba a don Patricio, un vendedor ambulante, toda clase de bocadillos salvadoreños. Y como buen amigote del jefe que era, siempre se daba el lujo de interrumpir sus labores, para comerse los bocadillos comprados y otros antojitos que la abnegada esposa siempre le preparaba. A Neto casi le estalló la mollera por el mal olor.

-Y si viniera el jefe de Recursos Humanos ¿qué respuesta le darías? Le increpó tratando de contenerse la rabia. Pelo Cagado, como le sabía demasiados secretos comprometedores a Neto, no se preocupó por disculparse y tan solo se limitó a mostrarle su boca abierta, llena de tamales pizques. Pero lo que casi le provocó un nuevo ataque de su extraña enfermedad, Tecoloticus circuíticos amorfis, fue la novela Cien Años de Soledad que estaba sobre el escritorio de su colega.

-¿Es tuyo ese chunche?

-No. Es del árabe, el marido de Loyda, tu sobrina.

-¿Y dónde está ese cabrón?

-Lo tengo trabajando en Oriente, cubriendo los centros escolares de La Unión.

-¿Estás seguro?

-Sí. Desde hace 20 días que no sale de la zona. Hoy por la madrugada tomó una balsa para Meanguera. Se fue bien equipado con 2 libras de chicharrones de Jocoro. De esos que tanto le gustan. Yo le dije que no fuera, que se presentara en ESTAFASA. Pero no me hizo caso.

Al saber esto, el torturado y desemplumado Neto comenzó a controlar por celular a su sobrina. Quería estar seguro de que el árabe no era el responsable de los nuevos deslices de su mujer.

-Cogételo bien, -le recomendaba a su sobrina, cada 15 minutos-. Dale el culo bien rico. No dejés que se te escape.

Loyda, nunca supo a qué se debía tanto hostigamiento, pero como le convenía conservar el puesto se quedó con la trompa fruncida, empurrada y callada, hasta que un día, el tecolote mandó al carajo sus obsesiones.

Como nunca estaba en casa, a Neto se le olvidó

pensar en su vecino. El coqueto y nuevo vecino podría ser el peligro más inmediato al alcance de la mano. Pero, ¿Cómo no lo pensó antes? Si todo el tiempo estuvo a la par suya, su viejo archienemigo: Sir Otón de la Vara. ¡Por la gran flauta! Exclamó e hizo un gran esfuerzo por no demostrar su rabia.

Esa misma tarde, una de las trillizas le describió con admiración a Sir Otón. Ella dijo que se trataba de un hombre apuesto, de larga cabellera, de mirada seductora, que parecía un verdadero galán de telenovelas y que últimamente, se estaba dedicando al negocio de la gallomaquia. Neto Fingió indiferencia. Luego, abordó el tema con otra de las trillizas y se sintió preocupado por la marcada admiración que ella sentía por ese mequetrefe. Más bien ambas parecían entusiasmadas por ese pelagatos tan peludo y seductor. La peor noticia de la tarde fue cuando se enteró que las cañerías del baño estaban rotas y se vio en la necesidad de usar la letrina de fosa, esa que permanecía abandonada desde aquellos lejanos días, cuando él compartía la casa con su madre.

No le quedó de otra que resignarse. El lugar quedaba retirado, tanto que la alcaldía había abierto un sendero que atravesaba el solar de Neto. Se sintió preocupado porque cerca de allí se encontraba el banco subterráneo donde guardaba todo cuanto robaba de ESTAFASA; pero luego de verificar que todo estaba en orden, se sintió tranquilo. Entonces, echó un vistazo alrededor y reflexionó sobre cómo había cambiado la estructura de su propiedad, desde que la población fue en aumento. El sendero abierto por la alcaldía, comenzaba justamente donde estaba la letrina y de vez en cuando, pasaba por ahí algún carro, algún caballo o el ganado.

Enfocado en su tesoro subterráneo, Neto hizo a un lado la incomodidad y se llevó consigo un jabón líquido, un balde con agua y hojas de papel periódico puesto que el papel higiénico se había agotado. El llamado de la naturaleza era urgente, pero se aguantó las ganas de entrar en el baño porque de pronto, escuchó las populares y sangrientas notas de su partido político. La música provenía de un pick-up que estaba visitando las zonas de Apopa para repartir panfletos, banderines, gorras y toda clase de material proselitista. Entonces, como buen ciudadano, Neto corrió a la casa, sacó la foto del Mayor que tenía guardada en una gaveta, la colocó en el altar, junto a los muñecos de barro que heredó de su madre y cantó con emoción el inglorioso himno de su partido.

Al terminar, corrió con prisa hasta la letrina donde se entregó con satisfacción a los llamados de la naturaleza. De pronto, un terrible olor invadió el ambiente; y, hasta los pájaros y otros animales silvestres huyeron despavoridos al sentir ese vapor ponsoñozo que salía de la letrina. Neto ni se enteró; estuvo largo rato soñando con los nuevos proyectos que ganaría cuando el candidato favorito, llegara a ocupar nuevamete, la silla presidencial.

-Para entonces, estaré más fortalecido.

Y diciendo esto, alargó la mano para tomar el papel periódico que dejó sobre el suelo antes de correr a la casa para cantar con devoción el inglorioso himno de su partido. Pero hasta ese momento, notó que el papel había desaparecido.

-Que raro, si hasta traje bastante porque hoy me zampé varios gallos crudos. Y siempre que hago eso, termino ensopando la cloaca.

No podía llamar a nadie porque estaba a varios metros de la casa, casi en los linderos del nuevo vecino. De pronto, a través de la cortina de plástico vieja y agujereada que servía como puerta, vislumbró la silueta de un hombre de cabello largo que portaba varias bolsas de hielo. No quiso asomar la cabeza para verificar quién era por vergüenza. Para jugarle una broma, el aparecido impostó una voz ronca y llena de misterio.

-Hola, Netoooo...

-¿Quién anda ahí?

- Soy yo, Netoooo. Yo soy tu vecino favorito. Ayer estuve hablando con tu esposa y tus bellas hijas. Y como todavía no tengo muchos materiales en mi casa, ellas me regalon todo tu papel higiénicoooo. Espero que no te moleste. Sobre todo porque en este universo mi gran lema es "Tomá del prójimo lo que podás y algo más"... Pero en la esquina un pick-up me dio estos afiches y panfletos. Es buen papel, yo mismo lo he usado en estos casos.

-¿Y cómo te llamás? No finjas la voz, hombre. No te veo bien pero tu figura me parece familiar.

-Yo soy Otón de la Vara, tu vecino favorito. Aunque a tu mujer le gusta llamarme, Oto, Otito, y a veces Ceroto. Pero lo hace con cariño. Ah, . . . por cierto, voy a hacer limonada. Aquí tengo el hielo, mirá.

Al decir esto, tuvo el atrevimiento de apartar el plástco que servía de cortina e introdujo un brazo para mostrarle el hielo.

-Por si se te antoja te convido a mi casa. Allá te esperoooo, viejo.

-¿Qué? Grandísimo hijoe'su madre. ¿El mismo Otón del MINED? ¿El mismo Otón de la guerrilla? ¿El mismo Otón que manda a sus huéspedes a vomitarse y cagarse en mi puerta? ¿El mismo que me noqueó? ¿El mismo Otón que manda a sus gallos a desgraciar mis...?

-¡El mismísimo!... A la orden.

-¿Y también el mismo que ahora se está cogiendo a mi esposa?

-Como te dije anteriormente, a tus órdenes. Pero

no te preocupés porque ese último servicio se lo doy gratis. No pensaba cobrarte por eso. No creas, pero yo cumplo estos menesteres, con un alto sentido partriótico y con mucha pasión. Lo hago como un servicio social para consolar a las malcasadas... ¡Ah, y por si acaso se te antoja tomar limonada, pasá por mi casa más tarde! Chao, me voy.

Neto volvió a zurrarse varias veces más por la rabia y por encontrarse nuevamente con su archienemigo después de aquella tremenda paliza. Lástima que lo había encontrado en la letrina. "En dónde se vino a aparecer este hombre ¡Mierda!" -exclamó-. Y en ese instante, tuvo la sensación de que alguien más, el personaje de alguna otra novela latinoamericana había pronunciado esa frase.

-Así que Oto, Otito, Ceroto... Como no se me ocurrió que este era el famoso literato de pacotilla, si casi lo tenía enfrente. Y yo buscando literatos en mi oficina. Y yo me figuraba que por ser enemigo mío, lo sería también de mi esposa. Qué pendejo fui... Por la gran flauta.

¿Pues, no te diste cuenta de que la enemiga de mi enemigo, resultó ser mi más rica amiga? Me parece estar adivinando lo que pensás. Ja Ja Lástima que me encontraste aquí cagando, como el Tigre de Sant Julia, sino otro tecolote te hubiera enfrentado. Pero pronto me las pagará ese desgraciado pueta, ese infame cogión.

La cabeza se le llenó de maldiciones y maquinó tantas cosas que ni siquiera se dio cuenta de la clase de papel que estaba utilizando para limpiarse. De pronto, volvió en sí y no dejó de pedir disculpas cada vez que se limpiaba, mejor dicho, que se raspaba su cagado trasero:

-Perdón, Señor Presidente... lo siento, Señor Presidente... No lo volveré a hacer, Señor Presidente... Libertad se escribe con sangre, Señor Presidente.

En la última raspada que le dio a su peludo, viejo y asqueroso trasero, Neto no resistió la tentación de averiguar a quiénes les había embarrado la cara. Fue entonces cuando descubrió la cara del presidente saliente. Una imagen llena de caca. Y henchido de emoción dijo:

-Perdón, Señor Presidente. Usted no merece esto, Señor Presidente. No me gusta esta cagada ni el rechinar del papel cada vez que uno se saca, se resaca y contra saca, entre las nalgas, tanta machacada caca. Y yo estuve con el papel, saca que saca, tanta caca como si fuera un sacatrapos duro que no es de cartón, de casaldrapo ni de cañazo. Y esto no es paja ni casaca, pero lamento haberlo llenado con tanta caca. Sr. Presidente, sin necesidad de canturrear, yo creo que usted hubiera gobernado mejor en otro ca-cantón del mundo, sin cascanearse, ni cancanearse; sin necesidad de cagarse, ni sonsacarse entre tanta caca. "Usted hubiera gobernado mejor un gran país como la Francia, como la libre Suiza o la industrial Bélgica. Pero le tocó estar en un cacal caído, caliente, cagado y recargado de caca. Usted sería el hombre ideal para guiar los destinos del gran cantón de Víctor Hugo..." Ay, ca-caramba, yo creo que todo eso ya lo he leído en alguna parte... Quizás sea una expresión de Víctor Hugo. Pero, qué cagada, Sr. Presidente ¡Qué gran cagada! Pero, créame, Señor Presidente, algún día yo seré su favorito.

Y, al concluir su discurso, entonó con emoción las infernales notas del inglorioso himno de su partido; ya que él estaba seguro de que se convertiría en el favorito del Sr. Presidente. Cosa que ocurriría tarde o temprano.

Continuó limpiándose un poco más; y, luego, quedó paralizado, cuando se preparaba para lanzar el papel periódico en el basurero. En ese instante, descubrió la imagen embarrada del Sr. presidente saliente. Neto pensó que no todo estaba tan mal, porque el presidente saliente lucía mejor con su rostro pringado por aquella pasta pestilente color café; y, con la luz que penetraba a través de los agujeros de la gran cortina de plástico, pudo observar en el rostro del Sr. Presidente, una sonrisa casi imperceptible, bajo su grueso bigote lleno de caca.

-Yo tengo aura de ángel y sé que voy a ser el favorito, entre los favoritos de su gabinete.

Exclamó con orgullo, cuando las lombrices que sobrevivieron en su estómago estaban bailando llenas de felicidad. Entonces, Neto salió con una sonrisa de triunfo, como un millonario saliendo de su viejo baño de fosa. Y de pronto, le surgió el deseo de dar una caminata. Hacía frío. Por fortuna, encontró en el tendedero del patio una bufanda negra y se la enrolló en la garganta. No le comunicó a nadie que daría un paseo. Caminó varias horas a través de las veredas aledañas, mientras el viento lo sacudía con fuerza, despertándole horribles ideas sobre cómo vengarse de Sir Otón de la Vara. A cada paso, imaginaba que tenía entre sus manos la cabeza de un literato. Lo disfrutaba. Pero su rostro de tortilla tiesa no reflejaba su placenteras emociones; esas emociones, con las cuales, todo psicópata suele gozar. El goce lo llevaba por dentro. La caminata le ayudó a concebir un plan sobre cómo destruir a Otón, junto con sus gallos. "La venganza tecolótica se llama desgarrar y pronto..." pensaba. Entonces, aceleró el paso para cruzar los arrabales de Apopa, camuflado con la bufanda negra que le cubría la mitad de su cara de tortilla tiesa. Era feo y malo. Tan feo y malo como Satanás.

TODO UN HOMBRE

> I've got to be a macho man,
> macho, macho man.

> Village People.

LEONEL Alfonso Menchaca Zúñiga soñaba con ser el hombre más varonil, el más macho, el más vergón, el hombre con más pelo en pecho, en resumen, el mero chingón de toda Centroamérica. Se rumoraba que era un macho, descendiente de una larga cadena de machos; aunque nunca vio que su padre ayudara a alguna mujer en nada; o más bien padres, porque le tocó presenciar y convivir con un enorme desfile de hombres, a quienes tuvo que llamar "padre." Sufrió al principio. Con el tiempo se acostumbró a ver cómo cada uno de estos homnbres golpeó a su madre sin piedad; muchas veces hasta dejarla convertida en una masa sollozante tirada en el suelo como un pedazo de trapo ensangrentado, frente a los umbrales de la puerta. Sus experiencias vitales le enseñaron que la mujer era una cosa. Un objeto para ser pisado en todo sentido.

Y si no fuera porque desde pequeño soñó con la oportunidad de lucrarse, él se hubiera quedado feliz y contento allá, donde dejó el ombligo, en Ciudad Delgado, un lugar mayormente conocido como "Ciudad Delguaro". A pesar de todo, extrañó sus andanzas, ya que nunca se sintió más feliz que cuando andaba con sus cheros de bar en bar, en busca de mujeres. El no buscaba la calidad en la mujer. En realidad nunca le importó conseguirlas en los bares. Según solía deir, "lo único que quiero es pisarlas bien, sobre todo, si se trata de la compa de un amigo".

Durante la guerra, fue el asesor incondicional de Neto e incluso se convirtió en su celestino personal ya que le conseguía pollitas de todas las tallas y de todos los colores. ¿Cómo la querés? Le preguntaba ¿Pechugona, piernuda, oscura, rubia? Si no encuentro te paso una polla de mi granja. Y Neto no olvidaba que su silencio le salvó la vida en varias ocasiones.

El dejó de ver a Neto cuando consiguió una beca para la Universidad de Valladolid, o Facha-dolid, como la llamaban sus habitantes más progresistas. La beca estaba basada en dos fuentes, provino del fondo de solidaridad internacional de la Alizana Popular, -hoy en día el Partido Popular, anteriormente conocido como la Falange Española Tradicionalista,- y de las Juntas de Ofensiva Nacional Sindicalista. La Alianza, con fondos del gobierno de Reagan, fervientemente, buscaba ligarse con todos los otros partidos de la derecha –aunque a regañadientes en el caso de los areneros, pero Washington era insistente y tuvieron que cumplir.

Una vez en España, Leonel Menchaca inició la maestría en metodología de enseñanza. Hizo los estudios de la manera más paulatinamente posible, ya que en poco tiempo, se dio cuenta de que había un gran número de mujeres paseando solas en sus carros elegantes, viviendo solas mansiones y atesorando inmensas cantidades de dinero. Claro que eran mayores; pero con una buena planchada todas las noches, se veían más jóvenes. Al final de su primer ciclo, entró al servicio de doña Trinidad Carrero Alas de Alva, sobrina del célebre "almirante volante," don Luis Carrero Blanco.

Leonel le sirvió a doña Trini durante el verano de "pool boy", cuando ella andaba por la piscina en una tanguita y gritando a los cuatro vientos su deseo obsesivo de que las cremas y los aceites convertirían nuevamente su cuero en piel. En la primavera, Leonel le ayudaba a sembrar flores en un vasto jardín. Durante el invierno y el otoño la acompañaba a las montañas donde le hacía masajes después de esquiar, cazar o hacer una caminata por el bosque. Todo el año estaba disponible para los ávidos deseos de la señora.

Poco después de recibir su título, encontraron el cuerpo de doña Trini al lado de su escopeta. Ni siquiera había puesto un cartucho en el cañón. Algo le había comido toda la cara –evidentemente un oso o un jabalí, pero había algunos rastros de miel en su cabello. Aunque había marcas de garra o colmillo por todo el cuerpo, en su cuello había una línea sospechosamente recta. Pero el cuerpo ya tenía unas dos o tres semanas de estar en el bosque. Por tanto, no pudieron establecer concretamente, la causa de su muerte. En su casa, todo estaba en orden y todas sus cuentas bancarias estaban intactas. Años después, sin embargo, su hija confesó que faltaban sus cuentas ilegales en las Islas Caimanes. Pero como sólo contenían unos $5,000, no saltaron a la vista. Sus grandes cuentas ilegales estaban en la Isla de Man, Gibraltar, Jersey y Guyana.

¿Pero quién la habría matado por tan poco dinero? Sobre todo cuando la vieja era generosa y había regalado a todos, familiares y conocidos, mayores cantidades tanto para navidad, como para las fiestas de cumpleaños. Nunca se esclareció el crimen. Por otra parte, no sospecharon nada sobre la partida repentina de Leonel, quien ya había se había graduado y recibió un aviso de abandonar el país puesto que la visa se le había vencido. Estaba en poder el PSOE y no estaban dispuestos a prorrogar la visa de nadie. Y como dijo el poeta y filósofo Roque Dalton: "No olvides nunca que los menos fascistas de entre los fascistas, también son fascistas." No hay tal cosa como un enemigo demasiado pequeño.

Y ya puedo imaginar la intensa rabia que experimentó Leonel Alfonso Menchaca Zúñiga, cuando a solas, abrió la caja fuerte, en las oficinas de la sede de Sir Henry Morgan BankTrustCorp LLC en George Town, Gran Caimán y encontró sólo cinco mil dólares norteamericanos. En su confusión, ni se percató de que la cuenta de $5,000,000 estaba en la sucursal de Georgetown, Guyana. Los números eran casi iguales, pero no se fijó que estaban en países muy diferentes. Para colmo, tuvo que invertir los cinco mil dólares en una estancia, demasiado lujosa, en las Islas Caimanes. Así que no tuvo recursos para visitar las cincuenta o más Georgetowns y George Towns en el planeta. Esa agua no era para su beber.

Así fue como Leonel volvió a El Salvador, tan impecunio como había salido. Menos mal, porque lo hubieron matado por diez dólares. Al llegar, hizo una llamada a Neto y este le buscó un puesto en ESTAFASA, como director de la sección costanera. Además de dirigir las visitas a las escuelas en los departamentos de la costa, le aconsejaba a Neto a quién debía reclutar y a quién no reclutar. Los malvados se reconocen; tienen un olor entre sí, algo que sólo ellos pueden detactar; y, Leonel era un sabueso de la maldad. Por experiencia o naturaleza, era capaz de detectar el azufre en el alma de un maleante, cuando apenas había entrado el edificio.

Leonel Manchaca sabía leer y predecir los movimientos en el gran juego de leyes inversas de los negocios. Las leyes del misterio indican que así como los gordiflones odian a los esbeltos; de igual manera, los malhechores se molestan ante la presencia de los buenos. Pero en la relación saussuriana inversa a las demás,–los flacos son flacos por no ser mantecudos, los bellos se definen por no ser feos y los inteligentes se destacan por no ser tarados; pero son relaciones, en las cuales, la cualidad positiva se nutre de la negativa. Los malos son parásitos de los buenos; por tanto, los necesitan, así como un zancudo necesita a una arteria y así como un ave de rapiña necesita una víctima. El mal se muere rápidamente en la ausencia de lo bueno. Por todo eso, le tocó a Leonel, por ende, decidir el nivel de bondad permitido en la organización. Los bondadosos, además, eran necesarios para disfrazar las misiones secretas que realizaba ESTAFASA, para sus mentores políticos y para los agentes del Gran Coloso del Gélido Norte.

Leonel, por tanto, siempre hizo una labor más o menos legítima ya que solía trabajar en los departamentos areneros donde todo ya estaba cocinado. Sólo contrató, por consiguiente, gente profesional y presentable que iba a dejar una buena impresión. Por lo menos, contrataba a gente más profesional dentro del marco de exigencias areneras. En esto le ganaba al Tecolote. En ningún momento anduvo contratando a una bandada de monstruos, Icacos y friquis como los que trabajaban con Neto. Sin embargo, Leonel siempre le insistía a Neto que protegiera a su mara camuflándolos dentro de un grupo de inocentes.

El problema de Neto fue que ni sabía ni podía controlarse. Si alguien hacía lo correcto, él sentía de inmediato, unas tremendas ganas de despedirlo. No podía dormir sabiendo que había gente más capaz, con más destrezas que él, en su oficina. Eso le afectaba incluso sexualmente. No se le "entiesaba" el pirulí al darse cuenta de que andaba por ahí, alguna persona buena y útil en su sección. Y, sólo después de despedir a un buen número de empleados podía gozar de un rico polvito. A lo mejor, una buena dominatriz le hubiera arreglado los problemas con la ayuda de cadenas, esposas, látigos y chuzas. Tenía suerte, pues él estuvo protegido por la brutaleza de Susana Gusana, quien ocultó a la Alta Gerencia que su sección era como una puerta giratoria.

Don Menchaca también tenía sus faltas. La gran falla de Leonel radicaba en que medía a las mujeres como una tábula rasa. Tan ocupado estaba con las mujeres que ni se dio cuenta del momento en que una pequeña grieta se convirtió en un oscuro portal; y, de pronto, comenzó a correr la noticia de que la Interpol lo buscaba por algo que había cometido en España; otras voces rumoraban que durante la guerra de El Salvador, él había procurado niñas y mujeres para dárselas a los oficiales militares y a civiles comerciantes, quienes las vendían en los burdeles y otros centros pornográficos. También rumoraban por ahí que había vendido varias rubias chalatecas a los taiwaneses, los coreanos y los árabes. Y alguien se atrevió a murmurar que Radha por poco se desmaya cuando lo vio durante una cena ofrecida por Neto, en ESTAFASA. Pero entre tanta información incierta, lo único cierto era su naturaleza malvada.

Con la tripulación que tenía, le costaba mucho encontrar una mujer con ganas de emprender una aventura. Las mujeres eran cada vez más indóciles. La mayoría eran madres solteras, quienes sabían por experiencia la etimología de la palabra: "jueputa".

Cuando los rumores circularon, él decidió mantenerse alerta e incluso llevar una vida de continencia y moderación, para no ser detectado fácilmente por las organizaciones que lo buscaban. Según él, todas las mujeres tendían trampas. Luego, de sufrir una abstinencia sexual forzosa por más de 5 meses, Leo se vio en la necesidad de aceptar cualquier cosa. Y, por desesperación, se fue a un bar con la Juli Travi. Fue bastante incauto. Debido a la urgencia de refocilarse con alguien, no meditó ni siquiera en los rumores que circulaban en torno a la Travi. Rumores relacionados con su extraña anatomía. En su prisa, tampoco reparó en las advertencias de sus amigazos de la oficina, quienes le aseguraron que ella caminaba por los "dos lados de la calle". Pero todo eso, al calor de las copas, no le importó. La reunión con la Travi empezó bastante bien; en la oscuridad del parqueo, la chica le dio una rica chupadita que le puso en órbita.

-Recordá que sólo estamos empezando. Te daré mucho más esta noche, mucho más de lo que podés imaginar.

-No sabés cuánto me hacía falta esto.

Juli sólo esbozó una risa de maldad que Leo ni siquiera percibió porque, en ese momento, ella le tomó las manos para que friccionaran la textura de su sostén de copas. Entonces, Leonel sollozó y comenzó a besarla, a pesar de su fealdad. Así que, después de constantes insinuasines de toca-quetetoco, chupa-chup- y mete-punta-mete, ambos se arrancaron para el Irish Pub, un lugar ubicado frente al Parque San José. Esa noche hubo una lectura de poesía en el Bar Leyendas con Sir Otón de la Vara. Los demás rojillos estaban entusiasmados hablando de sus momentos de gloria durante la revolución, mientras se refrescaban con varias rondas de Ron Havana Club con Coca Cola.

En el Irish Pub, tomaron unas quince o veinte frías entre los dos, bastante para limpiarse la plomería. La Juli pagó la cuenta; y luego, lo llevó a una carnicería abierta, donde comieron 4 órdenes de carnita asada a la mexicana. De nuevo, la Juli pagó, segura de que recibiría su recompensa muy pronto.

Para relajarse y evitar una indigestión, la Juli manejó por largo rato; y, luego se dirigió al Motel Oasis de Amor, en Cuscatancingo, cerca de la línea con Mejicanos. Juli entró primero y destornilló las bombillas para que todo se quedara a oscuras. Después, le ayudó a Leonel a entrar en el cuarto; y, ahí comenzó a besarlo por todo el cuerpo, mientras le quitaba la ropa. Lo hizo con tanto esmero que el hombre estalló de placer. Pero no se detuvo; continuó hasta dejarlo totalmente agotado. Y ese fue el momento que aprovechó para ponerlo de bruces y gritarle obscenamente:

-¡Ahora me toca a mí, pendejo!

Entonces, con la rapidez de un rayo lo encadenó con las esposas que ya estaban listas en el espaldar de la cama y sin perder tiempo, con su verga de hermafrodita, comenzó a abrirle el culo a Leonel. Entre más trataba de escapar, Leonel, más débil, más inútil, más impotente se sentía. Hasta que se dio por vencido. Entonces, la Juli lo cabalgó a rienda suelta, dándole golpes con los talones y jalándole el pelo. En ese momento, ya predeterminado, alguien entró con una cámara y dijo, "eh, todo listo, miren al pajarillo" Entones, la Juli le levantó la cabeza a Leonel y ella adoptó una mejor posición para que el papparazzo le sacara una foto con la inmensa verga que estaba penetrando la parte de Leonel. Este gritaba de furia. El papparazzo se dio gusto tomando fotos y luego de felicitar a la ágil jinete, se despidió diciendo que esa misma noche podría subir todo a Facebook.

-Desde hoy en adelante, serás mi esclavo de amor. Cada vez que me dé la gana de coger, sea como macho o como hembra, vos serás la fuente de mi placer. Vas a obedecerme en todo, tanto en el trabajo, como en la cama. Y si tomás otra mujer, esta también será mi mujer. Y, si te gustó semejante follada que acabo de darte, tu hombre también será mi hombre. En ESTAFASA seguirás mi decisiones al pie de la letra. ¿Entiendes, Méndez?

-Sí. Todo lo que querrás, todo.

-Muy bien, todo entendido. Seremos excelentes amigos.

Para arremeter con más fuerza, la Juli se bebió otra cerveza bien fría. Se dio una ducha con agua helada para quitarse el cansancio y las marcas de una noche llena de sudor, mugre y espermatozoides.

-Y ahora, mi esclavo, ¿me amás?

-Sí, Juli, te amo –lloriqueó.

-¿Con todo el corazón?

-Sí, mi amor.

-¿Si qué, mi amor . . . ?

-Te amo con todo el corazón.

Con eso, Juli se tiró encima de Leonel, sacudiendo su verga recién despertada.

-Mostrame que me amás, mi amor... chupámela.

Leonel no tuvo ninguna otra alternativa, se la chupó, tratando de no vomitar. A medio camino, entró un hombre vestido con overall de mecánico para filmar un video en el que aparecía Leonel con semejante picaporte en la boca y con la cara llena de lágrimas. Antes de salir, el hombre de overall le ayudó a encadenar a Leonel de pies a cabeza. Lo colocaron en el suelo y lo amordazaron. La Juli pidió tiempo para hacerle un buen maquillaje. Entonces, el hombre de overall dijo: este video lo podemos subir en Youtube, sólo nos avisa.

Julia procedió a maquillarlo mientras decía:

-Leonel, mi gatito, cualquier palabra o acto de desobediencia, y estas fotos y el video serán recibidas por toda tu familia, todos tus colegas de trabajo y todos tus cheros. Ya sos mío hoy y para siempre. Ahora te quitaré la mordaza y te daré una lección. Cuando sintás el golpe deberás gritar exactamente lo que te diga.

Ella le susurró al oído lo que debía decir. Entonces, le quitó la mordaza y tomó un látigo de plástico que parecía más bien de cuero con puntas metálicas. Y en cuanto inició el tratamiento de latigazos, entró otro hombre vestido con chaqueta de cuero y con una cámara digital para filmar la escena. El hombre apenas podía contener la risa al ver a Juli convertida en una caporal que repartía latigazos, mientras Leonel gritaba:

-Más, más, mi amor. Ayyyy, Ayyyy qué rico. Dame más...

Antes de irse el hombre de chaqueta de cuero dijo: este video podrá estar disponible en todas las redes sociales. Sólo esperamos tus pelos y señales para enviarlo a todos.

Con este comentario cerró la puerta y la Juli tomó una larga siesta utilizando como colchó a Leonel, quien apenas pudo respirar con semejante bestia hermafrodita. A pesar de sus amenazas, Juli nunca le pidió amor a Leonel y tampoco continuó acosándolo con fuerza. Lo hacía de una forma sutil. Al parecer la lección había surtido efecto y fue fácil ordenarle que trabajara con poco presupuesto en los departamentos costaneros porque como ya estaban en manos del partido, no había necesidad de invertir ahí. Sólo en las montañas había necesidad de gastar dinero y, por ende, robarlo para sí misma.

A pesar de todo, Leonel estaba muy feliz por ser el jefe de una sección insignificante; alegre de no tener que hacer nada para ganar el dinero, sólo asentar que estaba de acuerdo, recibir unas palmadas por las espaldas, tomar unos tragos con la gente importante y andar con una sonrisa de idiota –todo eso por unos $4,000 al mes. Feliz, sí señor... como una lombriz. Ahora, si sólo pudiera encontrar una cherita. Las mujeres que ya estaban bajo su mando hacían todo el trabajo de analizar la situación educativa de la costa y de ninguna manera iban a ser sus concubinas. El sólo tenía que esperar a una idiota; luego, colocarla en donde no pudiera hacer daño y cogerla mañana, mediodía y noche.

Sus deseos no se hicieron esperar; un día como tantos otros, Dios creó a la mujer –digamos a la mujer perfecta para Leonel. La muchacha se llamaba Mártires de los Santos Santiesteban Donostia, mejor conocida públicamente como Chira. No era pobre. Ella provenía de una familia bien acomodada, de modo que trabajaba sin necesidad, sólo por la oportunidad de conocer al hombre de sus sueños; pero ella deseaba a un hombre capaz de apreciar tanto su belleza interior, como su espiritualidad. No es que ella fuera fea o insignificante. El problema es que era una mujer tan intensa que inundaba cada relación en un nivel sublime, con su caudal de dulzura y amor. Algo difícil de valorar; sobre todo por el hombre común, como la mayoría de los idiotas que pululan por la calle; ellos jamás habrían podido comprenderla.

Cuando Leonel se acostó con ella por primera vez, se dio cuenta de que detrás de esa cara y cuerpo tan ordinarios, había una tigresa feroz, lista para sorber y devorar sus fluidos vitales, como si fueran las sagradas sustancias de una romería sexual. Ella le mostró sus habilidades acrobáticas. Se sorprendió al descubrir todas las posiciones que podía hacer. Pero no era sólo la elasticidad de su cuerpo, sino la fuerza que le infundía a los hombres para que alcanzaran el climax. Su capacidad para gemir y gritar elevaban el ego masculino, incluso de aquellos que lo tenían bastante caído. Eran gritos musicales en increscendo, que luego se tornaban en una sinfonía de gemidos dulces, cadenciosos y energéticos que arrastraba a todos a participar, de alguna manera, en esa dimensión de exquisito placer. Y la sinfonía terminaba con un estallido sobrenatural, como si fuese una erupción volcánica. Esos gritos llenaron de conmoción a todos los empleados y huéspedes de los moteles que visitaron; y, provocaron la envidia de todos. Al salir por la mañana, los empleados se preguntaban si debían arrodillarse o pedir su secreto de macho pervertido; mientras que los demás hombres trataban de espiarlos por las ventanas para observar qué clase de hombre podría evocar semejantes estallidos en una mujer.

Pero ella no era ninguna Pamela Anderson. Parecía más bien un palo. Pelo Cagado rumoraba que ella era tan flacuchita como una casa sin sótano ni balcón. Sin embargo, ella estaba dispuesta a utilizar lo poco que tenía al máximo, para satisfacer las necesidades de cualquier hombre, joven o viejo, rico o pobre, exitoso o acomplejado. Por su parte, Chira también tenía necesidades. Treintona y solterona no esperaba ya mucho de los hombres; sólo pedía que ellos no le jugaran sucio, que le dijeran la verdad, y sobre todo, que le avisaran cuando era hora de terminar.

Leonel, a pesar de las risas de sus cheros, la contrató, y casi no le importaba que todos se enteraran de sus salidas con ella. Ella era capaz de hacerlo feliz. Se mantenía en forma y hacía ejercicios todos los días para fortalecer sus músculos cucales, no para trabajar en un club, sino para satisfacer a su hombre. Y tenía habilidades fuera de lo común como "tragar el miembro entero" para recibir a un hombre en el esófago. Y, cuando le llegaban los visitadores rojos mensuales, les ofreció el amor por el otro lado. Si los hombres salvadoreños se hubieran dado cuenta de sus habilidades, la hubieran nombrado la Octava Maravilla del Mundo.

Pero Leonel, pendejo nacido, pendejo criado,

no pudo mantenerse fiel a una sola mujer. Con los años se hacía más volátil, y menos firme en sus convicciones. Andaba sin brújula. Seguía los deseos de sus cheros en lugar de pensar lo mejor para sí mismo. Iba con putas, con chicas de clubes de mala muerte, con tipas casadas, mujeres fracasadas y fracturadas. Y cuando embarazó a Chira, huyó como cobarde, con los calzoncillos rayados de miedo. Las mujeres de la oficina organizaron un baby shower y obligaron a Leonel, sub rosa, a asistir, a tomar resposibilidad y comprarle una cuna para la niña que nacería. Ellas, lo amenazaron con reportarlo a las embajadas G-8 y las ONGs multinacionales. Claro que nada hubiera pasado, pero Leonel era demasiado cobarde para darse cuenta.

Después de nacer la niña, Chira comenzó a pedir que la reconociera –no tanto por el dinero, sino por darle un padre- y le exigía que llegara a jugar con ella. Leonel se las ingeniaba para evadir la responsabilidad; hasta que se le acabaron las excusas. Entonces, reunió a sus cheros del trabajo –Neto, el árabe y Pelo Cagado- para sacarles ideas, para aprender cómo podría resolver el lío en que se había metido.

-Te cagaste por organizar ese baby shower. Un hombre no tiene que admitir nada.

-Tenés que sacar de ella una idea de cuanto quiere. Con las mujeres es siempre una vaina de dinero. Pagale y que esta sea tu lección para el futuro.

-Volale los dientes a la cabrona. Amenazá a su familia. Mostrale una pistola para que sepa que no andás jodiendo por gusto.

-Dale un balazo en la cabeza y jamás jodera a nadie más en su puta vida.

Leonel, quien nunca pensó por sí mismo, tomó los consejos de sus cheros. Y como Neto era el jefe, decidió escuchar al más bruto, en vez de acudir a la sabiduría del árabe. Ni siquiera le preguntó directamente. El árabe guardaba silencio escuchando todas las necedades. Por otra parte, el cobarde de Leo ni siquiera se reunió con Chira para saber exactamente lo que ella tenía en mente. Se fue directamente a Armas y Municiones Cordero de Dios, S. A. donde compró la pistola más barata, un revólver HS alemán calibre .22 usado de nueve tiros y una cajita de balas. Inmediatamente después, llamó a Chira.

-Paso a recogerte a las seis frente a tu casa, traé la niña para que la pueda ver.

Chira decidió salir con Leonel a pesar de un terrible presentimiento: posiblemente nunca regresaría. Por eso, mandó a su hija donde sus hermanos. Leonel, con la excusa de dar un paseo poco común, la llevó por los campos ubicados en las periferias de San Salvador. Chira estaba intrigada. Ella se iba fijando en todos los hitos, tratando de adivinar a cada minuto, en dónde se encontraban. Después de unos 45 minutos, Leonel paró el carro y la invitó a pasar un momento en la parte de atrás del carro para disfrutar de la intimidad. En cuanto Chira se bajó, Leonel sacó el arma.

Cabrona, ¿así que querés que te pague después de llenarte la panza? Te voy a pagar, puta... te voy a pagar con plomo.

Chira ni siquiera escuchó una palabra, tan sólo recordó que ella había visto una caseta de policías en el camino, como a 2 kilómetros atrás. Sin atender a los insultos de ese malvado, ella comenzó a caminar rápida y silenciosamente con la idea que, posiblemente, la dejaría salir en paz. Estaba sola. Ella no tenía ninguna esperanza de acudir a los que vivían por esos alrededores porque nadie le abriría la puerta por miedo. Así que siguió caminando.

-¡Cabrona!... ¡Me vas a escuchar! Si no atendés a mis palabras; entonces, a mis balas, las que te contarán la última verdad.

A pesar de haber caminado unos treinta y cinco metros, la primera bala le dio en la pantorrilla zurda. Siguió caminando. Y Leonel fue detrás de ella. A veces, se paraba para retarla e insultarla. La segunda, le dio en el hombro derecho, pero desde unos cuarenta metros. Y Chira siguió caminando a pesar del dolor. Cuando la tercera bala le dio en el muslo zurdo, ella cayó al suelo. Se levantó y se arrastró unos cuantos metros. La cuarta bala le dio en la nalga derecha, provocando que se detuviera un instante; pero siguió. La quinta, le dio en la mejilla debajo del ojo derecho, pero no entró. Se incorporó y continuó arrastrándose por unos metros. La mujer y su verdugo habían avanzado ya casi un kilómetro, cuando la sexta bala le dio por el riñón zurdo. Entonces, quedó inmóvil; pero después de un instante, hizo un gran esfuerzo para continuar moviéndose. Y, la séptima, bala le abrió una herida oblicua en la cabeza, pero no le penetró el cráneo. Finalmente, Leonel le dio un tiro en el pulmón zurdo. Esto la dejó inmóvil por largo rato, y decidió rematarla con un tiro en la cabeza; pero como buen cobarde no tuvo la valentía de mirar su cuerpo. Cerró los ojos y disparó un tiro oblicuo que sólo le abrió la piel, producieno un gran chorro de sangre. Entonces, Leonel le gritó las últimas obscenidades y antes de largarse en el carro se orinó encima de su cuerpo, como último insulto.

Chira permaneció inmóvil por una pequeña eternidad hasta oír que Leonel se largaba en su carro. Cuando se sintió segura, comenzó a moverse de nuevo, a veces casi de pie, a veces arrastrándose, pero siempre se mantuvo en movimiento. Media hora después, vio la luz de una caseta; se arratró hasta alcanzar el umbral, en donde se abrazó a los pies de un policía. El hombre gritó por su sargento, quien llamó al teniente. Y, el teniente llegó en seguida y sacó una grabadora, de acuerdo a las instrucciones recibidas.

-¿Señora, quién le hizo eso? Cuéntenos despacio, tome su tiempo.

- Leonel... Leonel Menchaca. Vive en La Rábida... cuatro cuadras al norte del Scotia Bank. Quiso matar a mi hija

-¡¿Su hija?! ¿Dónde está? ¿La secuestró? ¿La mató?

-Está bien... Sólo yo me muero.

En este momento llegó el Padre Ambrosio, un italiano de la vieja tradición.

-Hija, aceptás a Jesucristo como tu Salvador...

-Sí... Ahora y en la hora de nuestra muerte... amén.

-Deinde, ego te absolvo a peccatis tuis in nomine Patris, et Filii, et Spiritus Sancti. Amen. Estás absuelta de todo pecado mortal.

Chira no respondió y nunca responderá.

En San Salvador, encontraron el registro del arma de Leonel. Esa misma tarde, la policía hizo un cateo en su casa y fue así como encontraron revólver todavía caliente y otras municiones en el baúl de su carro. Ellos revisaron las habitaciones y encontraron unos zapatos en el closet que estaban salpicados con sangre. Entonces, lo llevaron esposado al cuartel y nunca más fue visto por ninguno de sus colegas ni por su familia, quienes pagaron por los funerales de Chira y hasta ofrecieron pagar por los gastos de manutención de la pequeña niña que quedó huérfana.

Dicen que el Adversario se quedó muy feliz con las acciones de Leonel y que lo espera con brazos abiertos.

Al día siguiente, Neto convocó a todos los empleados de sus sección para aclarar los hechos.

-Colegas, no sé lo que han oído de los sucesos de ayer, pero tengo que recordarles que todavía no se sabe exactamente lo que pasó. Lo cierto es que una colega se murió bajo circunstancias curiosas, pero el hecho de echar los clavos encima de otro colega no resuelve nada. En este país uno es inocente hasta que lo encuentren culpable. Por tanto, les pido que no juzguen hasta que sepamos todos los hechos. Y aquel que esté completamente limpio de pecado que tire la primera piedra. La ley yace encima del fundamento de la verdad. Y la verdad es que, a lo mejor, nunca se sabrá exactamente lo que pasó. Por tanto, les exijo y les mando, que no digan ni una palabra de este asunto a nadie y les aseguro que el que hable con cualquier persona de afuera, perderá su empleo. No hay excepciones. Algo terrible ha pasado y no queremos empeorar la situación. No se olviden que lo de ESTAFASA se queda dentro de ESTAFASA.

Dicen que el Adversario se quedó muy feliz con las palabras de Neto y que lo espera con brazos abiertos.

*EL CASTILLO DE ARENA SE
VA CON LA MAREA*

Acabou samba, a trabalhar:
Era o sol quando o samba acabou
De noite não houve lua, ninguém cantou

Noel Rosa.

O ponte de areia / se foi com a maré

UN día, sin embargo, se terminó la fiesta. Con la imminente llegada del nuevo gobierno, El Doctor Arquímedes San Goyo recibió un nombramiento importante en la dirigencia de ESTAFASA. El se había destacado por ser un hombre honrado. Solía ser muy diferente a su padre, un abogado y ex político quien se dedicaba a robarle las fincas a los analfabetos, su mayor gloria eran sus manos limpias. Era un tecnócrata apolítico, ex-ministerio del MINED, uno de los pocos burócratas aceptados por ambos lados. Cuando vio que Neto Tecolote era jefe de un departamento de importancia crítica para la Organización casi le da un infarto. Había leído en gran detalle el reporte que preparó Rebeca Iwè Bard Godoy. Lo invitó a su oficina para informarle del nuevo protocolo.

-Esta es una entidad que recibe dinero de gobiernos extranjeros y ONGs para implementar política educacional progresiva. ¿Me entendés, baboso?

-Sí, mi jefe.

-No quieren que vos y tu mara de ladrones se metan todo en los bolsillos ni que hagan proselitismo político en las escuelas públicas. ¿Me escuchaste, tarado?

-Lo último que quiero ver es un cobarde culero como vos arruinando todo, por poner los empleados los unos contra los otros. ¿Comprendés, idiota?

-Sí, mi jefe.

-Alistate a buscar trabajo porque no producís nada más que problemas. Te doy sesenta días para encontrar otro puesto. No quiero ni zánganos, ni lambeculos, ni estafadores, ni violadores de mujeres, ni buscapleitos como vos.

-Sí, mi jefe.

-Voy a limpiar este excusado porque huele a pura mierda. Y un cerote es lo que sos, cabrón.

-Sí, mi jefe.

-Y a los cerotes hay que tirarlos a la cloaca y luego, dejar correr el agua.

-Tiene razón, mi jefe.

Neto salió, pensando que había pasado el peor momento de su vida. Y para colmo, cuando llegó a casa recibió una llamada de un policía, un su amigo, relatándole que las trillizas habían sido arrestadas en una "tormenta tóxica." Ese supuesto amigo le contó:

-Era un Pricemart de drogas... había éxtasis, monte, amfetamina, crack, toda clase de ácidos, y no sé qué más... Pero no te preocupés... las vamos a cuidar mis cheros y yo... Les vamos a enseñar los buenos modales... vamos a enderezarles el camino... vamos a mostrarles lo que pueden hacer un grupo de machos verdaderos... Y, cuando salgan el lunes... Si es que las... Ja ja ja. Ellas serán buenas damas por el resto de sus días... Ni siquiera cruzarán la calle contra la luz.

Neto, al oír eso, manejó hasta la casa del policía deshonesto a toda velocidad y, en el único acto de valentía y caridad que haría en toda su vida, tiró un rollo de pisto sobre la mesa y sacó a sus hijas sin decir absolutamente nada. Estaban desnudas las tres, gritando, desangrando, cubiertas con los fluidos de todo el cuartel de policías. Había fotos Polaroid de ellas pegadas en todas las paredes.

Neto averiguó los hechos y se dio cuenta de que la droga más fuerte en el cumpleaños de la amiga de sus hijas había sido la Maseca. Era una pinche y sencilla fiesta de cumpleaños con chicas que acababan de abandonar sus muñecas Barbie. Y sin haber cometido ninguna falta contra la ley, esos policías corruptos las agarraron a la salida de la fiesta, mientras esperaban el taxi que las llevaría a su domicilio. Las trillizas le contaron que un amigo de Ricardo "Pelo Cagado" Guatón Basovia, que trabaja como profesor universitario de sociología, y al que no pudieron identificar porque apagaron las luces, fue el que planeó todo desde el principio. Esos hombres las amordazaron y las entraron con violencia en la casa de ese policía corrupto. Dijeron que el amigo de Pelo Cagado, ya estaba ahí esperándolas; dijeron que él insistió en ser el primero con cada una, y que luego de terminar con ellas, le mandó un recado:

-Decile a tu tata que así se siente todos los días, cuando uno es segundón a un cabrón rompehuevos.

Neto volvió a su oficina el día siguiente y se encontró con la noticia de que Pelo Cagado estaba en Guatemala. Dicen que el supuesto amigo lo llamó por teléfono para advertirle que no regresara o que de lo contrario se encontraría con la mano dura del jefe. Neto continuó con las pesquisas y a cambio de una fuerte suma de dinero, averiguó que el supuesto amigo de Pelo Cagado, era en realidad su compadre y ex compañero de universidad. También le dijo que trabajaba como músico, profesor de sociología y líder comunitario de una pequeña minoría étnica y que era originario del oriente del país y que tenía un largo historial como violador de mujeres. El policía que le soltó la información manifestó que, a pesar de todo, el violador contaba con buena reputación. Le dijo que ante todos, él solía presentarse como un hombre profesional, altruista, religioso y hombre de familia; pero que sutilmente había estado acosando a sus colegas de la universidad de la cual se graduó y a sus propias estudiantes. Solía disfrazaba como un hombre que ayudaba a las comunidades para obtener más víctimas. El policía le pidió más dinero a cambio de revelarle el nombre; pero Neto agregó: con eso es suficiente. Entonces, sin perder tiempo, comenzó a llamar a los dueños de todos los traseros que había besado durante su larga carrera de lambeculos. Al final, Silverio "El Tiburón" Sánchez, un sobrino de mi General Sánchez Hernández lo recordó. Era un capitán en el ejército cuando Neto llegó al Estado Mayor con la lista de simpatizantes de la guerrilla. Le dio una cita para el lunes siguiente.

AVENTURAS EN GALLOMAQUIA

Cabeza en alto
espuelas agudas
confrontás la muerte
probando tu suerte
no te rindés jamás
más que hombría
sos pura valentía
si sólo fueras hombre
para pisarme para siempre y más

Lic. Julieta Travi. "El gallo más gallo."
Lecturas para 6o año.
San Salvador: Ministerio de Educación, 2004.

NETO trató de mantener una apariencia tranquila, aunque estaba por estallar de rabia. Manejó tranquilo, y al llegar a su casa se encerró en su cuarto y comenzó a gritar como un loco. Entre más gritaba, más se incrementaba su rabia; y, finalmente llegó a la conclusión de que necesitaba algo más fuerte: sexo. Sí. Sexo sádico, salvaje y sucio. Mal afortunadamente, hasta ese momento recordó que desde hacía años que no sostenía relaciones con la esposa. Tener sexo con alguien siempre le calmaba la rabia ¿Pero con quién? Él no encontraba con quién refocilarse esa tarde. Ni si quiera para más tarde en esa tarde. Y lo más triste, reconocía que era tarde para recoger su caída tarde en el devenir de otras tardes.

Desesperado, pensó que podría recurrir a un trío de sus juegos sucios. ¡Mas era imposible! Desde el embarazo de su hija Celestina, Radha no permitía que él se arrimara a las trillizas o que estuviera en el mismo cuarto con ellas. Así que se dedicó a mirar videos pornos, que al final de cuentas, lo dejaron insatisfecho.

Por otra parte, tampoco tuvo ganas de llamar a nadie, porque se daba cuenta de que estaba harto de salir con las mismas mujeres que le movían el cuchumbo, sin variaciones en el ritmo ni exóticas destrezas. E incluso sus últimas adquisiciones le resultaban aburridas. La Chabelquis, por ejemplo, lo complacía tan sólo para mantener su trabajo en ESTAFASA. Ella había aceptado con afán, la oportunidad de desarrollar sus competencias lingüísticas con el cherito arrugado y casi atrofiado de Neto; pero lo complacía sólo superficialmente, porque ella era una mujer cristiana de corazón y no consentiría que nadie la desflorara de verdad antes del matrimonio.

Por otra parte, la Juli Travi, había sido su compinche desde su trabajo anterior con el MINED. Ella era tan sólo un mal necesario; un sabor perverso. Cada vez que la miraba se decía a sí mismo que nunca había conocido a una víbora tan pérfida como ella, a una chera tan profesional y tan bien de perversos dones proveída. En ESTAFASA solía aplaudir su estupidez con una sonrisa de oreja a oreja, mientras decía: Qué competencias... Qué competencias las que tenés... Pero nunca aclaró a los otros que ella tenía increíbles competencias tanto para dar vuelte gato, como para hacerle el vuelte gato, al derecho y al revés. Era como estar con una zorra y con un hombre, al mismo tiempo. ¿Y quién es ella para mí? Se preguntaba a solas, mientras entonaba la canción "Juli Travi, varón y hembra en uno" Pero ese sabor perverso ya no le infundía placer: sino el terrible temor de perder su propio trono. El día menos pensado ella podría desbarrancarlo de su puesto. Y no se refería precisamente al puesto laboral, sino a los otros ámbitos en los cuales, ella podía competir con él. "¿Quién sabe...?, -rumoraban muchos al verlos conversar juntos-, "A lo mejor ella tiene el órgano más grande que el suyo..."

A pesar de esto, debía agradecerle que le consiguiera gallinas semi-moribundas para degustarlas crudas en los baños de ESTAFASA. Esto despertaba la intriga de la coordinadora de Recursos Humanos, la tía del árabe, quien no se explicaba quién le dejaba sucios los baños. Fuera de lo sexual, comer en el baño, era el segundo placer que él prefería. Y Juli Travi era la única que conocía este secreto.

¿Y la Morsa Amorfa? ¡Ni pensarlo! Mejor una cita con la consoladora Rosita Palma, la hermana gemela de Manuela, es decir, las afectuosas hermanitas Palma, quienes tanto han consolado a los hombres frustrados, abandonados, cornudos o con cierta predisposición a la soledad. Aún si fuera la última mujer de ESTAFASA, ni siquiera le cubriría la cara con la bandera panameña, porque correría el peligro de ahogarse en el canal.

Doña Merchita, por otra parte, ya lo tenía chino con su tradicional baile de boxeo. Era una mujer llena de resentimientos, desde que él comenzó a salir con la Chabelquis. Esto fue duro para Merchita ya que ella le dio algo más que su carne; gracias a su ayuda intelectual, él pudo consolidar su carrera. Desde que salía con Chabelquis, ella comenzó a ignorarlo. Neto continuaba acorralándola para cogérsela en los mismos rincones de siempre, pero la tal Doña Merchita... ya no subía ni bajaba.

¡Gallinas! -exclamaba Neto-. Debo conseguirme cuanto antes otra gallinita. Sólo me queda mi sobrina, pero la pobre es tan fea; y, además, en estos momentos anda preñada de ese pequeño árabe, con semejante timba de bolo; y, a ese no lo puedo despedir porque está protegido por el partido.

Por otra parte, es amigo íntimo de Ricardo, ese que al que lo tengo en la mira... Pero volviendo a la lista, si debo agregar a alguien, podría afirmar que la Piluris me puede hacer el inmenso favor de... ¡Pero no! Ni pensar en eso. Se me olvidaba que ella tiene la obsesión enfermiza de salir embarazada de todos los hombres casados. Y por si fuera poco, yo ya estoy harto de su vieja cantaleta:

-"Don Netoooo, y usté sabe por qué quiero tanto a mi maridoooo. Porque yo estaba embarazada de otro, de un hombre casado y ya bien viejo que trabajaba en el proyecto; y como él ya no me hizo caso, entonces, mi Luis Miguel se casó conmigoooo... -Y ese tal Luis Miguel nada que ver con el famoso astro de México. Aquel tiene... Tiene... ¡Ay!, pero la Pirulis llega al colmo de criticar la fealdad y la ineptitud de su marido. Pobre hombre. Hasta pena me da pena decirlo: hay hombres pendejos y otros que son rependejos. Y él hace todo por ella, la hace de niñero, de sirviente, de chofer y la lleva de un lado para otro en coche, incluso a las 3, a las 4 de la mañana o cuando su yegua se lo exije. Hasta le sirve de niñero; cuida a toda hora a los niños que no son de él. Y encima, ella anda pidiendo información para el divorcio. Ja Ja Ja... Lo más chistoso es que él no sabe nada. Con esa cara de agua mansa... Güechos. Eso es lo fregado de este asunto. A las aguas mansas hay que tenerles miedo. Mejor no meterse en once varas. Y a todo esto, a veces me pregunto qué clase de pendejo soy yo ¡Qué leche! Qué rabia con las gallinas que ya no cantan en mi corral.

Neto tenía un terrible problema existencial: las mujeres ya no le paraban bola. Las últimas que contrató eran tan liberales y autosuficientes que ni siquiera les importaba ser despedidas. Ellas estaban laboralmente bien calificadas. De modo que no necesitaban acostarse con un viejo tan decrépito, acabado y asqueroso como el vetusto tecolote.

En medio de su desgracia, lo que últimamente menos soportaba era despertarse con la nueva y extraña manía gallinesca que Radha había adquirido. El no sabía a ciencia cierta desde cuándo había iniciado; tan sólo recordaba que esos repentinos síntomas se le habían desencadenado como una especie de corriente nerviosa. Una corriente que se activó cierta madrugada, con la alarma del despertador, que por cierto, sonaba como el canto madrugador de un gallo; y, al sonar, ella se puso a bailar en la misma cama. Al principio creyó que era una pesadilla; pero como las siguientes madrugadas ocurrió lo mismo, decidió perseguirla y notó que algo verdaderamente extraño le estaba ocurriendo ya que la mujer andaba por todos lados, aleteando los brazos como un ave moribunda, encorbando las piernas dramáticamente y entonando un agudo y molesto: cocorocó cocorocó... Ella cacareaba como gallina. Y lo peor es que cacaraqueaba, precisamente, como lo hacen las turulecas. No dijo nada para evitar problemas innecesarios con ella; e incluso intentó invitar a la casa a un amigo psiquiatra para que la examinara, sin que ella se diera cuenta; pero pronto, llegó a la conclusión de que se trataba de otro fetiche sexual relacionado con Otón de la Vara.

No fue difícil averiguarlo. Todos los días, desde que sonaba el despertador en la mañana, hasta que alguna de sus hijas servía el desayuno, la mujer solía colocar su cabeza sobre la ventana, como si fuera una de esas gallinas a punto de ser decapitadas; y allí se quedaba por largo rato contemplando el corral del mujeriego poeta Otón de la Vara.

En el corral, él estaba criando a 99 gallos y a 20 gallinas. Algunos de los gallos eran de pelea. Y según le habían contado las trillizas, el poeta estaba a punto de ampliar el corral para recibir a 100 gallos más. Sería un regalo fantástico. Y este regalo provenía de la APS, Asociación de Poetas Solidarios de Chile. Las hijas ni se enteraron del extraño trance de la madre; vivían en su propio mundo. Neto por su parte, se preguntaba cómo el placer y el cacaraqueo podían ir de la mano. De verdad quería preguntárselo a Radha; pero las amargas experiencias y los numerosos años de "fra-casado" le enseñaron a no entrometerse en las excentricidades de su mujer.

Todas estas frustraciones acrecentaban los rencores de Neto. Quizá este era el único sentimiento auténtico que su inconciencia de psicópata le permitía albergar. El mismo Otón de la Vara, ávido lector de las novelas del Boom literario, había calificado descaradamente al viejo roñoso, en su propia cara como: "un rencor vivo."

-Ey, llevala al suave, men. Desestrezate. Acordate de que en la guerra primero mataron a los que tenían miedo y en la pos guerra a los rencores vivos como vos. Alivianate, por favor, zampate un trago de esta limonada que te hice. Y llevala al suave, men. ¡Ricooooooo!... ¡Suaaaaaaave!

Neto estuvo a punto de estrellar el pichel en aquel rostro atractivo, pícaro y jovial, que solía sonreír eternamente, hasta en situaciones en las que cualquiera hubiera perdido los estribos. Pero se contuvo. Se limitó a meterse unos cuantos trozos de hielo en la boca para calmarse. Su naturaleza de escorpión, -porque muchos sabían que él era un tecolote, pero pocos que era un escorpión,- le permitía "írselas guardando" para atacar en el momento oportuno. Entonces, se prometió a sí mismo:

-"Así como este hielo es refrescante y condensado, yo iré planeando mi venganza."

La primera cosa que hizo esa madrugada

fue meterse en el corral, justo cuando el ocioso poeta aún dormía; y, estuvo a punto de torturar algunos gallos. ¡Qué ganas tenía de retorcerles el pescuezo! ¡Qué obsesión de arrancarles las plumas y encajarles los dientes hasta que apareciera el primer chorro de sangre! ¡Con qué gusto y con qué ganas lo succionaría! ¡La cara de susto que pondría ese desgraciado!... Y, como Tecolote accidentado anduvo dando vueltas por todo el corral hasta que logró dominar sus instintos tecolotescos; y para poner su mente en otra cosa, decidió escudriñar algo secreto entre los libros que ese pu- pueta, -como solía llamarlo-, siempre dejaba sobre la mesa del patio.

-¿Y qué leerá tanto ese cabrón? ¿Qué capítulo estará leyendo con mi mujer?

Una mezcla de cólera e impotencia se iba prendiendo, cual bola de fuego, en su mollera de ave obscura, porque era más tecolote que humano. Para calmarse se puso una bolsa de hielo. Y, luego, invadido por los mismos síntomas de Radha, anduvo en círculos, haciendo ruidos raros como una gallina turuleca. La enfermedad de Rhada era contagiosa. Y cuando menos lo esperaba, el tecolote comenzó a escuchar voces. Y entabló conversación con las voces; hasta que la plática se convirtió en discusión y la discusión se tornó en pleito y el pleito, en un nuevo ataque tecolotesco que lo hizo revolcarse por los suelos durante varias horas; hasta que finalmente, se levantó y gritó: ¡Eureeeeeeeeeka!

Y no dijo nada más, tan solo se encerró bajo llave en la cocina donde se puso a trabajar meticulosamente con una serie de instrumentos y con sus dos gigantes congeladoras que había comprado a plazos, en el Gallo más gallo. Y después de esto, esperó. Más allá de la media noche, finalmente, se decidió a sacar su vieja escopeta y una nevera cargada con balines de hielo. Subió al techo del garaje, se acostó panza abajo y comenzó a tirar hasta matar a los noventa y nueve gallos que estaban en los corrales de Otón. Era sorprente. Hizo el trabajo con una puntaría precisa, certera, rigurosa, y sin derramar una sola gota de sangre. Los animales fueron masacrados en una especie de holocausto que dejó una densa atmósfera glaciar. El método de ejecución fue tan perfecto que no lastimó a ninguna de las gallinas. Las dejó vivir para que alguien más las disfrutara. Y se los gritó con todas sus fuerzas:

-Las dejo vivir, señoritas, para que alguien más las asesine, ajusticie, ejecute, ahorque, ahogue, decapite, desnuque, degolle, guillotine, fusile, asfixie, electrocute, envenene, lapide, linche, inmole, sacrifique, aparee, copule, fornique, culee, viole, sangolotee, o simplemente para que se las coman crudas como a mí me gusta.

A la mañana siguiente, un carro de mudanza llegó hasta la casa de Otón, y un equipo de trabajadores le ayudó a vaciar la casa, en menos de una hora. Otón estaba convencido de que se trataba de un verdadero sicópata y se largó para proteger a sus mujeres y a sus hijos. Otón se dio cuenta de que no podría vencer esa guerra. Y estoy hablando del Otón aguerrido, aquel que sufrió en las cárceles bajo intensa, despiadada y cruel tortura; aquel que luchó contra el ejército en Chalatenango y en lugares clandestinos; aquel que dirigió una compañía de guerrilleros por las alcantarías desde Cuscatancingo, hasta la Zona Rosa; aquel que fue secuestrado por un comando verde y luego, rescatado por un pelotón de valientes mujeres quienes lo sometieron a una prolongada y simultánea tortura sexual; aquel que organizó pelotones tan sólo para ajusticiar a los traidores, y continuó arriesgando el pellejo después de las sufridas derrotas, reveses o errores. Ese Otón, precisamente ese... Finalmente, se había rendido ante la locura. Y sólo su lavandera pudo comprobar, en sus calzoncillos sucios, el grado de miedo que experimentó.

Durante toda la noche, Neto se dedicó a fabricar más cartuchos de hielo. Se aseguró de poner nuevos dispositivos y pólvora; también, selló la pólvora y agregó hielo granizado. Antes del amanecer, caminó por el barrio y fue matando a su paso a todo gallo que encontraba. Gallo visto, gallo muerto. Y, luego comenzó a correr gritando a todo pulmón: El Tecolote vive.

Como a eso de las 9 de la mañana, encontraron huecos en todos los rótulos de Pollo Campero y KFC, en la colonia Escalón; así como también, a lo largo y ancho del Boulevar de los Héroes. El Diablo de Hoy culpó a los grupos marxistas estudiantiles de la UES y la UCA, pero eso parecía ilógico. Esos todavía estaban sufriendo una tremenda resaca cuando llegaron los reporteros para entrevistarlos. El Diario Co-Latino ácidamente respondió que esos alumnos, debido a los cambios sociales, ya no estaban en condiciones para realizar actos tan noblemente heróicos y que el verdadero problema con el país era la falta de espíritu revolucionario: "¡Hay que ser como el Che!"

En su prisa, Otón había dejado atrás las veinte gallinas. Un platillo del cual, el Tecolote, no quería privarse. Entonces, sin perder tiempo, brincó por encima de la muralla y comenzó a devorarlas a todas: vivas y crudas, sin desperdiciar nada -patas, plumas, huesos, cabezas y todo; hasta dejar sólo un rastro de sangre por todo el patio de la casa de Otón. Luego, se quitó la ropa, se pintó el cuerpo de pies a cabeza, de cabo a rabo, con sangre, con caca de pollo y exclamó:

Kolo 'smi loka-kaya-kit

Al terminar sus palabras, se quedó inmóvil por un largo rato. Parecía petrificado. Pero, súbitamente, un par de horas después, comenzó a aullar de dolor. Y como su molleja estaba bien llena con pollo crudo, el instinto animal de Neto lo movió a devorar salvajemente algunos pedazos de ripio para quitarse la agonía que le causaban los huesos y los picos incrustados.

Después de esto, comenzó a toser, suave al principio; pero poco a poco, tan fuerte como si si en lugar órganos, tuviera en su interior un motor de jet; hasta que de pronto, todo a su alrededor se estremeció con una tremenda bomba, que no era otra cosa que el es del eructo más grande del mundo. Así se le salieron todas las plumas. De pronto, una ráfaga de viento sopló arrastrando las plumas por todo Apopa. La gente estaba asustada al contemplar una tormenta de plumas tan espectacular. Con esto y con su buche liberado, volvió a sentarse. Y, ahí se quedó dormido como una piedra enconchada durante el resto del fin de semana.

EXTROITUS

Llevá la luz ahora
Llevá la luz ahora
Que nos recuerda que el Salvador anda ante nosotros
Que el Salvador es la luz que alumbra el mundo

La Iglesia de San Salvador del Mundo.

Ya verás cuál es el salario del pecado. Ojalá que hayas reído tanto al leer el libro, como yo en el acto de escribirlo. Sólo te quedan el último capítulo y los apéndices. Entre tus risotadas, pensá bien si Neto ha recibido lo merecido o no. Pero no olvidés que tenés que reírte con ganas. Disfrutá tu oportunidad de ser juez, jurado y verdugo a la misma vez.

Al terminar el libro, hablá con tus cheros y deciles cuánto te ha gustado, pero no inmediatamente. Un minuto después de bajar el libro, andá donde tu compa, dale unos ricos besos, comenzá a tocarle la piel con una dulzura inusitada hasta que terminen los dos en una masa jadeante. Es lo menos que podés hacer por abandonar al amor de tu vida, por unas meras palabras. Después, pasále el libro y preparate para unos días de soledad.

Este es un libro para ser leído, así que no lo dejés en una biblioteca agarrando polvo y mugre. Poné a toda la familia a leerlo y cuando todos lo hayan leído una docena de veces, regaláselo a alguien que lo quiera leer. No pensés en mis derechos monetarios, yo ganaré más en un mes de lo que ganaré con este libro en una vida. La felicidad es el derecho más importante y si podés deleitar a alguien con una vieja copia de este libro, Dios te recordará en los cielos. Pero si tenés que venderlo para comprar pañales, también te recordará.

Antes de mandarte a leer el último capítulo, te quiero agradecer por haber leído mi libro. En los países de Centroamérica nunca hay bastante tiempo para hacer todo lo que querés. Por eso, te aprecio, querido lector.

LA VENGANZA DE LOS GALLOS

¿Cómo puede haber alba sin gallo?
Sería como la noche sin estrellas
como un santo sin halo
como un pantalón sin correa

Ricardo "Pelo Cagado" Guatón Basovia.

POR fin, llegó el lunes. Sin tomar previamente un baño, Neto se vistió con su mejor traje gris y se puso colonia Old Spice. Luego se subió en su yugo, sintiéndose como un James Bond. Durante el viaje, imaginó que iba en un carro de alta tecnología. Y, utilizando como "programador automático", su viejo y sucio cepillo cubierto con abundantes pelos, dijo: Destino. Programando, destino: Ministerio de Educación. Y, acto seguido, hundió la pata en el acelerador, desafiando el límite de velocidad.

Hacía años que no visitaba el edificio, a pesar de trabajar indirectamente para el Ministerio de Educación. Los cambios eran notables. Y se metió como Pedro por us casa, sin saludar a la secretaria, hasta la oficina donde lo esperaba Silverio "El Tiburón" Sánchez, el sobrino del antiguo presidente y guardián de su memoria.

-Neto, ¿Cómo estás? Tantos años han pasado.

-Eso sí.

-Pero nunca olvidamos el servicio que nos hiciste durante la guerra. No voy a estar en la reunión, pero el Ministro en persona te va a presentar al Mero Mero antes de la entrega del poder a los rojillos.

-¿Al Mero Mero?... ¿En serio?... ¡No jodás!

-En serio, le conté de vos y quiere conocerte.

Una hora más tarde, el nuevo Ministro de Educación, Dr. Tránsito M. Morales, lo llevó en su

Mercedes, hasta la Casa Presidencial. Una vez allí, entró en una enorme sala con paredes rosadas y decorada con reproducciones de estatuas griegas que mostraban una serie de atletas desnudos, con sus enormes picaportes sin cubrir.

Ahí estaba esperando de pie, un hombre vestido con una bata morada de seda, quien sostenía un vaso de coñac en la mano izquierda; y en la otra, un escultural picaporte. Don Tránsito le hizo una reverencia, y procedió a hacer las presentaciones.

-Excelencia, como dijo Marx, "Este hombre, aquí a mi lado, se parece y se comporta como un idiota corrupto, pero que usted no se engañe... ¡es un idiota corrupto!"

-¿Marx dijo eso?

-Así es. Lo dijo Groucho Marx.

-¡Neto! Me han contado muchas cosas sobre vos... ¿Un trago?

-Sí, su excelencia, muchas gracias.

-Tránsito, preparale algo especial.

-Pero usted se ve muy diferente en persona... ¿Usted verdaderamente es el...

-El Mero Mero... es el maquillaje que me ponen para las cámaras. Siempre me ponen corrector de ojeras. Una maquillista de primera me depila la ceja. Eso es para que no me llamen el "cejudo." ¿Te acordás de esa canción?

En ese momento, afectados por una energía musical que hubiese interesado al mismísimo Freud, ambos comenzaron a bailar abriendo los brazos y uniendo las rodillas para provocar un pronunciado movimiento de caderas. Así es como danzan los grandes, los expertos, los bailares más talentosos.

-¿Y cómo iba esa...?

Yo no tengo brazos como de Tarzan
Ni tampoco bailo como aquel Chayanne
No tengo dinero ni para comer

Y no soy tan guapo como Luis Miguel
Por eso las cejas me dejo crecer
Con tanta mujer no se qué hacer...
. . . .
El cejudo soy, el cejudo soy,
El cejudo soy, el cejudo soy,
Con mis cejas voy y así yo soy feliz ...

-El cejudo soy. El cejudo soy. El cejudo soy... Es un orgullo para mí bailar con el mero, mero.

-Para mí también será un orgullo poder bailarte... Como te explicaba, aparte de todo me ponen bastante base de maquillaje, para tapar algunas imperfecciones de mi rostro, haciéndome lucir natural y hermoso. Como aquellas modelos que salen en los anuncios diciendo: "Gran cambio, ¿eh?"... Ah, aquí viene tu trago.

Neto aceptó el vaso que le preparó don Tránsito y se lo tragó de un solo golpe, como había hecho años atrás con el anterior Presidente. De alguna manera, siempre creyó que ese primer acto de valentía fue el comienzo de su buena suerte, más bien, el rito de pasaje que lo convirtió en un hombre. Neto y el Mero Mero continuaron bailando canciones y haciendo guazas, hasta que de repente, todo se puso esfumado. A Neto le costaba caminar. Y sólo sintió que don Tránsito lo recostó en un sofá, y antes de desaparecer le dijo al oído:

-Tengo trabajo que hacer en el MINED, pero aquí te quedas en buenas manos. Te dejo en buenas manos.

Neto ni siquiera pudo contestar. Solamente sintió que la tierra daba vueltas y vueltas, mientras alguien hacía sonar una canción tras otra, hasta que finalmente, se decidió por una melodía archireconocida, pero la letra le pareció bastante insólita:

El cumba-cumba-cumba-cumbanchero chero chero
cumbanchero, cumbanchero que se va
el bongo-bongo-bongo-bongosero sero sero sero
bongosero, bongosero que se va
el tecu-tecu-tecu-teculero lero lero
teculero, culero que se va

Con ganas de orinar, hizo un esfuerzo y buscó a tientas el baño. Sosteniéndose con una mano en la pared, tuvo bastantes dificultades para dirigir su piruli, hasta el lugar correcto. No quería causar ningún desastre ¿Qué diría la gente de Casa Presidencial de un hombre que ni siquiera era capaz de dejar limpio el baño? Estaba haciendo un esfuerzo por contenerse, hasta que llegó una mano caritativa que sin asco ni escrúpulos, le tomó el pirulí, se lo acarició, mientras le susurra sonora y sensualmente en el oído: "pisss .... pisssss. . . pissss"; hasta que finalmente, logró apuntar todo directamente en el orinal. Entonces, escuchó de nuevo esa mera, mera y peculiar voz:

-Neto, Neto, yo no quiero que sufrás, Neto. Dejame ayudarte.

Mientras el anfitrión terminaba de acariciarle, mejor dicho, secarle su pirulí, otros dos hombres musculosos le bajaron el pantalón hasta los pies y antes de que reaccionara, lo esposaron con cadenas; luego, sin perder tiempo, lo arrojaron sobre la piel legítima de un felino. Entonces, El Mero Mero gritó:

-Más musiquita, cheros, estamos aquí de parranda, no estamos en una morgue.

En ese momento, escuchó el coro que por tantos años, sólo había oído en sus pesadillas. Por el rabo del ojo, creyó ver a su esposa y las trillizas bailando desnudas al compás de la música, en compañía de Otón y todos los enemigos que había acumulado en vida.

Tecolote, zopilote
hijo de cerote.
Neto Homero, Teculero,
te vamos a romper el trasero.

No sabía si estaba teniendo una pesadilla, pero notó que la gente estaba entrando en masa. Pero no todos eran sus enemigos. También acudieron socios, compas, cuates y amantes, quienes llegaron para dedicarle un poema o una canción. Ricardo Guatón Basovia, "Pelo cagado," su antiguo amigo desde la niñez, fue el primero en ofrecerle un homenaje.

El mismo Misifuf, gato goloso
que era en todo el país ladrón famoso
entraba a la despensa cada día
por oculto camino,
y allí con alegría
en el queso, en el pan y en el tocino.
Miraba el dueño, el daño;
y quien era el ladrón no adivinaba;
pero una vez que Misifuf sacaba
una torta de pan de buen tamaño,
Milord, el vigilante,
el perro favorito,
del hábil gato descubrió el delito,
y la torta quitándole arrogante:
-¡Pérfido, infame gato,
ira me causa verte!
le dijo con colérico arrebato.
¡Por vil y por ladrón y por ser ingrato
morir será tu suerte,
que el robo se castiga con la muerte!
¿Cómo tienes, infame, la osadía
de escarnecer el código sagrado
que nuestra sociedad ha sancionado? . . .
¡Oh, cuánta corrupción hay en el día!

Tu vida será corta . . .
Yo mucho he de gozar de tu agonía . . .
Y tanto que decía
con gran delicia comió la torta.
Hay en el mundo número no escaso
de apreciables varones
que de moral y leyes de lecciones . . .
y cuando llega el caso
desmienten la moral con sus acciones.

Después de su declamación, se acercó a Neto y le dio un fuetazo con una verga de toro que estaba en la mesa. Se despidió con las palabras, "ya me valés verga, cabrón."

Entonces, entre la multitud, apareció el doctor Arquímedes San Goyo, quien caminó lentamente apoyándose en su bastón, hasta el centro de atracciones. Pero a medio camino, se detuvo ante Rebeca Iwè Bard Godoy, para besarle la mano. Después siguió su caminata, deteniéndose cada tres o cuatro pasos para respirar. Por fin, paró frente a Neto y entonó con una voz todavía varonil y joven, después de tantos años:

- Por el bien de la Patria, los que la han violado han de ser immolados en un lago de fuego –*Néstor delendus est!* Esta es la ley del pueblo, esta es la ley de Dios –*Lex populi, lex Dei!* Los que han cortado las vidas de tantos seres prometedores han de pasar por las llamas purificadoras –*Vae victis!* Los que han degradado la santidad de la mujer, han de sufrir el eterno ardor –*Mater tua in inferno mentulis fellat!*

Antes de volver a su silla, levantó el bastón y le dio a Neto una tremenda paliza, gritando "*accipe hoc!*" con cada golpe asestado, hasta agotarse. Los asistentes del Mero Mero tuvieron que llevarlo a su asiento. Pero antes de apoderarse de su asiento, exclamó: "*Ab uno disce omnes*".

La próxima en acercarse fue Rebeca. Se arrimó a Neto más sigilosamente que una venadita. Se hincó para rezar, pidiendo misericordia para nosotros los vivientes, para que no nos caigamos en la tentación, que tengamos el juicio de distinguir entre la oportunidad y el robo, entre el amor y la violación, entre la competencia y el odio. Al terminar su plegaria se puso de pie e hizo las siguientes preguntas:

-Neto, ¿dónde estarías ahora si no hubieras escogido el sendero del Adversario? Neto, ¿qué motivo te indujo a laborar para la destrucción de tu familia, de tu patria y de tu mundo? Neto, ¿cómo no pudiste darte cuenta de que desde el momento en que firmaste el libro negro de la perdición, no eras más que un esclavo? Neto, ¿cómo no descubriste que la única libertad del ser humano, es seguir tu verdadera naturaleza, hacerte discípulo de la bondad? Neto, ¿con cuántos hombres de tu poder, tu inteligencia, tu astucia hubieran podido ganar las fuerzas del Bien?

Cuando Rebeca volvió a sentarse, sigilosamente se arrimó el Emisario de la Embajada, el doctor Malcolm Shithead, para despedirse de Neto. Se hincó y comenzó a pronunciar lentamente unas palabras fétidas, tecolóticas e irreconocibles.

Nema. Olam a son arebil des, menoitatnet ni sacudni son en te. Sirtson subirotibed sumittimid son te tucis artson atibed sibon ettimid te, eidie sibon ad munaiditouq murtson menap. Attera ni te oleac ni tucis, aut satnulov taif. Muut munger tianevda. Muut nemon rutecificnas, sileac ni se iuq retson retap.

Rebeca sacó una especie de palillo de papel con algodón de una bolsa sellada. Metió el palillo dentro de la boca de Neto y lo frotó contra los interiores del cachete. Luego, salió tan silenciosamente como había entrado; dejando sólo un leve rastro de hiel.

Barriendo el rastro de hiel con uno de alcohol, tamboleó don Pueblerino, El Pueta Popular del Pueblo, guitarra en mano. "Don Puetón," así lo llamaban, tuvo la increíble suerte de escribir, declamar y pintar en las paredes toda clase de poesía contra los policías y los guardias durante la guerra y escapar con vida. Dicen que nunca pudieron conectar ese galillo cara de bolo con un intelectual. Dicen que una vez lo agarró para que señalara al Puetón:

-No lo conozco, pero por cien colones te lo llevo con esposa e hijos.

Dicen que Don Puetón aceptó el dinero, huyó y fue a otra ciudad por unos meses. De todos modos, Don Puetón afinó su guitarra y entonó el siguiente corrido:

En este palacio elegante
se encuentra tan buena gente
aquí no hay reyes reinantes
sólo el pueblo es regente.
La democracia es cosa frágil
y siempre ha habido dementes
con grosería y fusiles
mantengámonos vigentes.

El adversario anda entre nosotros
como si fuera un rey de reyes
pero sólo es bicho joto
de pinche mara seis-seis-seis.

Y por eso hay que aplastarlo
alejarlo de la mente
El Salvador soberano
sólo será de mi gente.

El más libre será el gallo
cada uno un presidente

su canto será un estallo
la voz de un gran pudiente.

La vida es alegría
sin pensar en lo mugriente
tomar lo que Dios le fía
de su bondadosa fuente.

Sólo con la democracia
habrá una vida decente
pa' todos buena ganancia
menos el gran ave demente.

Que muera el ave fascista
el malvado Tecolote
que quede limpia la pista
pa' quemar a ese cerote.

Ante un fuerte aplauso, don Puetón sacó un pitillo de monte y comenzó a tronarlo como Pedro por su casa. Antes de que puedieran llegar los cuilios, un su ex-yerno se lo quitó de las manos y se lo pasó a otras manos y cada uno hizo un toque hondo y rápido hasta desaparecerlo. Don Puetón salió cantando "Poema de amor" de Roque Dalton a todo pulmón. Al umbral de la salida un viejo policía le dio una morisqueta. Don Puetón lo miró y le preguntó:

-¿Qué pasó? ¿Le prestaste cien colones a un bolo pueta una vez y nunca te los devolvió?

Por fin les tocó a las Dignas y a las Mélidas, un grupo de mujeres que luchaban contra los abusos que Neto perpetraba: contra el sexismo, contra el abuso sexual, contra la violación, contra el tráfico de mujeres y de niñas, contra el acoso sexual, contra las trampas puestas a las mujeres en cada esfera de la sociedad. La Gran Digna y la Gran Mélida, en turno, sacaron provecho de un cuchillo de alfombra para arrancarle los huevos, los cuales, levantaron en alto ante el aplauso de todos. Después los pondrían como trofeo en un bloque de acrílico, al lado del pene de John Wayne Bobbitt. Finalmente, ellas aprovecharon la ocasión, para dirigir un pequeño discurso.

-Amig@s y herman@s: Hoy es un nuevo día para El Salvador. Les juro que este es el primer día en este país, que una mujer ha sacado la más mínima cuota de venganza contra los crímenes de los hombres malhechores. A nosotr@s l@s salvadoreñ@s nos cae la labor de eliminar el sexismo en todas sus manifestaciones para que l@s hij@s de El Salvador, vivan en un país sin barreras artificiales. En el nombre de nuestra amada Mélida y en el nombre de todas las mujeres, cuyas vidas fueron cortadas demasiado temprano, tomamos esta parva medida de justicia... Nosotr@s, señor Mero Mero, queremos expresar nuestro profundo agradecimiento por terminar su mandato con un acto de verdad, de reconciliación sin perdón ni olvido. ¡Por fin... Un gobierno con sentido humano!

Acto seguido, Draculita Chabelquis tomó su lugar al lado del único hombre que había amado. Se metió la cara entre las piernas de Neto, abrió la boca y le mordió el pirulí, arrancándolo con toda su fuerza. Como había pasado tanto tiempo con el pipí de Neto en la boca, ahora nunca más le haría falta.

-Neto, mi Netito, tu dulce pirulí es mío, es mío para siempre.

Al ver semejante espectáculo, la Morsa Bisontina Amorfa corrió hasta donde Neto se encontraba, para confesarle su amor.

-Neto, nunca pude decirte cuánto te adoraba, cuánto te adoré, cuánto te adoro. Puedo escribir los versos más tristes esta noche... Te confieso que te quería y siempre te quise. Adondequiera que vayás después de esta breve residencia en la tierra, adondequiera que andes caminando, cuando estás walking around, cuando tus colegas pendejos vienen volando, no olvidés que yo, la Morsúbela, fui la única, la veintiúnica que te amaba.

Antes de dejar a Neto, le dio un largo beso que no parecía durar minutos, si no horas. Le exploró, lo más hondo posible, el camino alimentario de Neto con la lengua; más allá, del buche, más allá de lo imaginable, hasta tocarle la molleja. Neto ni siquiera se quejó con la tortura anterior. Pero con esa última, apenas terminó, el sufrido Neto se soltó en una tremenda vomitada. Entonces, pudo limpiar su bloqueada molleja. Logró soltar todo lo acumulado: huesos, plumas, uñas y hasta picos de pollo volaron por el aire.

En este momento, llamaron a Otón de la Vara. Otón, luciendo siempre como un caballero, se acercó lenta y calladamente, con un gallo debajo de cada brazo.

-Teculero, ¿me recordás? Te juré que me vengaría de vos y aquí estoy listo para sacarte los ojos. Tantas veces escapaste al ajusticiamiento, pero hoy no. Hoy no hay escapatoria. Hasta tus señores te han abandonado, tus señores quienes te levantaron ahora te bajan. Mirá, Teculero, mirá, lo que te traigo, un par de gallos, dos de los aves que quisiste erradicar de la tierra. Aquí están, aquí para sacar venganza de vos.

En ese instante, Otón los colocó encima de los ojos de Neto, para dejarlo ciego; pero sólo se quedaron ahí, quietos. Neto estaba completamente callado. Así permaneció hasta que uno de los dos se cagó en su ojo derecho y Neto comenzó a aullar. Se conformó con esa venganza simbólica y entonces, Otón se alejó lenta y calladamente, con su sempiterna sonrisa.

Después de Otón, Susana Gusana se acercó a Neto. Con su voz chillantemente cursi, de una seudo-elegancia comenzó a hablar.

-¡Ay, Netito!... Tenía tanto que decirte, pero algo ocurrió algo de mayor importancia. Yo sabía sobre este plan, pero no te lo pude advertir porque se me presentó un dilema: no pude decidir qué color de blusa debía llevar, si rosada o blanca. De todos modos, te deseo felicidad en el más allá.

La última en rendirle un homenaje fue su esposa, Radomira Bojórquez, acompañada por las trillizas y su nieto. Esperanza, la madre del niño, alzó a su hijo en alto y le gritó:

-Mirá, bastardillo, mirá bien... que van a quemar vivo a tu padre.

Al oír esas palabras, la cara de dundo estoico le cambió en una expresión de intenso terror. Se le soltaron todos los gritos que acumuló durante tantos años –66 años de horror, de vida mal gastada.

Al lado de Neto, el Mero Mero inició una conversación con el Adversario, el que llevaba, además de su traje negro consuetudinario, una cara de decepcionado.

-Mero Merito, ¿qué ha pasado... qué hicimos mal? A pesar de todos mis esfuerzos sólo hemos durado unos pinche veinte años. Estaba tan cerca de realizar mi meta de convertir este país en la primera sucursal del Infierno, aquí en el mundo de los vivos. Y vos me quitaste mi más leal servidor.

-Lo siento, Eminencia, hubo que hacerlo. Ganaron los rojillos y tuvimos que sacrificar a unos cuantos. Si no, esa camada de idiotas utópicos hubiera iniciado una serie de investigaciones y todos estaríamos en Zacatraz. Así por regalarles las cabezas de unos dundos, más bien nos alabarán por dejarles un gobierno en manos limpias. Resulta que unos cuantos ilusionados, aturdidos por el nombre del país, piensan que la patria pertenece a Jesucristo cuando siempre nos ha pertenecido a los hombres de genio y acero, los que tenemos con que defender nuestros derechos.

-De acuerdo, ¡este país es mío! Sólo el nombre pertenece a mi enemigo. Y me hacen falta servidores leales y serviles para cumplir la primera etapa en la conquista del mundo de los vivos.

-Pero mire lo que hemos logrado: la tasa de criminalidad y homicidio más alta del mundo; la degradación total de la mujer −ahora convertida en esclava, puta o bolsa para patear; unas maras de demonios tan cruelmente existosos a quienes estamos exportando por toda Centroamérica, México y hasta los Yunai. También hemos logrado la privatización de casi toda la economía, aunque todavía nos falta privatizar el aire; y, estábamos ya casi a punto de lograr eso, cuando perdimos las elecciones. También debe tomar en cuenta los mega-templos de cientos de miles de diezmos, para adelantar su misión; tenemos la industria bancaria lava-dólares más grande de la región; la aerolínea más grande de América Latina −todo esto a su servicio, Eminencia. El sacrificio de unos de sus agentes no es nada en comparación con todo eso... Y este festival macabro le ha dado la oportunidad de ver de cerca algunos de sus peores enemigos y estudiar sus debilidades.

-Tenés razón, Mero Merito, y vieras que yo te creí un bobo todo ese tiempo. Tendrás un futuro espectacular conmigo. No sé lo que haría en este país si no fuera por vos y el Reverendo.

-Hemos tenido unos atrasos, Eminencia, pero en 5 ó 20 años estaremos en el poder de nuevo, más fuertes que nunca. Dejaremos unas cuantas bombas de tiempo, como las pensiones, el IVA, el sector bancario, el transporte público, la electricidad y el agua. Todo está listo para estallar en sus caras.

Neto, mientras tanto, aullaba en agonía. Entre más gritaba Neto, más fuerte cantaban los invitados hasta que todos le rompieron... En eso, todos aplaudieron y comenzaron a entonar el himno de los Gallos:

Quiquirquí, los gallos están aquí
quiquiriquido, por haber sobrevivido
quiquiriquero, por el amor de los cheros
quiquiriquero, por vengarnos de este culero.

Al terminar la canción, empaparon a Neto en gasolina. Juli Travi, cumpliendo su sueño de modelar antes la gente de ESTAFASA, vestida de minifalda de cuero y botas rojas de charol hasta las rodillas, sacó un encendedor y en pocos minutos, Neto fue hecho cenizas. Pasó una ráfaga de viento por la casa que llevó sus restos arriba, mezclándolos con las cenizas de la zafra, esparciéndolos por toda la ciudad produciendo una gran plaga entre toda la ciudadanía. Ya Neto estaba libre para servir a su amo en el inframundo. Todos gritaron albricias en unísono. En el fondo había una bandera con el lema de la CIA. *VERITAS LIBERABIT VOS*

Dónde están ahora

POR esos misterios de la vida, acepté la invitación de entrevistarme con Sir Otón de la Vara en el bar Las Leyendas. Sin embargo, me dejó esperando más de dos horas sin explicación alguna. Entonces, me fui caminando solo hasta el centro de San Salvador, y no le recomiendo a nadie hacer eso, sobre todo si es de noche. Mejor pagar un taxi. Yo no tuve miedo porque me encontré con las poetas solidarias de Centroamérica, quienes me escoltaron. Primeramente, me encontré con Lety Elvir, la poeta hondureña, quien no le tiene miedo a nada, tanto que gracias a ella las mujeres poetas de Honduras han podido revelarse contra el gobierno opresor a través de la antología *Honduras, Golpe y Pluma*. Ella me contó que Sir Otón andaba por ahí en el centro. Más adelante me encontré con Milagros Terán y con Francesca Randazzo. Esta última tenía noticias frescas y me dijo que Otón se estaba disfrazando como San Juan de la Cruz, todas las noches y que se introducía en la iglesia El Calvario. Agregó que todos los artistas borrachos lo seguían hasta allí para declamar poemas a su alrededor. No quise preguntar más. Pero ellas adivinaron mi curiosidad y sin pedírseles nada, se ofrecieron a entrevistarlo. Así que ellas, Milagros Terán y Francesca Randazzo se fueron para conversar con él.

Me sentí solo, pero me encontré con Abigail Guerrero, la poeta de mis sueños. En cuanto la vi nos fundimos en un largo abrazo. Al despertar, nos encontramos nuevamente en una especie de tertulia literaria y allí nuevamente estaban todas las poetas solidaris de Centroamérica, Lety Elvir, quien me hablaba sobre su última publicación; Carolina Escobar Sarti, quien leyó un poema; Madeline

Mendieta, quien cantó una canción dedicada para mí. Recuerdo que Isolda Hurtado, Vidaluz Meneses, Conny Palacios, me hablaban de un proyecto literario en el que estaban trabajando juntas; y yo las escuchaba con atención, mientras Abigail Guerrero, mi musa favorita, murmuraba una palabra de amor en mis oídos.

En eso, aparecieron Milagros y Francesca con noticias sobre Otón de la Vara y sobre todos los compinches del Tecolote. Primeramente, Francesca me dijo que Neto Tecolote, debe estar, sin duda, en el noveno nivel del infierno vaciando cloacas con la boca y enderezando tablas con el trasero. Que la Morsa "la Morsúbela" Bisontina Amorfa encontró trabajo en el Gran Circo Real de Groenlandia entrenando y cuidando a las morsas. Así que finalmente, ha realizado el preciado sueño de visitar el país de sus antepasados, Groenlandia, donde las morsas abundan en hatos de miles y miles. Dicen que de vez en cuando, sueña con volver a encontrarse con aquel mexicano en Chapultepec, quien la empujó en el tanque, introduciéndola al mundo morsino.

Por otra parte, Milagros me contó que Radomira "Radha" Bojórquez se ha convertido en fotógrafa. Que con los ahorros de su esposo difunto, estableció una fundación para la documentación y testimonio de las realidades de El Salvador. Ahora ella documenta la pobreza y la delincuencia. Posiblemente, este año será candidata para el Premio Sebastião Salgado.

Francesca continuó relatando que Isa-Bel-Quis "Draculita Chabelquis" Fellat se casó con el Divino Obispo Profético Pontífice Manuel de Urdemales después de que Su Santidad recibió una visión del Señor diciendo que un pastor podía tener 7 esposas. Mal afortunadamente se murió de un infarto la noche de bodas a los 86 años de edad. Después se fue a vivir con Juli Travi cuando ella se dio cuenta de que estaba embarazada. La propiedad del difunto Divino Obispo Profético Pontífice Manuel de Urdemales está en litigio ya que, como viuda, reclama la séptima parte de su vasto imperio teológico-comercial. También me contó sobre las últimas aventuras de Juan Víctor Cusuco Javert (Yahya Mansur bin 'Aziz bin Malik 'abd-al-Kuss) y de Loyda Tecolote George. Ellos consiguieron trabajo en Meanguera con capos colombianos, transportando sustancias indocumentadas, abasteciendo submarinos de la marina narco colombiana, inventando nuevas substancias y maneras de ocultar pólvoras ilegales. Oficialmente, son empleados de Ricardo "Pelo Cagado" Guatón Basovia pero pasan mucho más tiempo en Isla Conejo y en la Isla del Tigre que en El Salvador.

Me iba a contar un poco más, pero Milagros me dijo llena de emoción que Otón de la Vara es director de un centro cultural. Que sigue siendo la pesadilla para todos los hombres mal casados de El Salvador. Que acaba de fundar la revista *Infidelidades*. Que no quiso revelar por qué se está disfrazando de santo. Sólo que nunca se corta el pelo. Ella iba a seguir con la historia de Otón, pero Madeline Mendieta preguntó por Rebeca Ewi Bard Godoy. Ante lo cual, Milagros nos informó que ella había vuelto a su viejo trabajo en Manhattan. Que se casó con Blaise Olivier de Wavresbourg, sobrino del agregado cultural belga en la ONU. Y que piensa doctorarse en estudios afro-hispanos en la Universidad Princeton.

Antes de que le hicieran otra pregunta, Francesca se adelantó para informarnos sobre varios integrantes de la banda de Neto. "Pelo Cagado" Guatón Basovia. Pues resulta que él fue nombrado Director de Educación de las Islas del Golfo de Fonseca, donde sus encargados incluyen los habitantes de la Penitenciaría de Meanguera. Fue apuñalado 37 veces durante su primer mes en el trabajo. A pesar de esto decidió quedarse ya que los reos amenazan con matar a toda su familia, si no les enseña a leer y escribir, a manejar los principios de contaduría y reacciones químicas. ¿Y qué pasó con doña Susanita? Pues, doña Susana Gusana de la Giraldilla Guarapo de Ochá está en la Penitenciaria Federal de los Estados Unidos de América en Fort Leavenworth, Kansas, por malversión de fondos destinados a uso humantario. Hasta hoy en día se declara inocente. Por otra parte, Leonel Menchaca yace detrás de las rejas. Está muy preocupado porque su esposa no paga la "renta" por su celda ni manda pisto para ropa o comida a los verdaderos administradores de la Penitenciaría de Máxima Seguridad de Zacatecoluca c.c. "Zacatraz." Hay maneras, no obstante, de ganar pisto pero ninguna, sin embargo, es placentera. El Adversario se sonríe cuando mencionan su nombre en los periódicos o la radio. El Mero Mero sigue tramando cómo puede reclamar El Salvador para las fuerzas de Luzbel.

Con tristeza, nos enteramos que Arquímedes San Goyo falleció de causas naturales a los 87 años, después de una larga carrera como el único ministro salvoreño que nunca aceptó un soborno ni otro favor político. Sin duda alguna, Su Eminencia, el Adversario, se regocija por la cantidad de almas perdidas que llegan todos los día de El Salvador, debido a tantos asesinatos, suicidios y drogas.

Caridad, Esperanza y Mercedes Tecolote Bojórquez dejaron de usar el apellido Tecolote, ahora son Bojórquez no más. Ahora están en su primer año en la Universidad Columbia en Nueva York donde se especializan en Lenguas Clásicas. Trabajan como camareras y cantineras en un restaurante exclusivo en Broadway, donde legalmente ganan más en una noche, de lo que su padre robaba en un mes. Néstor Tecolote , el hijo-nieto del Tecolote, vive con su abuela, quien cambió su nombre a Rodrigo Díaz Bojórquez. Recibe intensos tratamientos con la doctora Felicidad Figueres. Sueña con ser piloto un día. Está en el cuadro de honor de su colegio.

De pronto, una señora desconocida, quien había estado atenta a toda la historia, preguntó desde la mesa de enfrente por la Juli. Ella dijo que se había impactado con los programas "al dos por uno" que transmitieron en las radios de El Salvador y asimismo en Nicaragua, en donde la poeta Madeline Mendieta condujo el programa.

Y, sin mayores preámbulos, Francesca dijo que Julieta Travi Cornejolio casi se queda con la fortuna de Neto. Ella se había dado cuenta del sitio donde Neto guardaba todos sus bienes. Por eso, llena de alegría, había renunciado al trabajo en ESTAFASA y había invertido su dinero en palas y picachas. Pero poco después de iniciar la excavación, llegó Radha, quien llamó a Otón de la Vara para persuadirla con unas bofetadas. Y la Juli corrió por las calles de Apopa, perseguida por una jauría de perros, por los miembros de la mara de ese sector y por el mismo Otón, quien apenas podía conducir una motocicleta que se robó para darle alcance. Todos querían arrebatarle el lingote de oro que se escondió bajo la blusa. Y dicen que logró atravesar de esa forma la frontera con Guatemala. Ahora vive allá en compañía de un médico casado con otra mujer, es un doctor con quien comparte sólo los fines de semana.

Lo bueno de toda la historia que Otón de la Vara y Radha se repartieron el dinero. Ahora Otón vive en la Escalón con Draculita Chabelquis y es padre de sus dos hijas. Ella también es madre de dos niños de un encuentro previo. Y, esas son buenas noticias para dar fin a los tecolóticos senderos del Matagallos.

Ojalá así acabaran aquellos que roban el dinero destinado a los pobres y defraudan con programas educativos fantasmas, que sólo sirven para ocultar maniobras políticas. De esta manera, han estado engañando a padres de familia, a los niños y niñas de los sectores más necesitados, a los docentes en las escuelas públicas, a los asesores pedagógicos y otros empleados que están verdaderamente comprometidos con la comunidad. Ellos distorcionan el mensaje de muchos intelectuales a la altura de Paulo Freire, entre otros, quienes han hablado sobre la pedagogía del oprimido, y han destinado todos sus esfuerzos en la educación para la liberación social.

Printed in the United States of America
by Casasola LLC

MMXV

www.ingramcontent.com/pod-product-compliance
Lightning Source LLC
Chambersburg PA
CBHW031331020726
47499CB00005B/1217